走甜

黃咏梅

人間出版社
中國作家協會

關於那些消失的人

張郅忻（作家）

黃咏梅之於我，是一個陌生的名字，就連她筆下的廣州，於我而言，無非是歷史課本裡概略知曉的地方。小說裡，不時穿插當地語言，譬如「負一層」（應指地下一樓）、「媽子」（即母親）、「煲電話粥」……等等，初讀時有時不明所以，但還能猜想其意。我時以客語書寫，常有讀者不解其意，於是加上注釋說明，《走甜》沒有注釋，但大體而言不妨礙閱讀，那些當地話語反而為故事增添生活氣味。

小說以廣州為背景，呈現城市中掙扎生存的人物群像，特別是女人與老人。雖寫廣州，但也可視為資本主義下的諸多城市寓言。她善於從日常生活著眼，那些看似瑣碎無聊的日常，以物為喻，捕捉主角內心的幽微，析離日常裡的非常。生活中微小的變化，細微歧出的分岔線，岔路的岔路，故事的盡頭。

故事盡頭常有人就此消失不見。有時是死亡，如〈負一層〉裡被解雇後跳樓身亡的阿甘；有時是莫名不見，如〈蜻蜓點水〉中突然不再出現的風韻猶存的女人小吳、老人老宋與老霍；有時留下詭異的結局，讓讀者摸不透究竟主角漂流何方，如〈父親的後視鏡〉裡的父親，在結尾處以極為魔幻寫實的方式，寫父親在運河泅泳，看似撞上貨船，又閃躲過回到河中央，雙腳一蹬，將運河與整座城市遠遠蹬在身後……。

〈負一層〉的主角阿甘，是一名老大不小未婚女子，在酒店負一層擔任基層員工，她幾乎沒有朋友，稍有慰藉是貼滿房間的張國榮照片，或與死去的父親對話。她不善記人，儘管後勤主管曾好意提醒她，總經理說她老記不住他，最終且因此被解雇。黃咏梅以對話方式，寫出員工與老闆兩端極不平等的處境：「老闆是誰？／老闆？不就是我們的老闆咯？／我們的老闆是誰？／說你也不知道，反正他是上帝，主宰我們的命運。」阿甘跳樓，老闆怕事，將跳樓歸因於迷張國榮而死。末段，酒店門口張貼白紙通告，寫楊甘香追悼會訊息，卻無人知曉楊甘香即阿甘。天秤一端是必須認識的人，另一端為即便死亡也少有人知曉的人。阿甘在世上的消失竟是她曾存在的最後一點痕跡。

黃咏梅筆下的諸多女子，有如阿甘於底層生活的人，亦有如〈走甜〉裡的小資階級記者蘇珊，她慣喝走甜(不加糖)的咖啡，幾度在宴會場合遇見有婦之夫「他」。「蘇珊」已屆中年，希以這段能帶有甜味的中年戀曲阻擋時光；「他」受老婆所命，頻繁往來宴會場合以求攀龍附鳳。看似即將譜出的戀曲，在他將吻上蘇珊時，聞見蘇珊身上熟悉藥油氣味而作罷，「這味道對他而言，散發著衰老、不支、無奈……」。以「走甜」作為篇名，或者正暗喻城市裡的幽暗處，不同位置、處境的人，對時代與自身命運的不解與惶惑。

除女人，黃咏梅也擅寫老人處境，比較起〈蜻蜓點水〉裡淺描的老人群像，〈父親的後視鏡〉對於父親這名老者的刻畫更為細膩深刻。故事裡的父親為一名貨車司機，文中鏡頭如貨車後視鏡般，照見父親長年在道路奔馳的身影，儘管路過各地，皆無著地之感。直到兒子要求講述遠方故事，才短暫停留以相機拍攝即刻之景，很快又因事故終止。黃咏梅透過貨車行進寫父親所感知的時間：「父親在跑，時間在跑，父親在路上的時間等於靜止。」以貨車比喻家庭關係：「父親常說，他的身後拉著台拖拉機，母親是車頭，哥哥是左輪，我是右輪。」亦以開車來隱喻人生的日常與出軌。這些意象的運用皆繫於父親與車，故事軸線亦隨父親的車輪往前開去。

開至新世紀，父親退休，「時間比過去快多了，像一輛改裝後提速的卡車」。父親因長年開車致使脊椎變形，醫生建議父親倒退走路，從此父親「像車流中一輛逆行的車子」，後因此結識已婚的趙女士，兩人相戀一段時日，趙女士帶走父親身邊值錢物品就此消失。看似什麼都好了的新時代，「父親」這般的舊時人卻格格不入，時代變了，社會變了，黃咏梅透過細描老者，寫新時代裡種種殘酷。

黃咏梅的語句極輕，毫不費力吸引讀者往前，連諸多轉折也不著痕跡，描述走向資本主義的新時代、新社會裡，看不見的人與事。什麼事情被隱藏？什麼角色被隱沒？當故事的盡頭是消失，這則故事便還未講述完，因為你我都在其中。

二〇一五年十一月寫於高雄

目錄

負一層

還沒有那部美國電影《阿甘正傳》的時候，阿甘就叫做阿甘了。可這些都沒有人知道。所有現在喊她阿甘的人，沒有一個不認為是先有《阿甘正傳》再有她這個女阿甘的，基本上沒有人產生過疑問。

可阿甘心裡總是充滿了疑問。真的，即便她從來沒有將這些問號掛在嘴上，但是在午間休息時，她總是喜歡從大酒店的負一層車庫裡，坐觀光電梯一直升到三十層頂樓，攀上小露台，對著整幅天空，將那些問號掛上去，就像母親在燒鵝店裡掛燒鵝一樣，一個接一個，頭朝下，屁股朝上，肥油亮亮地沿著鵝身一直流到了鵝頭、鵝嘴，沒等流到櫥窗上，就被對應的一排漏斗接住了，這些回爐的油繼續成全下一個燒鵝。阿甘的問號，也這樣天天掛到了天上，那懸而未決的一個小點，總是沿著問號的流線體，滑了下來，繼續成全阿甘明天要掛上去的問號。

一天一個小點，一天一個小點。阿甘今年三十九歲了，心裡的問號積攢了一大掛。如果這些問號可以賣錢的話，阿甘想自己肯定就發達了。可是，阿甘後來明白這些問號是這個世界上最不值錢的東西，不但不值錢，還需要花很多的錢來摘除掉。所以，阿甘真的開始煩惱了，早知當初應該使勁攢錢才對啊。

有早知就沒乞兒啦！這麼大個人了，存摺裡的零都不多一個，沒人沒物的，你怎麼過下半世啊。阿甘的母親一直這樣埋怨阿甘。她的燒鵝店是絕不會留給阿甘的，她相信自己的女兒能經營好這間店的唯一原因是這個世界上不再需要花錢買東西了。

真是這樣的，阿媽，你不相信將來不用花錢了？將來人都挪到月球上住了。哦，月球上買菜就不花錢？月球上就不用吃飯？阿甘的母親很習慣這個老女兒的愚蠢，從小到大總是一副「腦筍」沒長合的樣子，書到高中就念不下了，說話做事慢人半拍。

吃飯是要吃的，但肯定不像現在這樣吃。

不管是什麼飯，要吃飯就一定要花錢。誰像你那麼命好啊？

阿媽總是將「誰像你那麼命好啊」這句話掛在嘴邊，實際上是提醒她，每個月交五百塊家用就一直能在家住到快四十歲，已經是生命中的奇蹟了。可是，阿媽能要求阿甘怎麼樣呢？阿甘在酒店負一層管理泊車，一個月收入接近一千塊，大半數交給家裡，要再多點也沒有了；要說指望阿甘依靠個男人？那就更加是天方夜譚了，從小到大，阿甘沒有愛上過一個男人，更加沒有被一個男人愛上過。

阿媽養著阿甘，養著養著，一晃，就養成了個老姑婆了。住在家裡的老姑婆阿甘每天都按時出門上班，按時下班回家，哪天阿媽回家看不到靠在沙發翻遙控器的阿甘，阿媽就會升起一陣莫名的高興，好像生活到這種時刻才有些不同，今天跟昨天才是兩個不同的時間。可惜，這樣的時候很稀罕，阿甘不喜歡在外邊閒逛，不喜歡閒逛的原因是沒有人陪她閒逛。阿甘的朋友跟阿甘的積蓄一樣少，就連阿媽也能數出來哪幾個。

我那些死黨，都是天兵天將來的。阿甘笑著對阿媽說。

是啊，都是些天上有地上沒有的怪物！阿媽知道數得出來的那幾個，從小和阿甘長大就養成了占阿甘的便宜，所以才友誼天長地久。在阿媽看來，那幾個跟阿甘的命也是半斤八兩，離婚的離婚，生不出孩子的生不出孩子，反正，沒有一個按照正常軌道過日子的。

真的不騙你，她們都知道我什麼時候有難，什麼時候需要救兵，總是能及時趕到。

哪裡是什麼救兵，什麼及時趕到？阿媽當然知道她們是自己有需要的時候才從天而降到阿甘的視線內而已。

這是阿甘用半生培養起來的最大的本事。打個比方吧，阿甘總是認為天下雨跟她是很有關聯的。她實驗過好多次，每當她心情差到極點，鬱悶到要爆炸，甚至傷感落淚的時候，天空忽然會一陣狂風大作，接著電閃雷鳴，最後傾盆大雨。這樣，阿甘就堅信了，原來老天下雨是因為自己心情不好的緣故。但是，也有好多次，遇到阿甘心情舒暢，滿心歡喜的時候，天也會下雨，可阿甘也有理由：一定是有人的心情不好了，那個人心情不好的程度蓋過了自己的好心情，所以老天眷顧那個人，於是——下雨！

自圓其說是阿甘這些年培養起來的本事，阿甘自圓其說的時候，就要自言自語，阿甘自言自語的樣子，被不熟悉的人總看做是精神有毛病，只有熟悉的人才知道，這跟電影裡那個男阿甘喜歡自己跑路沒有什麼區別，只是，阿甘用嘴巴跑，兜來兜去，兜了一個大圈，然後回到原點，回到的原點看上去還是原點，其實早就已經是阿甘自己重新描過的原點了。這樣，阿甘聽到看到的，就不再是別人聽到看到的了。

當然，阿甘在酒店負一層裡，別人聽到的東西她固然聽不到，可是，別人聽不到的東西她固然也能聽到。阿甘知道車跟人其實是一樣的，只要挨近了，就會止不住要互相說話，一說話，整個車庫就像市場一樣，阿甘整天都被這些聲音包圍著。聽車聊天並不是阿甘每天值得期待的事情，她最歡欣的時候就是聽到從遙遠的進口處傳來車的聲音，那樣她就會循著聲音走去，那些用四隻輪子進入阿甘地下王國的人，最終都得換做兩條腿從阿甘這裡出去，只要換做了兩條腿走路，就跟阿甘沒有任何一點區別了，沒有區別了阿甘就記不清楚哪些是哪些人了。

管理像阿甘這類後勤人員的主管總是找到阿甘說，你要記一記人啊，總經理說你老記不住他，老記不住他就不能幫他開車門了，當然，總經理並不是說要你每天幫他開車門，但是你總得要記住客人給客人開車門啊，客人是我們的上帝啊，知道？上帝主宰我們的命運啊，知道？

記住總經理的過程比較艱難。

阿甘首先記住了總經理的車，總經理的車是銀灰色的，比較長比較瘦，喜歡待在A區最終點的那個位置，總是不跟別的車搭訕，阿甘覺得那瘦長的車其實挺想跟其他車說話的，只是它心事很多，心不在焉，所以別的車覺得冷冷淡淡的樣子，也就懶得跟它扎堆了。阿甘不僅記得這輛不交談的車的樣子，而且還牢牢記住了這輛車的車牌號碼，後邊三個八，前邊兩個二。基本上，記住了這輛車，阿甘就記住了總經理了。所以，當這輛比較長比較瘦的車蜿蜒地奔往那個A區的終點的時候，她就會跟著過去，開門，一個比較矮比較胖的男人就是總經理了。這樣阿甘就記得給總經理開車門了。

這就對了，總算記住人了。後勤主管再下負一層的時候給阿甘丟下這句話。

說實話阿甘自己也不知道這算不算就是記住了人，那個較矮較胖的男人，如果哪天不再開那輛較長較瘦的車的時候，阿甘很難說自己還能認得出他來。

有一次，阿甘接到對講機的命令讓她把A－11的泊車卡拿到酒店大堂給客人，她從負一層坐電梯到大堂。電梯一開，迎面就是一個較矮較胖的男人，兩人停頓一下，阿甘始終沒有敢喊出一句「總經理」，依稀之間她也拿不準這個較矮較胖的男人跟開那輛較長較瘦的車的是不是同一個。然後，依稀之間，電梯就離開阿甘升了上去，載著那個不確定的男人。阿甘有些沮喪，可是當她走進富麗堂皇的大堂的時候，她馬上又變得高興起來，因為這個到處都鑲嵌著鏡子的光滑的大堂畢竟是大堂，不是她的負一層，不是她的負一層就不是她給總經理開門的地方，所以，即便剛才那個不確定的男人真是總經理他也不應該會責備自己的，電梯門是自己打開自己升上去的，和她是沒有關係的。阿甘自言自語地說，說完自己就高興起來了。

總之，阿甘在負一層連人帶車地記下了總經理，那就夠了。後勤主管也不再來找她，更不會跟她說些上帝和命運的話了。

午飯時間，阿甘照舊坐觀光梯直接升上了三十層頂樓，照舊攀上了那個小露台，當她想照舊將心裡的一個問號像掛燒鵝一樣掛上天空的時候，忽然她發現了天上的那個位置上，有一個銀白的東西，已經掛在了那裡，很小很小，好像是靜止了一般的。阿甘瞇著眼睛，辨認了一會兒，終於歡欣地認出了那是輛飛機。又看了一會兒，阿甘忽然就納悶起來了，這飛機真的好像一動不動的樣子，真的好像泊在了上邊。飛機難道也可以像泊車一樣泊在天上？飛機什麼時候可以泊在天上不掉下來？等到阿甘看得脖子和眼睛都瘦了的時候，低下頭來完全忘記了來之前自己要掛上去的那個問號，想死都想不起來了。阿甘只好自己對自己說，記不起來就記不起來了，一了百了。

除了在負一層聽車說話，阿甘還經常在負一層想張國榮。是的，就是那個張國榮，唱歌的，演戲的，跳樓的那個。這聽起來比較荒謬，但這是真的，阿甘想張國榮不是一天兩天的事情了。從某一天開始，阿媽看到阿甘住的房間裡一下子貼滿了張國榮的照片，拿麥克風的，戴帽子的，笑的，沉思的，大的，小的。

大吉利是！無端端掛個死人的照片在房間，你想邪我盤生意啊？阿媽很生氣。

阿媽不是個歌迷，但是是個迷信的人，每天早上開檔做生意之前，就要給阿甘死去的阿爸燒頭柱香，說是只有頭柱香才靈的。那年四月二號，阿媽因為吃感冒藥睡過了時間，沒有按時燒頭柱香，當天便收下了顧客一張一百元的假鈔都沒有發覺。

張國榮邪我的！所以阿媽就這樣認定了。

其實全世界都是在張國榮死了以後的第二天才知道張國榮死的，張國榮是四月一日跳的樓，那天是愚人節，好記，阿甘就記得很清楚。那麼，也就是說阿媽知道張國榮死的時候，張國榮早就在前一天跳樓了，張國榮跳樓和阿媽收假鈔根本不是同一天！可阿媽偏偏就認定了是張國榮跳樓邪了她。

阿甘把張國榮的照片掛在房間裡的時候，張國榮剛從樓上跳下來沒幾天，廣州各大報紙、電視都以播報新聞的方式來播報這個「哥哥」的死，這個「哥哥」在這個城市的影響力不亞於任何一個在電視報紙上出現的人物。

人不死你總不迷，人死了你才開始迷，不知何解你從小都比人慢半拍的。阿媽強烈地要阿甘把張國榮從牆上摘下來。

阿甘硬是不肯，把房間鎖得嚴嚴實實的。後來阿媽確認自己的生意沒有什麼差錯了，也逐漸淡忘了那滿牆壁都是的張國榮。

阿媽說得沒錯，人沒死的時候阿甘總不會去迷那個人，人死了阿甘才發現原來自己是那麼迷那個人的。這是說的張國榮，同樣也是說阿甘的阿爸。阿甘阿爸是阿甘三十二歲的時候生癌去世的，去世後的阿爸就剩下了一張照片掛在門口正對的神台上了。也就是在三十二歲的時候開始，阿甘忽然發現自己居然還是挺喜歡這個牆上的阿爸的，雖然阿爸生前很嚴肅，和阿甘說說笑笑的次數阿甘現在還能數得出來，可是，這個牆上的阿爸這樣微笑地迎著她上班下班，進門出門，阿甘看到就喜歡。除了喜歡看阿爸的微笑外，還有一個令阿甘迷戀的地方，這是在這個世界上誰也不會知道的地方，那就是——阿爸會香。

阿爸會香，這只有阿甘一個人知道。

那天本來按照規定是要阿媽親自到殯儀館取阿爸的骨灰的，可是因為阿媽的店裡剛解雇了一個夥計，臨時走不開。阿媽吩咐阿甘，用這個小罐子裝一點回來，其餘的放在殯儀館買好的存位裡。

擠公交車拿著那個小罐子回到家的時候，阿甘已經汗流浹背了，在樓下士多店買了支汽水喝，把罐子放到阿媽擺好的神台中間時，阿甘將小罐子打開來看了一下，誰知道沒捨得放下的汽水一不小心就潑了一口進罐子裡。

汽水潑濕了阿爸的骨灰。

阿甘想都沒想過會發生這樣的罪過。有怪莫怪，有怪莫怪！她學著阿媽平時裡的語氣。阿媽迷信，只要碰到一些意頭不好的預兆，就會燒三柱香，對著天空道歉——有怪莫怪，有怪莫怪！那是對天空的神靈道歉。可是，阿甘的汽水潑濕了阿爸的骨灰，阿甘只向阿爸道歉。牆上的阿爸終究那樣微笑地看著她，比生前的時候和藹多了。儘管阿爸並沒有責備阿甘，可是阿甘知道，阿媽回來一定不會放過自己，一定會像天塌下來一樣了。

她沒再敢打開那個小罐，那堆濡濕了的灰，顏色格外地深，格外地凹陷。

想來想去，好像是得到天空中那些神靈的教唆一樣，阿甘居然想到了拿去叮一叮。是的，就是拿骨灰去叮一叮。阿甘把罐子的蓋打開了，放進微波爐裡，調了一分鐘的時間，火勢調到了弱檔。

罐子在爐裡旋轉，旋轉。阿甘從玻璃門看進去，罐子在有節奏地跳舞。跳著跳著，阿甘就聞到了一股香味，說不清楚那是什麼味道，總之就是香，是阿甘從來沒有聞到過的香。這股香味讓阿甘眩暈了，像在空中跳舞旋轉，僅僅一分鐘時間，阿甘彷彿已經舞到了大西洋西去了……大西洋西有什麼？誰知道？阿甘只知道那是世界上最遙遠的地方，因為阿媽從小到大罵她的口頭禪總是——一腳踢你到大西洋西！所以，大西洋西是阿甘認定最遠也最不可能到達的地方。

叮！

一分鐘時間到，微波爐停止了旋轉。罐子停止了跳舞，阿甘也從大西洋西回來了。她打開門，那股特殊的阿爸的香，在那一刻精華一般地襲擊了阿甘。熱氣和香氣蒸騰著阿甘的臉，阿甘什麼也看不到了，世界停頓，阿甘像負一層裡一輛說不出話的車一樣，久久泊在了微波爐門口。

最後，當然罐子冷卻了，阿爸的香就永遠消失了。

好咯，好咯，終於回家了，團聚了。阿媽收檔回來，燒了三柱香，擺了幾枝白菊花在上邊，對著阿爸的罐子拜了幾拜，然後洗手開飯。

只有阿甘知道阿爸的香，當然，阿甘覺得阿爸其實也是知道的，在牆上跟她詭異地笑了笑。這樣阿甘就後悔了，三十二歲以前為什麼不跟阿爸合夥多做些有趣的事情呢？那些時候，她連話都懶得跟阿爸多講幾句呢。

後來阿甘就一直跟死去的阿爸做了好朋友，無話不談。

張國榮也是這樣成為阿甘的好朋友的，在他跳樓死了以後。

深夜的時候，阿甘對著整幅張國榮的照片，用手撫他的眼睛和唇。這是阿甘最喜歡的地方，雖然這些地方一動不動地對阿甘的手一點回應也沒有，可是，阿甘的心隨著手的撫摸會產生一陣陣往下沉的感覺。心往下沉，那種微微的失重的感覺，跟中午一個人坐觀光梯從三十層滑下來的感覺有些相似。阿甘躺在床上，讓那顆失重的心擺平，貼在床板上。然後，問張國榮——

哥哥，你何解會生得那麼靚？

滿牆沒有回答，剩下阿甘問著問著，流著眼淚，睡了過去。

張國榮是開著摩托車停在阿甘旁邊的。

阿甘如果沒有記錯的話，那是個廣州有史以來最熱的一天，空氣裡那些熱分子被驅逐著，於是見到人的皮膚立刻就黏附上去，死死地黏著不放。阿甘就是被這些死死的黏著的手抓住了，在下班回去的公交車站上，一動也動不了。她試著跟這些皮膚上的手談判。

公交車來了你們就死定了。

為什麼？公交車現在都裝冷氣了。

不怕冷氣？那是因為公交車還沒來，再等一會兒，一會兒你們就知道厲害了。

那些手死命地抓住阿甘的皮膚，灼熱得疼痛了。

談判失敗，公交車一直沒有開來。阿甘變成個人質在車站站牌下，動彈不得。

張國榮就是這個時候出現把這個人質救出來的。

阿甘很少坐摩托車，除非趕時間。但是這個時候，她在張國榮的幫助下，跨上了摩托車，車一開，風一被帶起，阿甘皮膚上的那些手就自動脫落了。

很爽吧？張國榮在車鏡子問阿甘。

阿甘戴著一頂過分大的頭盔，點了點頭。

張國榮一踩油門，阿甘一個沒扶穩，身子往前就貼在了張國榮的身上。阿甘不知所措地用手撐著張國榮的背。

爽不爽？啊？張國榮在風裡大聲往後遞話。很吃力。

阿甘只好點了點頭。接著又搖了搖頭。很吃力地往前遞話——能不能慢點？

張國榮剛一聽到，就一個急剎。阿甘的身體又往前貼在了張國榮的身上。

慢點也很爽的。是不是？張國榮不斷從鏡子看阿甘，那張漲紅了的大臉，在頭盔下像極了他老家剛出爐的一張麵餅。

阿甘沒有說話，在風裡閉上了眼睛。

我技術很一流的，快點也爽慢點也爽，感覺到了？張國榮在鏡子裡看身後閉著眼睛的那張家鄉大餅，發出淫穢的笑聲。

幾乎是被劫持到了員村。等到阿甘張開眼睛才發現，她的家早過了。

阿甘死死捏張國榮的肩膀不放，張國榮的肩膀被捏得越來越疼，越疼張國榮就越興奮。事實證明就是這樣的，等到摩托車停穩在員村的一個小巷裡的時候，阿甘連滑帶爬地從車上掙扎下來。興奮的張國榮對阿甘興奮地喊著，怎麼樣，老子技術還可以吧，爽不爽？

神經病！阿甘忙亂中不忘罵了一句，轉身要走。

張國榮丟下車攔到了阿甘前邊。

小姐，我第一眼看到你就迷上你了，你真是靚。

晚上對著那幅牆上的張國榮的時候，阿甘才會這樣問張國榮的。大白天，這人攔住自己，說這句話？

神經病！神經病！阿甘胡亂嚷。那一刻阿甘並沒有感到害怕，活到快四十歲了，害怕的東西好像越來越不多了，尤其是面對這樣一個看上去比她小好多的男人。

有閒來坐坐啊，我們聊聊？

睬你都傻啊！你以為我傻啊？阿甘仔細看他，百分之千的肯定他是個很難看的男人。

我傻，是我傻，我迷上你就是我傻啊。他假裝謙虛地道歉。

阿甘看這個滑稽的樣子實在很傻。她甚至確信他真的是傻的呢，光天化日地對自己說這樣的話。不過傻歸傻，阿甘並不很討厭這個人，她覺得他說話很好玩。

張國榮在巷子的小士多店裡買了兩支礦泉水，遞給阿甘一支。

他們坐在小士多店門口的椅子上，喝光了那兩瓶水。

有沒有男朋友？啊？

或者有吧，又或者沒有吧。張國榮買水給阿甘喝，阿甘覺得有必要回答他的問題。

有就是有，沒有就是沒有，或者？張國榮的臉在暑天裡呈現一種灰紅灰紅的顏色。

喜歡哪一款的男人？

阿甘笑了笑搖搖頭。沒想過。

阿甘是真的沒想過自己喜歡哪一款男人。如果硬是要有個答案的話，大概死去的張國榮會是一款吧。可是她沒有講給他聽，四十歲的女人哦。

那，有偶像嗎？他好像猜到阿甘心裡了一樣。

阿甘點點頭。有偶像有什麼出奇的？

說來聽聽？阿杜？張信哲？

這些阿甘都不喜歡。張國榮。

這回輪到他笑了。死了的啊？

死了才做我偶像的。

啊？不死就不能當你偶像了？

阿甘不知道怎麼跟他講。

他從褲兜裡掏出一小個袋子，打開，取出兩粒淺啡色的藥片。吃一粒？你會見到張國榮。

阿甘搖搖頭。

不是毒品。讓你高興一下而已。他自己吞了下去一粒。

我天天都高興。不需要。

那就會更高興，能見到張國榮你不高興？

張國榮死了。

死了也能見到，不信你試一試。

阿甘站起來，沿著摩托車的反方向走出了小巷，她這個人質完好無損地最終自己坐兩站車回了家。

回到家進房間就能見到了張國榮，在她的牆壁上。她晚上照舊撫摸他的眼睛和唇，他照舊沒有半點動靜。她沒有問張國榮就哭了，這次哭了一個晚上都沒有睡著，早上起來上班的時候眼睛紅紅腫腫的。阿媽問她是不是上火了，她沒有說話，把房間門鎖得死死的，好像害怕阿媽看進去看到她的張國榮一樣。

摩托仔當然不叫張國榮啦，從頭到尾阿甘都不知道他叫什麼。連續幾次在公交站牌被摩托仔堵上車後，同樣是一個很熱的下班時間，摩托仔的臉真的就變成了張國榮的臉了，那雙眼睛和那張唇，跟阿甘的眼睛和唇貼到了一起，並且那些眼睛和唇，會動，有溫度。

我都說的啦，吃了它你就能見到張國榮了，早不相信我。

阿甘吃了它不僅見到了張國榮，還跟張國榮睡了。

阿甘真正迷戀起了張國榮，連同那些淺啡色的小藥丸一起，只要兩樣東西混在一起，阿甘就能繼續跳舞了，跳到了大西洋以西，就像阿爸唯一的一次帶來的香一樣，令阿甘旋轉、跳舞、大西洋西……

這一段時間，恍惚的時候，阿甘在負一層總是聽到有人在說話。那絕對不是車在說話，她分得清楚。車說話是七嘴八舌的，她聽到人說話是單獨的聲音。

在整層負一層的車和車之間，有的時候阿甘像是撲蝶一樣去撲這些聲音。

偶爾，這個聲音還會變成歌——莫妮卡，誰能代替你地位……來來去去就是這兩句。阿甘熟悉這首歌，是張國榮的舊歌。唱了兩聲，負一層又恢復了死靜，死靜一陣，車又開始聊天了。

中午，阿甘又坐觀光梯升了上去。張國榮曾經告訴阿甘，他騎摩托飆車，夜晚在高速公路上，飆著飆著，就會升起來，一直升一直升，然後，就把摩托車踩到了天上，靠近了月亮了。如果張國榮把車飆到了頂樓，飆到了這個小露台，一定也可以飆到天上。把摩托車泊在天上，多有型啊。

喊！真有那本事我還用在這個破巷裡住出租屋？早他媽搬到天上住了。不吃藥的時候，張國榮實在很醜。

阿甘很想說她真看到過一輛飛機開到天上就停住了，泊了在空中。可是阿甘沒有說，說出去都沒人信啦，張國榮又不是三歲小孩子。

看過《E．T》沒有？

阿甘搖搖頭。

張國榮拿出一件黑色的T恤，套過頭穿上。

阿甘一看，張國榮的胸口上邊，有一個小孩，騎著自行車到了天空，旁邊是又大又圓的黃月亮。

電影推廣的T恤，紀念的。張國榮說他一次都沒捨得穿。那次在電影城首映《E．T》，他排了整整一個上午隊領到的，免費的。

阿甘湊過去張國榮的胸口看仔細了。自行車真的離月亮很近哦，只有一個小指頭距離那麼遠。

張國榮得意地看看阿甘，阿甘也看看張國榮，笑了。

將眼瞼半瞇起來，天空會離自己近一些，還能看到一串串的氣泡泡在眼瞼外跳躍，忽左忽右，這是小時候經常自己玩的方法，不知道為什麼，此刻阿甘想起了這玩法，也將眼瞼半瞇了起來。

阿甘將眼瞼半瞇起來的同時，她聽到了聲音，男的，像是負一層裡蝴蝶一樣躲閃著自己的聲音。這聲音沒有變成歌，在說話，一個人說話。

阿甘回過頭找。

蝴蝶像是知道她找牠，一下沒影了，聲音停了。

阿甘再找，露台的通風口的另外一邊，阿甘看不到，蝴蝶該是停泊在了那裡。阿甘攀過另一邊，聲音又響起來。

直到聲音原形畢露，無處藏身。

聲音半途而廢。一個矮胖的男人舉著手機在半空，對峙阿甘，像個被要挾的人質。緊張的對峙，阿甘不過是要撲一隻蝴蝶，聲音停止了，蝴蝶飛走了。

肥胖男人的表情跟他的聲音一樣，都半途而廢了。剩下一雙眼睛，看著阿甘。

阿甘退了下樓，好像被逮到的是她。中午時分，觀光梯沒有人打攪，一路滑下了負一層，落地的時候，阿甘的心重重地被刮了一巴。

整個下午，阿甘都在想這個矮胖男人，阿甘想不起來他的樣子。她曾經覺得他應該是那個開著較瘦較長的車子的較胖較矮的總經理，可是依稀間又好像那次在大堂電梯的時候一樣，根本無從確認。其實她也不想知道他是誰，只是他那半途而廢的表情和聲音，讓阿甘覺得很好奇。

阿甘不再上頂樓。那些蝴蝶一樣飄忽的聲音也奇怪地消失了。而一個較矮較胖的男人卻時常出現在阿甘的眼前，出現的頻率足以令阿甘斷定——這個矮胖的男人是同一個人，有著蝴蝶一樣撲閃的聲音。

一個午後，阿甘上廁所，阿甘的廁所在酒店的緊急出口樓梯間，負一層與一層的接壤處。

阿甘要推門，門就開了，那個矮胖的男人，是的，這次阿甘可以確認是這個男人。
屙了沒？照面太久，阿甘隨口吐一句話，就好像見面問人，吃飯了沒？
矮胖男人吝嗇聲音，只是微微朝阿甘點了頭，側身過去。

沒隔幾天，後勤主管到負一層，跟阿甘說，合同期滿了，老闆不續約了。
阿甘沒聽明白，沒做聲。
後勤主管沒敢看阿甘一眼，看負一層那些井井有條的車們，安安靜靜但還是很氣派。
明天到財務去做個結算，財務知道嗎？三樓。
阿甘有些明白了，問後勤主管，合同期是多長？
沒多長，反正滿了，老闆說的。後勤主管了解員工這個時候的心情，要是阿甘是個男的，他會照例拉他出去喝酒，喝得半醉半醒就告訴他，老闆炒你了，東家不做，做西家吧，工作多的是。可阿甘是個女的，他剛才看了她的資料，快四十了，在負一層做了十三年。
老闆是誰？
老闆？不就是我們的老闆咯？
我們的老闆是誰？

說你也不知道，反正他是上帝，主宰我們的命運。

阿甘拚命地記憶這個「主宰我們命運」的上帝，車出車進，上帝肯定坐在其中一輛車裡邊的。後來，阿甘想起了那輛較瘦較長的不說話的車，開門，那個較胖較矮的男人。

總經理是老闆？

後勤主管不置可否。誰這樣說過？

阿甘站在負一層暗暗的燈光下，死命想死命想。

別想了，努力再找過第二份工啦。後勤主管最後一句話在車庫裡迴盪。

阿甘還是在暗暗的燈光裡，死命想死命想都想不明自己何解一下子就不見了這份工呢？

這是這兩天來需要阿甘用腦子死命想死命想的另外一件事情，還有一件事情就是——張國榮不來找阿甘了。

張國榮不來找阿甘阿甘就找不到張國榮了。

廣州的摩托仔很多，穿街過巷，頭盔一戴上，每個都很像張國榮。阿甘站在公交站牌下，眼睜睜看著一個個從她身邊蹭過的摩托仔，看不到她要找的張國榮。這個城市通訊很發達，任何一塊看得到看不到的空間，都有無數的聲波在交換、傳遞，竊竊私語。可是阿甘跟張國榮卻還是在這些聲波中走散了。阿甘只能想到這一層，她覺得跟張國榮走散的原因僅僅是因為張國榮不來找自己了，而自己，肯定是找不到張國榮的。

整天在家裡，阿甘對著自己的好朋友，爸爸的微笑和張國榮的嘴唇。阿媽說過，人的一生中，遲早要遇到兩個男人的，一個是自己的老公，另外一個就是自己的兒子，好彩的，兩個一齊遇到，一半好彩的，遇到一個，不好彩的，一個也遇不到。

阿甘問問爸爸又問問張國榮，我是好彩還是一半好彩還是不好彩？

繞了半天，阿甘自己回答自己，或者好彩，或者一半好彩，或者不好彩吧。

阿甘的阿媽收檔，在門口就撿回了這個矮胖的男人，矮胖的男人說他是酒店的總經理。

阿媽一點也不驚奇，阿甘沒了，總是要有人來上門的，但是上門之後怎麼樣，阿媽活那麼大歲數，只琢磨透了燒鵝，卻沒有琢磨透別的。

阿媽開門讓矮胖的男人進去。門口阿甘的阿爸像個白痴一樣笑咪咪。白痴！鬼沒用的！阿媽第一次在心裡這樣罵阿甘阿爸。阿爸依舊笑咪咪。

你的女兒生前跟你說過關於酒店的事情？

我的女兒不喜歡跟我說話。阿媽跟別人稱「我的女兒」，覺得很彆扭，有名有姓為什麼不喊？阿媽想莫非這個總經理不知道阿甘叫什麼？

那她有沒有講過酒店的什麼人？

她不喜歡講人。

那她為什麼要跳樓？

我怎麼知道？她說去上班，去了就跳了，三十層啊。

她之前沒說過上班的事情？

阿媽覺得這個人真的很煩，上班的事跟之前問過的酒店的事，有什麼區別？覺得最近她有什麼反常？總經理好像來偵察謀殺案一樣。

唉，我都知道阿甘有問題的啦，迷張國榮迷得神神化化，成天對著幅牆哭。阿媽順手推開阿甘的房間，整幅牆的張國榮朝總經理拋媚眼。

不敢邁進去，總經理只是左手握了握阿媽的手，右手掏出一個信封，彷彿有些興奮。節哀吧，雖然你的女兒是因為迷張國榮死的，但畢竟是在我們酒店死的，這裡一些安慰金，收下啦。

阿媽不客氣，接過來，問，要不要喝水？

總經理客氣地搖搖頭，繼續往阿甘的房間探了探頭，向張國榮點了點頭。

何解不是四月一日而是四月二日？全世界都知道張國榮去年是四月一日跳的，難道她記錯了時間？出門口的時候總經理問。

不奇怪的，她做事總是慢人半拍。阿媽起身送到了門口，假假地執意要送下樓梯，被婉拒了。

酒店後勤部的過道上，貼了一張白紙通告，意思說要參加楊甘香追悼會的同事下午可在酒店門口集合。

哪個楊甘香？經過這張白紙的人都這樣問旁邊的人，沒有旁邊的人就自己問自己。問一會兒，就有人醒起來了，啊，不就是那個阿甘咯！迷張國榮跳樓那個！

阿甘？原來阿甘姓楊啊。

好出奇麼？難道阿甘姓阿？

父親的後視鏡

父親生於一九四九年。過去，他總是響亮地跟別人說，我跟中華人民共和國同齡。不過，很久沒聽他再這麼說了。退休前，父親是個貨運司機，跑長途。那些年月，汽車司機是很紅的，跟副食品店員、紡織工人合稱「三件寶」。父親跟人炫耀光輝歲月，總是說，他最遠跑到過天路，「呀拉嗦，那就是青藏高原……」一說，肯定就要唱。天曉得父親是哪個年代開到過天路的。別人要是問起，天路是一條怎麼樣的路？他無言以答，只顧哼「呀拉嗦」，一哼沒個完，好像他記憶裡那條天路，開不到盡頭，還時常超速，把人撇在後視鏡都看不見的拐彎處。

公路上拖著大皮卡的那些貨車司機，敞開車窗，赤著膊，肩頭掛根油膩膩的毛巾，邊扭動方向盤邊朝窗外吐痰，或者逆著風大聲講粗話。父親跟他們完全不一樣，他無論跑多遠，都穿得整整齊齊的，第二顆扣子永遠扣牢以支撐衣領的挺拔，皮帶卡在第二或第三隻眼上，坐再久也不鬆懈。九〇年代初，髮膠剛剛開始流行那陣，父親的車上就一直備著一瓶，風從來吹不動他的大背頭。人們說，父親倒像一個開禮儀車的，後邊那一大卡車的貨物，就像一支儀仗隊，父親領著他們在盤山公路、國道上拉練。我記得很清楚，父親的駕駛室上掛著一個小相框，倒不是常見的平安符之類的東西，也不是毛主席肖像，是他八〇年代在彩虹照相館拍的四寸藝術照。所謂藝術照，也就是在黑白相片的基礎上，塗上些彩色，眉毛加黑了，嘴唇微紅，襯衫塗成了藍色。坐在抖嘰抖嘰的駕駛椅上，父親看看遠方的路，又看看近前的藝術照，心裡不知想到了什麼，臉上露出了跟那照片一樣的笑容，臭美地、轟隆隆地開向目的地。父親的車開得並不快，他說，開得再快，也快不過前方那團雲，一眼是這樣，再下一眼，就跑樣了，所以，著急啥呢？父親不著急。父親在路上跑的時候，感覺不到時光飛速，每次回家看看日曆，摸摸腦袋，哎呀，這個月又窮啦？後來，我從物理課上學到了絕對運動定理，父親在跑，時間在跑，父親在路上的時間等於靜止。

母親在家守著我們兄妹二人，參照隔壁印刷廠工人老王一家五口的日子，時間就在做相對運動，跑得又快又漫長。母親經常憂心忡忡地說：「也不知道你們父親在路上會遇到什麼？」那個時候沒有移動電話，全靠父親從某個途中加油站，撥個電話回家報平安，有時候是清晨，有時候是深夜。後來我才弄明白，母親最害怕父親在路上遇到人。仔細想想，父親每次出車，不僅自己穿得整潔，還把大卡車也擦洗得清爽，的確像一個出門約會的男人。母親的擔心不是沒有緣由。事實上，父親四十歲那年，他跟他的卡車的確開出過軌道。這事情無須隱瞞，在我們這條紅石板街，只要住過些年頭的人，都不會忘記父親那次出軌。那個下雪的深夜，他們在夢裡被一陣接一陣的汽車長鳴驚醒了，叫聲既像一個人在發瘋，又像是拉響的警報，聽說有好幾個人從床上蹦下地，出門打算要往防空洞逃了，後來發現竟然是一輛卡車，停在我們紅石板街中央，在我們家樓下那片空地，瞪著大大的遠光燈，厲聲尖叫著。雪彷彿是被它從天上叫下來的，簌簌發抖著跌落地面。人們看著這不明來路的龐然大物，竟然不敢張口開罵，只是探出頭去，像看到一隻受了傷、不斷哀號的野獸。

卡車不知道叫了多久，忽然便一下子安靜了下來，同時遠光燈也熄滅了，人們才看見，我父親那輛卡車不知什麼時候已經停到了近前。他們先是沉默著，車頭頂著車頭。後來，父親的卡車發動起來了，發出嗡嗡的嘆息聲。父親一點一點地逼近，那輛卡車開始一點一點地往後退，一直退出了我們紅石板街，在大轉盤掉了個頭，朝城北開出去了。父親的卡車安靜地跟在後邊，打著亮亮的遠光燈，照亮了前邊的道路。一前一後，他們開到國道上去了。

被燈光照亮過的雪，是有記憶的，結冰時就把光鎖在了裡邊。兩輛卡車留下的車痕，有時重疊，有時分開，每一段都特別深、特別亮，我母親踩在車痕上，來來回回地走。天亮的時候，父親回來了。如同他每次跑完長途回家一樣，用熱水把自己洗得乾乾淨淨，把大背頭梳得亮亮的，然後倒到床上，睡了一個長長的覺。

人們再也沒見到過那輛尖叫的卡車，他們總是不無遺憾地説，可惜那晚燈光太刺眼了，看不清車上那個四川婆。「四川婆」漂亮的吧？我母親也常這樣問父親，父親從來沒正面回應過，在他看來，這問題就是公路上設的一個路障卡，他手握方向盤，繞了過去。

「不要總是老生常談嘛，我們是新社會的人。我跟新中國同齡。」父親理直氣壯地越過這路障。

「新社會的人，就要做這樣的荒唐事？」母親眼眶就紅了。

「好啦好啦，都過去了，已經開過十八道彎了，都過去了不是嗎？」父親就這麼哄著母親。

我們都沒有見過「四川婆」，她是父親遠方的情人。

母親生前也有一個情人，他總是在遠方。父親跑長途，遠的地方，一趟七八上十天的，母親就把父親一件灰色的舊毛衣墊在枕頭上，把手伸進袖口裡，這樣，她就躺在父親的胸口上了，並跟父親握著手。等到父親出車回來，很奇怪的，那個遠方的情人就消失了。她總是動不動就埋怨父親，那種溫柔的思念一掃而空。通常是吃過飯，把我們打發去做作業了，她就開始對著桌上的空碟、髒碗，責備起父親來。歸根結柢，她是怨父親不顧家庭，一個人跑到外邊瀟灑，留下她一個人在家拖兒帶女。父親也不逃避，安靜地坐在母親身邊，用火柴將香菸點著後，花一點時間，用食指和拇指將火柴燒黑的地方拈掉，火柴變成了一根牙籤，在父親牙縫間進進出出。母親那些嘮叨在父親耳畔進進出出，父親像剔牙一樣將它們剔了出來。

偶爾，父親也不會繞開這些「路障」，會向母親申辯。「你以為一個人在外邊跑有多瀟灑？我不累？你自己想想看吧？」母親沉默一下，心裡認輸了，嘴巴還是要強的：「再累也沒我累，我一個人，既要上班，又要照顧兩個孩子，你一個人在外頭，吃飽穿暖，全家不餓的……」「我哪裡是一個人了？我後邊不是拖著一條大尾巴？」我母親光聯想到父親坐在駕駛室疾馳的風光模樣，她忘記了父親身後那一車重重的貨物。母親無語了。父親站起身來，拍著母親的肩膀，柔聲說：「我哪裡是一個人？我背後拉著一台拖拉機呢。」母親徹底沉默了，肩膀慢慢地鬆懈下來。

父親常說，他的身後拉著台拖拉機，母親是車頭，哥哥是左輪，我是右輪。

在我和哥哥的成長過程中，父親經常缺席，他從來沒有參加過一次家長會，他的簽名從沒出現在我們任何一本作業薄上。可是，父親卻為我們的求知欲付出過沉重代價。那一年，哥哥念初三，我念初一，我們不再滿足從父親捎回來的特產袋子上找課本裡讀到的地名了，我們纏著父親講那些地方。可是，父親每每讓我們失望。父親抱歉地解釋說，你們老爸天天坐在這個大玻璃罩子裡，腳都不沾地，這些地方，多數是在鏡子裡看到的，你們知道，後視鏡裡看到的東西，比老王伯伯的風箏還飛得遠，又遠又小。是的，隔壁老王伯伯經常從印刷廠裡拿回些彩紙，紮各種各樣的紙風箏，星期天帶上他們家三個女兒到運河邊放，我們也會跟去。運河邊空曠，北風南風全都不缺，風箏遇到風就會失控，線一鬆就往天空竄，很快就遠成一個點了。既然父親在路上看到的風景僅僅是那樣的一個個點，父親又有什麼好說的呢？可我們還是不甘心。我們趴在父親的卡車輪子邊，用手摸著厚厚的輪胎，想要從那些粗糙的紋路裡，找到父親輾過的地方，張家界、桂林、南京長江大橋、嘉峪關……最後，我們鑽進父親的駕駛位上，吵鬧著，讓父親帶我們到公路上，到這個小城以外的任何一個地方去。父親從來沒有妥協過。運輸廠紀律很嚴，別說是我們小孩子，就連母親，都沒坐過父親的車出城，她最多坐過父親的車到十里外的郊區農場買紅茶菌。母親恐嚇我們說，別老纏著爸爸和他的卡車，要是爸爸飯碗丟了，我們這台拖拉機就報廢了，到那個時候，拆掉你們這兩隻輪子，賣錢去。我們就再不鑽進父親的駕駛室鬧了。

有一天，吃過晚飯，父親從房間裡拿出一疊照片，神祕兮兮地遞給我們。我們一看，竟然全是父親在路上拍的。原來父親求廠裡那個工會主席借了相機。這些照片拍下的多數是公路牌。很多地名我們聽也沒聽說過：懷集、白沙、樂從、溧陽……也有我們知道的：桂林、長沙、武昌，天啊，竟然還有賀蘭山。哥哥顯擺地背起了那首詩：「駕長車，踏破賀蘭山缺，壯士飢餐胡虜肉，笑談渴飲匈奴血。待從頭，收拾舊山河，朝天闕！」父親讚賞地看著哥哥，那目光讓我嫉妒死了。母親也湊了過來，一張一張去認照片上的地名。翻到一張「寧夏人民歡迎您！」的路標時，她激動了半天，說，哎呀，這就是寧夏啊。原來她讀書時，有個要好的同桌，讀了一年就跟著父母轉學到寧夏，從此杳無音訊，似乎跑到西伯利亞那麼遠去了。所以，她對寧夏這個地名印象特別深刻。母親像找到了老同學般激動。過後，我從書裡找哥哥背的那首〈滿江紅〉，心裡一陣鬱悶，此賀蘭山非彼賀蘭山啊，當時，竟然沒有一個人知道，就連開到過賀蘭山的父親也不知道。那麼，父親算不算到過這些地方？

逐漸地，我們不再滿足看公路牌，我們吵著父親要看風景。父親只好拍些沿途的風景回來。一座奇怪的石頭山，一排颯爽的鑽天楊，一道有趣的倒淌河，以及一輪即將沉入群山的落日……父親的拍攝技術不怎麼樣，他的取景器總是裝不完那些美麗的瞬間，這時，父親就會在旁邊用話語補充給我們聽，有照片為指示牌，父親說得生動些了。

父親拍回來的照片越來越多，也越來越好看，他被路上的風景迷住了。因為這些照片，我們覺得自己就坐在父親的副駕駛位上，到了父親所到的地方，看到了父親所看到的風景，我們不再覺得父親遠得只剩一個點了。

我們開始記掛在路上的父親，會看著街上任何一輛車，想，不知道這次，父親又會拍回什麼樣的照片呢？我們這樣記掛著，覺得時間慢得像蝸牛。那天，父親回來了，臉色沉重，二話不說，只顧喝水。氣氛嚴肅，我和哥哥便沒敢吵著父親要看照片。母親更傷心，她只是一直重複著那句話：「阿基，就是不能停啊，以後千萬別停了！」父親沒作任何申辯，他垂著頭，乖乖地重複著母親的話：「是啊，就是不該停的啊，以後千萬不能停了⋯⋯」原來，父親這次開到貴州六盤水盤山公路，那地方剛下過雨，山與山之間正騎著一道彩虹，像年畫裡看到的那麼美。父親生怕這彩虹消失了，連忙停下車，抓起相機，跑到路邊拍起來。沒想到，父親停車的地方是盤山路一個轉彎口，迎面一輛貨車看到父親的卡車時，剎車已經來不及，兩相對撞，貨車翻了，父親卡車上的貨物也被撞得七零八落。萬幸的是，人沒事。父親被廠裡記過處分，還要負責賠償貨物損失。

父親再也沒有停下來拍照。那些地圖一樣的照片，一段時間被我夾在課外書裡，當書籤。

父親拉著我們這台拖拉機，吭哧吭哧地進入了新世紀，好在，我們都算爭氣，哥哥念了一所理科重點大學，畢業後在一家著名的證券公司工作，他驕傲地對父親說，我跟您一樣，也抓方向盤啦，我的手一轉，上億金額從我的手裡轉進轉出。哥哥成了業界頗有名聲的操盤手，賺大錢了，給父親在運河邊買了一套公寓。我呢，則讀了文科，在一家報社工作，比上不足比下有餘。在買下人生第一輛車那天，我隆重邀請父親這個老司機坐到副駕駛位。那時父親已經退休在家，開始看時間參照自己在做相對運動，他認為時間比過去快多了，像一輛改裝後提速的卡車。我們一直朝城北開去，上了新開通的一條高速公路。父親剛開始對車的感覺有些保守，總是盯著我的腳底下看，似乎害怕我踩錯了油門和剎車。在高速路上飆了一陣，父親才有點興奮起來，他說，你這樣開車，真像那個女人。我愣了一下，才明白他在講「四川婆」。那個女人開得一點都不端莊。父親說，就像你現在這樣，從這條車道竄到那條車道，我跟在她後邊，淨看到她的車屁股扭來扭去，野得很。父親遇見那女人的時候，是想跟上她，教訓她一下，對她說，車不能這麼開，太危險了，剛才她超他的時候，差點撞上了他的車頭。誰知道那女人一直沒讓父親趕上，「扭著個大屁股，在我跟前晃啊晃的」。父親曖昧地笑了笑，不知道是想起那女人還是那車的屁股了。父親賭氣地一路跟著她，那女人見甩不掉父親，就那樣保持著若即若離的距離。一直開到一個汽車旅館，他們都停了下來。他們坐在一起吃飯，好像經過一路上的較量彼此已經熟悉。後來，父親乾脆請那女人喝起了酒，他們喝得很盡興，每喝一杯就像在用手掛檔，一檔、二檔、三檔……他們加速度衝向終點。

我猜，父親跟那個女人愛得很瘋狂，那個下雪的夜晚，女人跟蹤父親來到我們紅石板街，瘋狂地揿響喇叭，母親說，就像一隻在雪地裡撒潑打滾的母老虎。

父親向母親保證過，想要再跟那女人見面，除非母親不在這個世界上了。不過，直到母親去世，父親也沒再跟那女人聯繫。父親說，怎麼能開歷史倒車呢？

父親一輩子只會開車，也沒有培養什麼業餘愛好。母親去世後，他獨自一人打發晚年生活。我們勸父親學點什麼，父親都興致不大，後來哥哥想起父親曾經愛拍照，就給他買了架簡易的萊卡照相機。父親拿著相機在運河邊轉悠，將遠景拉成近景，將天空的雲圖分成若干幀局部，將一朵花拆成幾瓣，將運河搓成一根線……如此半年不到，父親發現，從鏡頭裡看到的世界，其實跟肉眼看到的也沒什麼區別。他不玩了，把萊卡相機放進櫃子裡。

六十歲那年，醫生檢查出父親的脊椎變形、增生，是長期坐在駕駛椅落下的職業病，晚年加重，壓迫了神經，出現耳鳴、雙腿發麻等症狀。醫生教父親嘗試倒著走路，可以鍛煉脊椎，減輕疼痛。父親很快喜歡上了這項運動，他做得很好。只見他雙手握拳，雙臂前後擺動，就像胸前擺著一只方向盤，父親上下轉動著它，一發動，便雙膝微曲，左右、左右，一步步朝後退去。父親倒行得很穩當，既撞不到朝前行走的旁人，也撞不到身後的樹木、花叢、欄杆，彷彿他的身體左右各安了兩只後視鏡，背上裝了只影像雷達，並且還發出了嘟嘟的警報聲：「倒車，請注意，倒車，請注意……」每天，父親給自己定下了起點和終點，從稻香園小區出發，沿著河堤，倒行至拱宸橋底，再折返，參照那條一路向東流淌的運河，父親順流一趟，逆流一趟，如此往復，一日兩次，服藥般定時定量。這種有起點有終點的運動，讓父親找回了上班的感覺，少一趟他都會覺得渾身不舒服。

父親倒行的本領日漸上乘，速度已經可以跟那些慢跑者相媲美，他就像車流中一輛逆行的車子，往往引來行人避讓、側目，父親超過了這些人，並且跟這些人對望，他正視著他們，朝和善者微笑，朝埋怨者擠擠眼，直到把這些人遠遠地甩在他的正前方。有一次，由於手臂擺幅過大，父親撞到了一個男人的脊背。男人停下腳步，朝父親瞪大了眼睛，嘴裡罵罵咧咧。父親超過他之後，一邊倒退著，一邊朝男人作揖道歉，男人覺得父親倒行作揖的動作實在滑稽，簡直有點卓別林的效果，便轉怒為樂，用手臂捅一下身邊的女伴，兩人指著父親笑起來。父親看著那對開心的男女逐漸從自己眼前遠去，最終變成兩只小點。父親說，現在我才知道，原來後視鏡裡的小點是這樣形成的，有趣。

父親倒行遇見了很多有趣的事。那個漂亮的年輕媽媽拉著小兒子閃進灌木叢，不一會兒就傳出了小孩哭聲，父親清楚地看到了她教訓兒子的過程，她無聲地揪著那孩子的耳朵，又無聲地把作業本塞進那孩子的手上；那個跟在生氣的姑娘身後的男孩，數次抬起手，虛擬著去敲姑娘的後腦，表情既無奈又解恨；那一對老頭老太磨蹭地落在了晨運隊伍後邊，他們偷偷拉了一會兒手；那個拉著行李箱的少年後邊，跟著個中年男人，他走一會兒，就將手背放到臉上抹一把，抹完還不忘東張西望……倒行不僅有趣，也使父親的脊椎輕鬆多了，他在電話裡對我說，就像有人在前邊拉著自己走，一點都不用使力的，即使上坡也不用掛檔，哈哈。父親神清氣爽的樣子，讓我感到欣慰，也減輕了我對父親的內疚，算起來，我已經有兩個月沒回家看過父親了。

一個秋天的傍晚，父親倒行至德勝橋底拐彎的一個小坡，竟發生了「車禍」。他的脊背重重地遭到了一下撞擊，腳下一個趔趄，重心朝後倒，要不是剎車果斷，他差點一屁股摔到地上。父親隨即聽到了一聲尖利的「啊呀」，之後很快爆發了一串響亮的笑聲。父親掉轉車頭，察看車禍現場，只見一個女人先他轉過了頭，查明事故原因後，兀自先笑了起來。那女人原來也在做著跟父親一樣的倒行運動，因而接收不到父親身後的雷達警示，於是——兩背相撞。

父親停下了，女人也停下了。彼此道歉，並不追究事故責任人。父親和這位姓趙的女士，放棄了他們此次出車的終點，他們停留在各自的中間站，坐到運河邊的長椅上，交流起他們的「行車經驗」，聊得愉悅。自此，他們每每相約到德勝橋下的那張長椅，偶爾，也結伴倒行至武林門或者拱宸橋。那趙女士調皮地稱父親為「驢友」。當父親頭一回跟我說起這個詞的時候，我還以為趙女士是位時髦的中年婦女。說實話，父親孤伶伶的，我倒不拒絕父親再找一個阿姨。

認識了趙女士之後，父親生活變得豐富多彩，尤其晚上，他的手再也不去抓遙控器了，他抓住了趙女士的手。在橫跨運河的那條潮王橋下，依著河堤的那只橋洞裡，開有一間歌舞廳，名叫水晶宮，在運河一帶是極其有「老人氣」的，白天集中在河邊運動的老人們，到了晚上會帶著舞伴來這裡娛樂。趙女士喜歡帶父親到水晶宮去「蓬嚓嚓」。剛開始，父親不願意去，他這輩子沒跳過舞，跳舞對他來說是新事物，他的腿不懂得「前嗒嗒、後嗒嗒，蓬嚓嚓、蓬嚓嚓」，他的手從不會握著女人的手和腰，「左晃晃、右晃晃，蓬嚓嚓、蓬嚓嚓」。趙女士像唱歌一樣唸著這些口訣，培訓著父親。她說，「跳舞嘛，小意思，就是蓬嚓嚓、蓬嚓嚓嘛！」她邊說著，用腳帶著父親，前前後後地舞了起來。趙女士跳起舞來，是真的很迷人的，父親向我坦白過這一點。

據趙女士自己介紹，她今年五十有六，一兒一女都在外地生活，目前屬於「空巢」一族，她跟她的老伴，呃，每每提到她的老伴，父親總覺得她有滿腹辛酸。起初，父親倒不想太了解她老伴，橫豎他和趙女士僅僅是驢友，即使像現在這樣拉著手握著腰「蓬嚓嚓」，也只限於純潔的驢友友誼。可偏偏趙女士最愛講的還就是她老伴，彷彿那個人是纏繞她一身的慢性病，生氣起來如山倒，多數時候提起來又如抽絲。時日長了，父親漸漸明白，趙女士早就不想跟老伴過了，無奈就是找不到離婚的契機。明白了這一點，父親的心就像輾到了一塊石頭，咯噔地顛了一下。在與趙女士認識、交往的這一路上，父親的路況極其不穩定，總是被這樣咯噔、咯噔地顛著，父親的心臟就有了反應，他先是同情趙女士，後來，就喜歡上了趙女士。

某天晚上，父親約趙女士又到水晶宮，買了兩張十元錢含茶水的門票。他捏著趙女士的手，「篷嚓嚓，篷嚓嚓」。這晚，他發揮得尤其好，自我感覺也非常佳。父親的外形在水晶宮裡是出跳的，儘管他的頭髮稀疏了，但長年保持的大背頭依舊隆起，閃著髮膠澆濕的光澤，他的皮帶還毫不吃力地搭在第二格裡，他跳舞的時候，脖子儘量伸得長長的，在藍熒熒的燈光下，就像一尾俊美的白條魚，而趙女士呢，父親覺得她就像風情萬種的美人魚了。

幾曲跳畢，他們坐到邊上的圓桌喝茶歇息。他們置身的水晶宮，宮殿的穹頂就是橋身，在音樂停止的間隙，能聽到橋上過車的轟鳴，感受到車輪輾過橋身的顫動，在這些熟悉的顫動中，父親一腳油門到底，朝趙女士飆出了一句：「離婚吧，跟我過！」這句話一脫口，父親就感到頭頂的橋身上，一輛重型卡車正隆隆駛過，淩空的重量彷彿要壓向自己。趙女士並沒有回答父親，只是站起身，優雅地朝父親伸出一隻右手，邀請父親跳下一支快三。一被父親攬住，趙女士才忽然變得羞澀起來，她服帖地倚著父親，隨著父親的腳步，前進一步，後退兩步⋯⋯他們像兩條優雅的魚，歡樂、親暱，在這幽暗的水晶宮裡，游過來游過去。

隔三差五地，趙女士就來跟父親住。父親先是覺得彆扭，但又不願意拒絕。趙女士生動活潑的生活作風，用父親的話來說是——很有味道的。趙女士到家裡來，改造了父親的生活滋味，這滋味好是好，但細嚼起來也有那麼點異常，父親總覺得這樣名不正言不順的夫妻生活，實在是不成體統的，也心存隱恐，他說，哪天，老胡殺上門來，會宰了我們。儘管父親從沒見過老胡，也不知道老胡住在哪個小區哪間公寓，但在趙女士長期的描述中，父親已當他是一位抬頭不見低頭見的鄰居了。趙女士面對父親的擔憂卻毫不在意，她總是說，老胡病怏怏的，拳頭都握不緊，怕什麼？再說了，我已經跟他分床住，等到春節，子女都回來後，我們就攤牌離婚。面對仍有疑慮的父親，趙女士豪爽地說了一句：「嗨，你怎麼那麼老派，現在都是新時代了，我們可是新時代的人啊！」父親才想起，自己出生於一九四九年，是中華人民共和國的同齡人吶。

這麼看來，趙女士是位開放、大方的新派人物，事事顯示出跟這個時代合拍的步調，可唯獨在見家人這件事情上，趙女士表現出了不可突破的傳統。當父親要求把趙女士帶給我和哥哥認識的時候，趙女士卻堅持自己的原則，理由是時機還不成熟，見過家人，那就意味著要成為一家人了，目前，「我們還不能成為一家人」，父親把趙女士的原話告訴了我們，我和哥哥頓時覺得，這位趙女士有熱情，卻不乏理性，絕對是操持家政的一把好手。一度，我們甚至把「成為一家人」當成了父親餘生的寄託，有這位驢友陪伴父親同走人生最後階段，也沒什麼遺憾了。

那年春節，註定是個不平常的日子，就連我那一貫運籌帷幄的哥哥也有點抓不準了，他給我打電話說，妹妹，會不會我們春節回去，家裡就多了個新——媽媽？哥哥的心情跟我一樣複雜。我更多地想起了我們的母親，這個常年枕著父親毛衣獨自睡覺的女人，這個常年參照著隔壁老王家生活得又苦又漫長的女人。母親沒有跟進到這個越來越美好的新時代，她就是一台過時的拖拉機，永遠停留在了那個埋頭耕耘的年月。母親真的沒享到福。除舊迎新之際，往事歷歷在目，我想得淚流滿面。不過，我又不得不寬慰自己，父親跟趙女士結婚後，我就可以有理由長時間不回家了，我跟父親的距離，就心安理得地處於一種遠方的距離，而遠方總是充滿了想念，溫柔、美好，我的父親跟母親就如同一張張舊照片，好好地珍存在我過去的某個遠方了。

離大年三十還有五天，趙女士拎著一支新掃帚，幾瓶玻璃水、油葫蘆等清潔用品，風風火火地跑到父親家，說要提前給父親「掃垃圾」，因為兩天後，她的子女回家，就沒功夫管父親了，她要處理離婚大事。父親心裡一陣溫暖，將這個正紮著一塊頭巾用掃帚撩著蜘蛛網的女人認定為自己的妻子，並下決心跟她一起養老至終。

趙女士怕父親被灰塵嗆著，命父親到運河邊做做運動。出門前，父親喝下了一杯濃醇的鐵觀音，他關上門的那一刻，隱約聽到趙女士歡快地哼起了小曲。父親微笑著下了樓，散步到河堤，「預備，開始！」父親輕快地往後邁出了第一步。北風吹得樹葉嘩嘩地往一側倒去，似乎在為運河當啦啦隊，有旁觀者助威，運河跑得比平日快，像一個志在必得的冠軍選手。父親在逆風中穩住了自己，他雙拳緊握，上下擺動著胸前那只方向盤，步伐如此堅定，彷彿他是在朝前奔去，是迎著風，相反，運河則在他的視線裡一點點往後退去。父親想著，那種孤單淒清的晚年生活，即將像這運河一樣，速速退出自己視線了。父親百感交集，他的思維在一個又一個彎道裡行駛。

父親倒行一個來回後，神清氣爽地回到家，只見屋內窗明几淨，悄無聲息，一縷冬陽正罩著桌上那杯喝剩的鐵觀音，好心好意地為父親加熱著。毫無跡象地，趙女士如灰塵般消失了。就像一個會變戲法的女巫，趙女士騎著那把掃帚飛走了。她還把父親衣櫃裡那些值錢的東西都變走了，包括：兩只夏家祖宗傳下來的金元寶、一對母親的玉手鐲、一只瑞士老手錶以及那架還裝著風景的萊卡照相機。父親找遍了衣櫥、壁櫃、床底，甚至每一只抽屜，趙女士都不在裡邊。

父親堅決不承認趙女士是個女騙子，他為她做過許多設想，他想得最篤定的就是——趙女士被老胡抓走了，沒收了手機，軟禁起來了。那麼，老胡在哪呢？這個一度被父親當成鄰居卻從沒出現過的人，隨著趙女士的消失，遙遠得成了一個沒有形狀的黑點，甚至，一個點都不是，是一團白色的浮沫，逐漸消散。我們勸父親報警，父親死活不同意。他說，這絕對不是入室搶劫，哪裡會有這麼一個賊，先幫主人打掃衛生，然後再拿東西的？趙女士不是賊。好在，父親的損失並不算太嚴重，加起來不過幾萬塊錢。趙女士沒拿走父親的存摺，她知道，拿了也取不出來，反而成為一名大盜。

父親沒有報警，他在水晶宮門口守了好些個夜晚，他在運河一帶來來回回地碰，期待能與他的驢友重逢。這些美好的念頭一次一次從僥倖的身邊擦肩而過。整個冬天過去了，春天來了，萬物發芽的時候，父親將那些美好的念頭掐芽，他將它們製成茶葉，泡水喝。夏天即將到來的時候，父親終於敢直面這次挫敗，他向我們坦白，跟那個女人好的時候，還給過四萬元那女人代為炒股，也不知道她到底有沒有炒。我和哥哥倒吸了一口冷氣，像偵破一樁大案般，順著父親一點一點的交代，閃回了各種蛛絲馬跡。哥哥說，遇到大盜了，這應該是一個有組織、有預謀的詐騙團夥，回過頭看，父親在德勝橋倒行的那次「車禍」，就是那女人的一次碰瓷。馬路碰瓷這類手法，對於長期在路上開車的人來說，往往一眼就能識破，父親為什麼輕易就上當了呢？父親沒做任何解釋，他低下頭，用手慢慢地捋著那一叢稀疏的大背頭，反覆說：「在那個地方，就不應該停下來的，不該停的，我真像驢一樣蠢啊……」看著父親這個樣子，哥哥悄悄地對我說，我們的父親真的老了，已經搞不定這個時代了。我的心裡一陣疼痛。

父親再不樂意在路面上倒行了。他跟大多數老頭子一樣，在運河邊散散步，坐在長椅上晒晒太陽。不過父親還是跟大多數老頭子不一樣，他不愛扎堆聊天，木呼呼的，找僻靜的一截河岸，坐在椅子上，看著離自己不到十米遠的運河，以及河上稀稀拉拉的幾艘貨船，目送它們從下游的一個河彎處逐漸消失。父親想起了很多遙遠的事情，彷彿他的腦子裡有無數面鏡子，那些關於我母親以及我們兄妹的往事，在鏡子裡成像清晰，他自個兒看得感慨萬分，常常不管在上班時間還是午睡時間，拎起電話就給我或哥哥打，「小峰，你們小時候用石頭去砸車廠的豬，人家都跑掉了，你還傻呼呼地站在那裡看，害得我在廠裡上了一個晚上的家長學習班……」「小妹，你總是吵著媽媽給你買明星貼紙，媽媽不給，你就到我掛在門背的衣服口袋裡翻，每次都有五毛錢在裡面吧？那是我故意留在裡邊的……唉，你們媽媽都沒好好坐過我的車，她總是說，想坐我的車去寧夏看看，她最遠到過哪裡？……唉，你們媽媽最可惜了，都沒享到福……」這些星星點點的事情，讓父親變得憂傷甚至消沉。我不得不鼓勵他：「老爸，別老想著過去，你要往前看，吃好穿好，過好每一天，現在生活好了，想要什麼就去買，我給你買……」父親從來都乖乖應答，彷彿他是大病剛癒的患者。我講得口乾舌燥，心裡其實很虛弱，我又能幫他做些什麼呢？電話結束的時候，父親說得最多的一句話是：「怪了，就像是昨天發生的事情……」

有一天上午，我接到父親的電話，他興致勃勃地告訴我，他決定開始練習游泳，他打算到運河裡游一游。我嚇了一跳，當即警告他，千萬別做這事，這條肉眼看起來平緩的河水，實際上太危險了。在我的印象中，父親不會游泳。可父親卻絲毫聽不進去，他很興奮，向我說起老家鄉下的那條河，他說他從小就是泡著這條河水長大的，不過他只懂得青蛙式，小時候一淘氣，奶奶就會追著他打，一追，他就跳進河裡，奶奶在岸上又氣又急的……父親說：「我要把游泳撿回來，今年夏天到運河裡走走。」電話裡，我聽到了一聲清脆的船鳴，我猜父親正站在河邊，羨慕地看著這艘貨船，彷彿運河是他即將啟航的另一條公路。

父親對運河游做足了準備。他到小區的游泳館，花八百元請了那個健碩的游泳教練，一對一地教他，並且只教一個動作——仰泳。父親覺得仰泳這個姿勢太優雅了。人像睡覺般仰臥在水裡，頭枕在水面上，雙臂在身體兩側輪流划水，雙腿夾著水往後蹬，一往後蹬，人就往前飆出幾米，這比在河堤上倒行優雅多了。

父親練得刻苦認真，除了每天到游泳館，教練利用午休時間一對一地訓練他之外，他更多的時間是在家裡自行練習。他穿著厚厚的羽絨服和棉褲，仰臥在客廳的木地板上，雙手在身體兩側划著地面，雙腳則配合地往後蹬。他先是在原地滑動，反覆練習之後，他開始嘗試著在地板上游。他順著客廳往臥室的那條筆直長廊，來回地游。後來，他掌握了用髖部拐彎，就從客廳的長廊裡游進臥室，再從臥室游進書房……父親的方向感很強，他的腦袋就像一個舵，能準確地判斷出，前方十點鐘的位置是房門，左邊九點的位置是一張茶几，右邊四點的位置是一隻拖鞋……父親擺著舵，輕易地繞開了這些障礙物。

夏天還沒真正到來，父親已經可以仰躺在水面上，周游游泳池了。即使池子裡人再多，父親都不會撞到他們，就算那個埋頭划著狗爬式的大塊頭，魯莽地就要撞向父親了，父親都會調整好身體，腳掌一踩水，來一個側滑，像一條無聲無息的魚，優雅地從大塊頭身邊掠過。教練抱著雙臂站在池子邊，得意地看著他六十四歲的高徒，他對他的同事說：「所以說，年齡根本不是問題，關鍵看怎麼教，誰來教。」

那個午後，父親從一場充足的午睡中醒來。他開始行動了。他穿上一件文化衫，在游泳褲外套上一條闊短褲，腳踏進一雙拖鞋，再用一只塑料袋裝上一條浴巾，精神抖擻地往河邊走去。在文化廣場的一個坡下，他找到了走下運河的那條階梯。他站在倒數第四級階梯，脫下了衣褲和拖鞋，將它們裝進塑料袋裡，放在地上，又猶豫了一下，返回坡上，在草叢裡找來一塊石頭，將石頭壓在塑料袋上。做完這一切，父親才放心地走向最後一級台階。

父親的腳一邁，重心就交付給了與他作伴幾十年的運河。

跟父親的理想完全吻合。他平躺在河面上，順著流水的方向，不緊不慢地，兩手划水，兩腳蹬水，腦袋頂水，那叢大背頭被浸濕了，坍塌下來，藤蔓般稀稀拉拉地攀在腦殼上。游著游著，父親驚訝地發現，在這裡游泳根本不費力氣，比在木地板上、游泳池裡省力多了。他開始放鬆身體，快樂地、輕盈地向前浮游，並不時扭頭看兩岸風景，路燈、長椅、花壇、六角亭、柳樹、橙色的健身器械……他看到自己走了無數遍的那條堤岸，他朝岸邊揮揮手，就像一個閱兵的首長。偶爾，父親會停下來，身體靜止在水面上，很享受地朝天空打個呵欠。遠遠看去，那樣子真像是睡著了。

父親優雅的游泳逐漸吸引了兩岸的觀衆，他們倚著欄杆，站在樹蔭下看，其中有幾個人，還邁起了碎步，一路跟著父親，跟了一會兒，他們看到一輛裝滿黑煤的貨船，遠遠地駛過來了。貨船的船身被壓得很低，破著深深的水線，筆直朝前開，彷彿稍微做個側身都很困難。在距離父親還有幾百米遠的時候，貨船發現了水上這個障礙物，長長地鳴叫了幾聲，把岸上的人都嚇了好幾跳。

父親絲毫不理會那噪音，他慢條斯理地繼續直線朝前游，彷彿他的腳掌上安著兩只後視鏡，在貨船還沒叫喊之前，他就先看到了它，並且完全掌握了它跟自己的距離。

貨船越駛越近，它已經不可能再為父親調整方向了。這輛身上寫著「湖州〇〇七號」的貨船，主人是一對中年夫妻，他們著急地走出船艙，雙手叉腰，朝前方的父親大聲嚷嚷。緊接著，他們養的一條大狼犬也站到船頭來了，牠朝父親緊鑼密鼓地示威嚎叫。岸上的人開始揪起了心，好像父親很快就會被捲到船底下，有的人還甚至朝父親呼叫、打手勢，他們以為父親是個聾子。

就在貨船與父親相距不到一百米的時候，只見父親雙腿一蜷，身體一個側翻，沉入水裡，幾秒之後，又浮出了水面，父親腦袋朝下，背朝天空，張開四肢，像一隻敏捷的青蛙，迅速地朝岸邊游去，給貨船讓出了路來……

貨船超過父親的時候，那對中年夫妻驚魂未定，就像被捉弄了一翻，惱怒地朝父親大叫大罵，而那隻大狼犬卻無比安靜，牠警惕地看著遠處的父親，耳朵緊張地豎著，彷彿水中潛藏著一個威力無窮的不明危險物。

沉重的貨船疲倦地朝前方開遠了，風平浪靜。父親又回到了河中央，他安詳地仰躺著，閉著眼睛。父親不需要感知方向，他駛向了遠方，他的腳一用力，運河被他蹬在了身後，再一用力，整個城市都被他蹬在了身後。

走甜

蘇珊又遲到了。

拖延症從睡眠開始，終於拖進了白天的行為當中。夜晚，蘇珊的意識每每卡在兩點到三點之間，便不再問，幹嘛睡不著？僅問，睡著了又醒來，到底為了什麼？清晨，宋謙緊了緊懷裡的蘇珊說：「呃，這個問題嘛，已經跨入了哲學範疇，老婆，開始玩深刻啦？」「中年人啦，可不該玩玩深刻嗎？」最近，蘇珊經常把「中年」二字掛在嘴邊，可在宋謙看來，只不過是她新發明的另一種撒嬌方式罷了。

蘇珊最討厭別人裝深刻。要到多深才能刻下來？刻下來做什麼？當記者那麼多年，她最歡迎那些有話直說的採訪對象，說出來，記下來，發表出來，一疊報紙，一天就過了。時代便是由這一疊疊報紙墊起來的。蘇珊就是時代的搬運工。

現在，蘇珊要來「搬運」的是一本書。盛大的發布會，規格之高難以想像。僅僅因為某領導在某場合，說到最近閱讀了該書。第二天，這本書就瘋狂加印。剛才蘇珊在記者簽到處拿到這本書，那領導的名字已經大大地圍在了腰封上。時代，也是由一個個這些人的名字圍起來的。

與此同時，蘇珊也看到了他的名字。如前幾次會上所見那樣，忝列在領導嘉賓名單裡，排名倒數。他不見得會來。他可來可不來。新聞通稿上，大方一點的版面，他的名字往往會在「等」字之前出現，金貴些的版面，他就沒入「等」之後，無跡可循。不知為什麼，蘇珊對他很大方，每次發稿，都把他穩穩地放在「等」的前邊。這是她對他唯一能做的。只見過幾面，說過幾句話，蘇珊就對他有好感。四十歲了，好感不容易培養，生活對她來說，像被剔剩下的魚骨架子，橫豎挑不出一塊好肉來。

發布會後，照例是吃飯。

那張圓餐桌只剩一個空位了，碗筷也沒被動過。蘇珊一坐下來，才發現，左邊是他。看起來，他也來遲了。服務生為他倆補上了湯盅。青橄欖白肺湯。蘇珊顧不上跟人講話，低頭喝湯，一勺，一勺。幾勺喝下去，發現身邊那人，跟自己的頻率幾乎一樣，埋著頭，一勺，一勺。他和她的腦袋快要湊到一起了。那麼近。蘇珊有些遲疑，故意放慢了勺子，腦袋依舊低著。他的勺子竟也放慢了下來。她用餘光瞄了他一眼，他喝得認真，不知道是真認真還是假認真。她認為他們的餘光是相遇了的。蘇珊心裡生起了一陣暖意，她跟他是一夥的，是同桌的他，甚至青梅竹馬，兩小無猜。蘇珊有了奇怪的純真的想法。

發布會結束後，蘇珊馬不停蹄交當天稿，在電腦前敲下他名字那一刻，她就有了甜蜜蜜的滋味。那個人，不知道什麼時候變甜的？甜的滋味，蘇珊近幾年便刻意躲避。她已經進入了易發福的年齡，她是個克己之人，為了保持沒生育過的身材，年輕時喜歡吃的巧克力、冰淇淋、甜點……這些東西被列入了她的黑名單，想到那種濃郁的香甜，她甚至會打冷顫。她一直都戒不掉咖啡，卻再不敢加糖。報社樓下那家路邊咖啡店，每次見蘇珊來，店長便自覺地朝製作坊裡喊一句——走甜！即使到任何一家茶餐廳、咖啡館，點咖啡的時候，她也會自覺地吩咐侍者——要走甜啊！

走了甜的咖啡，喝不慣的，覺得苦澀，蘇珊喝慣了，倒覺得醇香，越濃越黑，彷彿獨自一人走在伸手不見五指的夜裡，體會到某種神祕和美妙，那遠遠是光明所照不到的想像的極地，漫步在那樣的途中，或許有驚慌，有忐忑，呃，當然更多的時候是——什麼都沒有。這些多如牛毛的微微的失望滅絕了她的任何一種期許。蘇珊感到自己就是沐浴在這種失望的毛毛雨中，一日日走下去。

製版車間新來的那個九〇後小美編，請蘇珊下去對照圖片說明，順便評價了一下那張合影。她用鼠標掃射過那一排人，長嘆一口氣，說，根本沒有一個能看的。最終又無奈地加上一句，也就這個大叔勉強還想搞一搞。蘇珊的心暗顫，順著她的鼠標看去，見他站在最邊的位置，清瘦，與旁邊那些發福者、鬆弛者、毛髮稀疏者自然迥異。他似乎沒看鏡頭，在發呆，無神無情的困茫。蘇珊又開始多想了——那表情是什麼意思？那腦袋在想什麼？他在會議背後的生活會怎樣？他有什麼有趣的習慣？進而，她又想，他那襯衫底下的身體長什麼樣？喜不喜歡晚睡？嘴巴裡有沒有口氣？有沒有紅顏知己？……她的疑問越來越具體。像採訪一樣，她準備了十萬個為什麼。

小美編把她的走神捅穿之後，她感到無比羞愧，太流氓了，太形而下了，太不知識分子了……她在心裡嗔怒自己，像是心裡邊坐著一個正逢青春期的丫頭，既想管著她，又不自覺要放任著她。

他自然是看到了那則新聞，他的名字在「等」的前邊，還附著照片。他盯著照片裡的那個自己看，徒生自戀。老了老了。在某些時刻，他還覺得自己是個男孩兒呢。他是不服從老的，不為人知地叛逆地還要囚著那個男孩兒。昨天，伏下頭喝湯的時候，發現那女記者也跟自己一樣，喝得忘我投入，他就想，等著她一起，一勺，一勺。他喜歡自己那樣，無聲地獨享一些小心思，時而有趣，時而歪邪，時而沮喪，時而淒美。不過，再親密的人，也接見不到那男孩兒了，他就是月球上的彼特·潘，孤單得像所有童話的本質。偶爾，他也任性地在自己的衣服上洩漏出那樣的小心思。白襯衫第二顆扣子的位置，掀出一角看，裡邊有隻睜著左眼的小貓頭鷹，是在埃沃店訂製襯衫的時候，特意吩咐繡上去的。更明顯一點，通常便是在衣袖口、領子上、口袋邊，嵌上一條小花邊，也不是隨便的小花邊，是費了心思選的，從不令人感到似曾相識。這些表現，足以讓人們給他下了個定義——悶騷男。單位裡，他是多數小女孩兒歡迎的中年大叔：有那麼一點小權勢，不大，所以好接近；有那麼一點小滄桑，不老，可以挽手走上一段；有那麼一點小情義，不亂，任誰也不去折磨的；有那麼一點小講究，不張揚，就感覺不出裝來了……當然，他也是多數中年怪阿姨們不待見的人，她們眼中的他，一把年紀了，仕途不上不下的，卻外貌協會得緊，與自身年齡不匹配的身材和衣著，彷彿時刻準備著要出門談戀愛似的。她們其實也不是真不喜歡他，只是要暗暗保護自己——她們對他再好再多情，他對她們而言，也總歸是個大步流星客。

盯著照片裡的自己看了半晌，他才去看旁邊那些領導。一個二個三個四個五個六個七個八個，指認著那些相識不相識的人。他老婆總說，你呀，還有多少張凳子要越過？還有多少個人頭要趕超？再不下功夫就來不及了呀。現在，他的手指從自己身邊出發，將那些人頭琴鍵一樣彈過去，腦子裡無端端就響起了女兒考試前，時常哼的那首歡樂的〈水果歌〉：「來來，我們都是水果，過過過過過過……來來，我們都吃西瓜，掛掛掛掛掛掛……」人生啊人生，不過就掛，過過過，掛掛掛。他的手指停止了動作。

跟以往的無所謂不一樣，他把那張報紙留了起來，並且，翻出蘇珊的名片，手指觸著屏幕，熟練地給她發了一條短信：

「報紙看到了，謝謝，找時間喝湯。童。」

彷彿是一條回覆。

在他放好手指的同一時刻，蘇珊SIM卡裡那一千多個人中，猛然就跳出了他來。是頭一次，卻彷若老朋友了，好像昨天才搞了幾個回合的短信來往，今天又續上了。

一整天，蘇珊都在惦記著這條短信。下班，她把車駛到五環外，停在僻靜的道邊，寫上一個字，待定未定的時候，取消了，又開始琢磨另一個字。車是密閉的空間，蘇珊在裡邊捧著手機，神經病一樣，時而自言自語——「童」什麼「童」，你是誰呀？你以為你是大明星大人物呀？真搞笑！時而，她又看著那條短信，屏住笑，原來那天他也注意到一起喝湯的細節了，那麼，他的心理活動也是跟自己一樣嘍……丟死人了！她的臉便紅了起來。像個等待約會的女孩子，蘇珊為他發出的邀請認真地糾結著呢。直到宋謙的電話鈴響起，她才平復。

宋謙是要帶她到一個地方吃魚眼睛。他說，那地方，專門吃魚眼睛，有各種做法，很刁鑽的。宋謙知道蘇珊喜好味蕾上的冒險，但凡在菜餚裡能挑出一個亮點來的，他必帶著蘇珊去嘗試。看著蘇珊歡喜地吃新菜的樣子，他覺得她還沒長大。或許由於他倆選擇了丁克生活，他把所有的父愛都投放到了蘇珊的身上，他就把蘇珊想像成了自己的女兒。

蘇珊望了望窗外，這是個自己幾乎不怎麼到過的地方，怎麼會停在這裡？真是鬼使神差了。她很快找了個寬敞的地方，掉了個頭。

駛回市區，穿過百花隧道，車不多，裡邊就顯得特別幽暗。為了享受這種幽暗，蘇珊放慢了車速。她的目光掃見了一個小岔口，那是隧道側邊凹進去的一個橫向岔口，不大，只能容一輛車停駐。每開百把米，就會凹進去這麼一個橫岔口。蘇珊恍然，那是用做臨時停車的，就像高速公路上的服務站。蘇珊平時從沒注意過。她開始刻意去找這些橫岔口，左一個，右一個。在隧道口的光亮隱約透來之時，蘇珊瞄到一個岔口裡，有輛車停著，裡邊似乎坐著兩個人。一男一女。肯定是一男一女！蘇珊堅決這麼認為。她很快閃出了「車震」這個詞彙，這可不是一個偷情的天然好地方嗎？蘇珊腦子一熱，好像寫稿子的時候，某種靈感降臨，文章出現了神來一筆。好在，沒過幾秒，連人帶車地，她就彈出了這條幽暗的百花隧道，迅速被一整個光明擁抱。

現實這個親切的主人，隔著明亮的車窗朝蘇珊打招呼——你好，蘇珊。蘇珊莫名地感到有點失望。

晚上，臨睡前關機，蘇珊平靜地給那個「童」回覆：「不客氣的。」她把自己裝得很大牌。

說「不客氣」，他倒也真的跟蘇珊不客氣起來了，邀請喝湯的事情便再沒了下文。

記者這個行當，蘇珊幹十多年了，如今在每個採訪的場合中，放眼望去，全是十多年前的那些自己。她不得不承認，應該從這個戰線上撤下來了。然而，正如她對飲食的態度一樣，但凡有一個亮點，她都想著要去嘗試，對工作也如此，她拖拉著自己殘餘的一點好奇心，抱著虛假的熱情寫出故弄玄虛的一篇篇報導，偶爾也會被自己炮製的那些故弄玄虛所矇蔽，能高興個幾天。現在，她不願意也得承認，他成了她工作的一個新亮點。每次去開新聞發布會，她都隱隱地期待他露面。這些期待從一點點的潛意識的亮光，逐漸浮現成一種種行為，比方說，出門前對服裝挑來揀去，在耳背藏一些知性的暗香，在微笑的臉肌部位染上一抹橘紅，把幾乎要耷拉下來的眼睫毛重新卷翹起來——是要為他刷新心靈的窗戶麼？她跟他遇見的次數比從前多了起來，在很多她認為他不會出現的場合，他竟也會不期而至。她從他不時瞟來的餘光裡，讀出「這不是偶然」的信息。於是，她將這樣的信息，按照職業思維慣性，故弄玄虛成一篇篇美文，只是，這美文只發表在自己內心深處，是內參。

在一次會議的茶歇，她注意到他並沒有離開自己的位置——她早已經發現，他總會做出些不隨大流的舉動。她倒了兩杯咖啡，一杯慣常的走甜，另一杯呢，她猶豫了一下，沒加糖，只是把糖包放在碟子上。她小心地端著兩杯咖啡重新走進會場，遠遠地，就看到了他的背影。他舉著手機正對著空無一人的主席台，似乎在拍照，他是那樣專注，以至於她走近了他，他都沒有察覺。她起了頑意，躡手躡腳地走到他背後偷看，只見他的手機屏幕上，正嘗試著將自己的桌簽和整個主席台背景都裝進去，由於他的桌簽擺在主席台的偏僻處，所以取景特別困難。放大、縮小，左側、右偏，煞是苦惱。她「噗嗤」笑了出聲。他回頭，看是她，竟也不覺得尷尬，默契地回以一笑。這一笑，使她找到了那次喝湯時的感覺。她放下手中的咖啡，一路小跑過去。上主席台的階梯有那麼五六級，她像少年般，兩步就躍了上去。她拎起他的桌簽，重重地頓在了正中的主席位上，朝台下的他示意，拍！他果然大方地用手機嚓嚓地拍下了幾張，拍畢，朝她做了個OK的手勢，她則調皮地伸伸舌頭，乖乖把他的桌簽重新歸位。

做完這一切，他才想到要環顧四周，確認會場上除他倆再無旁人，他才放下心來。不出蘇珊所料，他把那包糖撕開了倒進咖啡裡。一杯甜咖啡，一杯走甜咖啡，二人邊喝邊輕聲聊著。話題是沒什麼意思的，只不過二人一直單獨待到茶歇結束就是了。

在很多可去可不去的會議，他最近都頻頻出席。他老婆命令他，這段時間，大會小會必須場場到，混個臉熟，找適當機會爭取發言，露露鋒芒。寶劍不出鞘，焉知它是塊寶還是廢鐵？

他老婆是個理科生，沒什麼文學修養，用的比喻也通俗，原本也沒什麼資格命令他，只是最近她掌握了話語權——她七拐八拐，搭上了一位貴人，這位貴人用她的話來說會「帶領著老童進步」，這位新調來的組織部長，被她老婆攀成了遠房堂哥。在她的數學頭腦考證和梳理之下，這位部長的確跟她祖上有過那麼一支交叉的親戚關係，只是僅僅交叉了那麼一支，人家又遠遠地蔓延出去了。不過，「關係不夠禮來湊」，無論如何，這位跟老婆同姓的部長已經認下了這房突如其來的親戚。於是，老婆的命令就代表了組織部的命令，每每他露出懈怠的時候，她就軟硬兼施，命他重整鬥志。

說到底，他是個相當自戀的人，對於一個自戀的人，你要他拉下自己的面子去求官當，還不如叫他涎著顏面去追求一個紅顏女子呢。在他的經歷當中，無數次證明了這一點——遇見好女子比碰上好位置的機會多得多，在各個年齡段中，朝他暗示好感的女子，他幾乎都能敏銳地捕捉得到，他得意地認為，只要他稍微邁出一步，那些女子都會被自己一個個拿下。只是，他終究註定不是個做大事的人，即使對那些自己亦心動的女子，他也只不過跟別人搞搞曖昧，無疾而終——也許總落不到實處，她們紛紛失去耐心，斷了這種隔靴搔癢的遊戲。要知道，如今滿大街都是現實主義之人，要錢要權要快感，此外一概不要。像他這樣的人，你可以說他過時，也可以說他不現實，不過，知夫莫如妻，他老婆對他們的朋友總是大大咧咧地說：「我們家老童啊，別看那麼愛臭美，其實是個膽小鬼，有賊心沒賊膽的！」仔細琢磨一下，老婆說的也不是沒有道理，每每有越雷池半步的念頭，他心裡總會敲出一句長鳴警鐘——紙嘛，肯定是包不住火的！這句惡俗的話雖然討厭，卻讓他免遭了很多麻煩。這些麻煩，打開報紙和網絡幾乎無處不見——中國式的腐敗必帶著情色。他心驚肉跳地認定，情色即是一種腐敗的開始，就算如初戀般美好的兩情相悅，最終也不免落入俗套。

然而，膽小歸膽小，卻阻擋不了他一顆愛人的心。他是這麼想的，橫豎是自己在心裡愛愛，心嘛，總是比紙要厚實得多，總是能包得住自己的火的。比方說，最近，他總能在會場上看到的那個女記者，他覺得他在愛著她了。怎麼說呢，以他的目測看來，她已經不年輕了，但也不覺得老，還能從她的身段和表情中，看到若即若離的青春，他喜歡這樣年齡中的女子，既不青澀，也不凶猛，既成熟，又不乏女兒態，她們懂得欣賞自己，也懂得別人在欣賞自己，更重要的是，她們能接收到別人的好感，並且能及時地對別人回應出好感。於無聲處，不需任何證據，他就愛上了那樣的她，並且，也感受到了她對他的愛。這些沒有證據的愛，讓他感到無比安全，無比輕鬆，他甚至認為自己可以放肆一愛了。

像被某人做了惡作劇，蘇珊的人生裡被投進了一顆糖，那些甜分如細胞一樣游泳，在蘇珊的身體裡暢遊。她不再討厭失眠，意識不再在滴答的鬧鐘上卡殼，她輕易地拉起那些細胞，跟它們一起暢遊，暢遊在他的容貌上，在他講究的鬢角邊，在他細緻地捲起的袖口，在他用心裝飾的花邊……她甜滋滋地想，他跟她心思一致，他知道她會出現，於是，他也會出席，於是，她便能經常在公眾場合上邂逅，這種有意的邂逅，感覺不異於約會。她在黑夜中一想到「約會」這個字眼，就浮現出一條如眼前夜一樣漆黑的隧道，那隧道裡，細胞一般分布著一個個小岔口，停車暫做愛，如此刺激，如此銷魂，如此絕望……像一部小眾的法國文藝片。她想得很多，想得臉紅心跳，已無力去追逐睡意了。趁天還沒亮的時候，她理性地認證了一下對他的愛。她愛他，是純粹的，不怕被人笑話地說，是純真的。不像那些遲暮女人，重新試愛，是為了證明自己魅力猶存，還具有愛的能力，也不像那些無知婦女，因為不滿意家庭關係，純屬打發無聊的生活，更不像單位裡那些來勢凶猛的年輕女孩兒，為了縮短奮鬥歷程，以青春交換權勢。蘇珊認為，對他的愛，如果說有功利目的的話，她自認是一種很文藝的目的——綻放她的中年肉欲。她看過不少新浪潮的文藝片，整片僅有一個主題：打開生命的禁錮，讓人欲出入自由。她往往會被那些背負懲罰甚至付出生命代價的男女主角感動得熱淚盈眶。怎麼會這樣呢？她不是個性欲很強的女人，她不封建，但也不開放，她是個知識女性，她不需要在男人的身體上認知自我或者實現自我。她唯一能解釋的是，她會被這樣的男人吸引，逐漸稀少的荷爾蒙還會為他汗毛般豎起。她在暗中期許，跟這個得體的男人來一場豔遇，直白一點說，來一場性愛，將會是她人生中的又一次陽光普照，將她中年路上那毛毛細雨般的失望暫時驅走。這種期許，成為一種持續的亮光，讓她即使拖著失眠的身軀迎接清晨的時候，也不至於懈怠甚至厭世。

當她雙腳踏下床，整理自己，開始迎接新一天，雖然內心激情飽滿，但肉體卻扛不過一夜失眠，她的腦袋感到很沉重，並且開始疼痛。不過，她並沒有被肉體的疲倦所擊垮，她像個鬥士，明知不可為而為之。對付肉身的這種疲倦，她自然有自己的法寶，她將宋謙從香港帶回來的正版斧標驅風油揣到隨身包包裡，疲倦不支的時候，就在太陽穴和耳根的下關穴處塗抹幾滴，那些刺激的涼，可暫時麻痺睏倦這個敵人，振作精神。她只認這種正版牌子的驅風油，味道是她喜歡的，效果也是她多年驗證過的，果然如瓶子上那行繁體字所寫：「居家旅行 常備良藥」。她介紹給單位裡幾個要好的同事，用過都覺得好，每當丈夫宋謙到香港出差，這些同事便紛紛要求搭買，買回來後，蘇珊便大方地免費分送，這些人得了優惠，每每在蘇珊面前誇她丈夫是「一等一的好丈夫」，更有風趣的人，稱她丈夫就是一瓶斧標驅風油，是「居家旅行的常備良藥」。蘇珊對這些讚美，都一一笑納。在女人面前誇讚自己丈夫的好，往往是不存一點私心雜念的，也可以說是一句禮貌的話了，跟那個丈夫其實關係並不大的。就像她，斷然不會跑到他的老婆面前去誇起他來，她甚至歹毒地認為，他跟她老婆關係極差。越差，她越心疼了很多美好的、比喻的句子，以表達她那些不可與他人言說的心緒。她把自己比喻成一杯加了糖的咖啡，甜分適中，溫度恰好，她想像著，他素淨而暖和的雙手，將她端起，放到唇邊，並不急著去嘗，只是微笑著，低頭端詳，彷彿要在那幽黑的水面上尋找自己的倒影，直到那水面上也泛起了微笑的波紋，最終，唇才挨下去，一親芳澤。她寫道：「喜歡一杯咖啡，帶著香甜和溫暖，進入一個人的體內，末日即使真的如期降臨，再生之門依舊為愛敞開。」她這句話，被同事們在QQ空間看到了，被拿來取笑，故意說：「蘇老濕，最近好抒情哦，開始做詩啦！」有個正在談戀愛的男同事，正兒八經地徵求她的意見：「蘇老師，你把這話授權給我吧，我把『一杯咖啡』換成『一個女人』，寫給我的女朋友。」蘇珊聽了這話，一陣發虛，彷彿被人揭發。

二十八號那天，蘇珊過得忙不迭腳，上午到社區採訪完一個送溫暖活動之後，中午回報社趕稿，下午，開個簡單的報題會，空下來已經是三點多了，本來還有一份年終總結要交，蘇珊顧不上那麼多了，她把那張表格鎖在抽屜裡，果斷地結束掉一切庸俗事務。按照自己的計畫，她先到美容院去做臉，再到美髮店去做頭，最後到商場去挑一套漂亮衣服，最最後，約會去……

在商場，她做了一件至今想來仍覺得羞愧的事情：她挑選了一套質地精良的裙子，整體流暢有品味，小立領，用一粒小盤扣緊致地將她修長的脖子圈起來，遮住了歲月附送給她的那兩道隱約可見的頸紋，誰知道，設計師在胸口處惡作劇似地挖了個小橢圓形的口子。如果說整襲墨藍色的裙子像一條密實的蜿蜒的隧道，那麼，胸前的這一塊橢圓形，就像隧道中一個臨時停車用的岔口，故意留給人停駐喘氣的。蘇珊在這塊橢圓上猶豫很久，她覺得這個地方有點賣弄風騷了。專賣店的小姐不斷說服她：「這個地方是設計師的得意之處，是整套裙子的亮點，姐姐你皮膚那麼白，胸部那麼豐滿，來我們店的很多女人喜歡這套裙子，試了之後，這個地方都撐不起來，都不敢買，人家羨慕姐姐都來不及呢……」店員們圍著蘇珊七嘴八舌一陣強攻，蘇珊對著穿衣鏡前後左右照來照去，也奇怪，她的眼睛無論如何總會停留在那個小橢圓上，看起來的確是個亮點！她果斷買下。為了更好地撐起這個亮點，她還到隔壁內衣專櫃去，買了一只新的乳罩，乳罩有個好聽的名字——水盈風。在杯罩內側嵌有兩只水袋，導購小姐說，是新開發的產品，具有側攏、挺拔、按摩、調整等作用。蘇珊一穿上，果然胸部高聳，關鍵是，那橢圓形的亮點處，隨著人體的活動，便增了一道時張時閉的陰影，就像一隻丹鳳眼的眼瞼上塗了生動的眼影，連自己都看著很美。

酒會當然是沒多大意思的，不過，多了他不時投來的帶有讚美意味的目光，她就覺得搖曳生姿了。她暗自覺得買下這套裙子真是一個英明的決定，在他鼓勵的注視之下，她竟然飄飄然起來了，端著酒杯，優雅地朝他坐的那一桌走去。她單獨向他敬酒，像兩個老熟人。他也站起來，嘴角帶著笑意，張口客套地誇了她一句，她聽了臉一紅。隨後，他拉拉她的袖角，示意她到一側說話。她聽明白了，他是要她等他，等到自由交流的時間，「我們散步去。」他是這麼說的。她眼中的他，今夜比任何一次會議見到的都清俊，而且，她還從他的身上聞到了一股清香。

接下來，一個領導，又一個領導走到話筒前，都講了些什麼，蘇珊腦子一片空白。也許由於一整天神經都繃得太緊了，也許這套裙子將她的身體收束得太緊了，她坐在椅子上，沉重的疲乏逐漸壓低了她孔雀開屏般撐起來的精神，很快，那種熟悉的頭痛就升上來了。她從自己的包包裡，熟練地找到了那瓶「居家旅行　常備良藥」，分別在自己的太陽穴、下關穴塗抹了幾下，稍微緩解了一下疼痛。不過，沒多久，她又感到難受了，不得不又用斧標驅風油多塗了好幾下，直感到自己的腦袋和耳根都熱辣辣地刺痛了，那股欲裂的頭痛感才被打壓下去。

領導的講話終於結束了。人們從座位上站起來，開始互相走動。她也站起來，在人群裡尋找著他。一度，他在跟幾個相熟的人說話，她遠遠地看他，覺得他是那麼與眾不同。一度，又有幾個人拉他去拍照，當然是年輕女孩子居多，她看到她們活潑可愛地挽著他的手臂合影，心裡覺得很自豪。

後來，他在不遠處給她發了個短信：「先到樓下等，我就來。」這次，沒有落款「童」。

她乖乖離開了會場，下了樓。南方，歲末的氣溫是涼的，她穿著那裙子，竟然也不覺得冷。她不知道，今夜他將會帶她到哪裡去？此刻，她的心裡充滿了浪漫情懷，她一路踱步一路想，即使帶她去私奔，她恐怕也願意跟他去的。

沒過一會兒，他就從賓館門口出來了。他們並肩地朝前方走去。他用手不時地扶扶她的後背，她並不知道他要走到哪裡，只是默契地跟著他腳步的意思。他們邊走，邊輕聲地聊著那場沒意思的酒會，卻也沒說起一句帶感情的話。走到一個路邊小花園，路燈曖昧地照著一叢叢竹子，他自然地帶她走了進去。

竹林裡是暗的，暗得讓人緊張。蘇珊的緊張不是沒有理由的，他的手已經搭在了她的肩膀上，越往裡走，他的手越往下滑。最後，他們並肩站定了，相對著。先是她害羞了，撒嬌著把頭撲進了他的懷裡，便沒再動彈。他幾乎是顫抖著，低下頭，用手端起她的腦袋，捧著她的臉，他似乎在試圖看清楚，也看不出什麼名堂來，接著，他的唇湊近了去，慢慢地，湊近她的臉頰，再往下，湊近她的耳根。蘇珊覺得一切太順其自然不過了。她在黑暗中等待他的到來。

可是，不知道為什麼，正當他的唇挨近了她的耳根，她感到了他的遲疑，就像一支秒針在鐘面上忽然卡殼，再不蹦達著往下走了。沉默了一會，突然聽到他在黑暗中，「唉」地長出一口氣，說：「要是，要是能早點遇到，我一定不會錯過你！」說完，他放開了她。

她呆若木雞，身心如被冰浸。

蘇珊獨自走回家的一路上，各種情緒如飛鏢打到她身上，她根本看不清它們，疑惑、不解、不忿、羞恥、氣惱……她躲閃都來不及。在十字路口等綠燈的時候，她試圖用幾秒平靜下來。綠燈亮起，她大步走過馬路，迎面過來一個老頭，大概有六七十歲的樣子，他一直盯著蘇珊胸前那個橢圓形的亮點，眼睛一眨不眨地，幾乎要跟旁人撞上了，還是不肯眨眼。

蘇珊的憤怒瞬間如火燃燒。儘管她剛剛才發誓，此後死也不再相信任何比喻，任何想像，她還是不得不對那兩只依靠水袋的幫助高聳起的乳房做了最後一次比喻，她覺得它們完全就像一對笨蛋，是這個世界上最愚蠢的笨蛋！

從竹林裡出來，他折返了酒會。如他所料，正是酒會的高潮環節，那些平日裡基本見不上的老領導們，此刻親民得很，在眾人的簇擁之下，筆墨丹青，一氣呵成，儼然大師。他老婆臨出門的時候，吩咐他注意要跟某個領導套近乎，他很容易就找到了那個領導的桌子，擠了進去，邊看邊激賞。他自知，說的全是違心話，卻也不覺得肉麻，橫豎今天晚上，他對那個女記者已經說出了他這一生最為肉麻的違心話。他本不想說那句話的，他想湊到她的耳根下，告訴她她今夜很美麗動人，他喜歡這樣的女人……然而，他的話還沒開口，就聞到了她耳根散發出一股藥油的味道，這股味道就像他的老朋友，捉迷藏似地，促狹地對他說了聲「嗨！」要知道，幾乎每次開會，他都要靠這位老朋友來提神。就是這股味道停止了他的動作，這味道對他而言，散發著衰老、不支、無奈……

他捲著那個領導送他的一幅字回家了。他老婆展開一看：「厚德載物」，字圓頭圓腦的，倒有幾分像主人。老婆樂了，表揚他：「做得好，我堂哥說了，過段時間就開始運作，這個人管轄的部門正好退了個副職，你今天晚上等於向這個人表了態度，取得良好印象，將來就好說話了。」

他苦笑了一下，陷入沙發中，久久說不出一句話來。

這一夜，蘇珊竟然睡得很沉，像一個長途跋涉的旅行者回到自己熟悉的床上。清晨，睜開眼睛，見他的丈夫宋謙趴在她的枕邊，像做了一個成功的實驗般開心。

「嘿，你別說，這寶貝還真管用！把你的失眠治好了，你整晚睡得像豬。」

順著宋謙的手望過去，就看到床邊多了只小斗櫃，樣式古舊笨重，可以稱得上醜了。蘇珊皺了皺眉，正要開口，宋謙搶先又說：「你別看這東西醜，老貴了，我託朋友在海南千辛萬苦收來的，真正的老紫檀木，你聞聞，是不是有股異香？」

蘇珊將信將疑，把頭湊近了去，果然聞到一股異香，的確有點像紫檀的味道。

宋謙又得意地說：「昨天你回來得晚，我故意不告訴你，誰想到你果然沒失眠，真是物有所值，你知道嗎，真正的老紫檀裡散發著一種木氧，可以起到鎮靜安神的作用，幫助睡眠……」

宋謙還在表功，叨叨個不停。

這個時候，蘇珊彷彿靈魂出竅，她回憶起了自己少女初潮的那一次，又驚又喜著跑去找媽媽。她發現，原來中年的徵兆是跟初潮一樣，來了，自然有著其難以言狀的表現。蘇珊切實地感受到——中年，來了！

小姨

我經常聽到外婆跟別人講，小妹啊，已經錯過了最好的結婚年齡。後來，我媽跟人煲電話粥的時候，不時也會蹦出幾句關於我小姨的話來——別像我老妹那樣，錯過了生育的好年齡。家庭聚會的時候，但凡說起小姨，似乎每個人都有自己的看法，而這些看法最終都變成了一聲聲嘆息，以及抱怨。我外公固執地認為，小姨念大學，念壞了。據說，小姨上大學前，還是一個很正常的優等生，大學之後小姨就變了。「抽菸、喝酒、打老K，沒有理想，不思上進，整個人頹廢掉了！」身為一名中學校長，外公說話總是恨鐵不成鋼。

關於小姨人生歷史上的這次重大轉變，家裡人至今都不能完全理解。失戀？小姨早就澄清了這個猜測。成績跟別人比，落差大？小姨撇撇嘴很不屑地說：「弱智，大學生誰還比這個！」那是為什麼？小姨發脾氣了：「什麼為什麼，那個時候，人人都一樣啊，有什麼問題嗎？」彷彿頹廢是一種時髦，小姨理直氣壯得很。

我的小姨生於一九七〇年，八七級大學生，畢業後分配到本省一個偏僻的小城。當年，外公努力想辦法要把小姨調回我們家所在的省城，小姨卻完全不配合，努什麼力呀？在哪不都一樣活著？她自作主張捲起包袱去小城那家單位報到。至此，小姨離開了外公外婆的懷抱，邪邪乎乎獨自生長。外公說，就像一棵發育不良的歪脖子樹。

我喜歡跟小姨待在一起，她似乎對什麼都無所謂，鬆鬆垮垮，相處起來一點不像長輩。過年過節她會從三百多公里外的小城回來，放寒暑假，外公外婆也會帶著我去她的那個小城，跟她住上一段日子。不過，這「一段日子」，大抵也不會超過兩週的，小姨嫌家裡人多，煩。確切地說，小姨其實怕被人管，任何一個他人都會打攪小姨多年的獨身生活，這個「他人」，自然也包括父母。他們都說，小姨一貫追求自由。在我的理解裡，自由是什麼？就是沒有人管，狂吃雞翅和薯條，把可樂當水喝，把電腦當書本看。可是小姨想要的自由實在讓人看不懂，就像她喜歡的那張畫——在小姨的臥室裡，擺著一張躺椅，椅子正前方牆上，除了掛著一台電視機外，還掛著一張畫。小姨說，這是一張世界名畫的複製品，名字叫：〈自由引導人民〉。這張畫常年掛著，從沒更換過。有過一段時間，我不太敢去看那張畫，那個舉著旗子在戰場上指揮人們的女人，上身裙子滑到了腰上，露出兩只胖胖的乳房讓我很難為情，會不斷聯想到自己正在像小饅頭一樣漲起來的胸部。後來有一天，我在美術課本上看到這張世界名畫，感到十分親切，就好像看到了小姨的舊照片。

小婻常常窩在躺椅上抽菸，看看畫，看看電視。時間長了，頭頂的天花板上便洇出了一大圈黃，遇到梅雨天，潮濕格外嚴重的時候，人坐在躺椅上，會被一滴滴油一樣的黃色水珠打中。小婻懶得去擦的，反覺得有趣，抬頭去數那些凝在牆上的「黃珠子」。

這張畫是師哥送的。師哥是大學時的學生會會長，我在小婻的相冊上看到過他，中等個子，瘦瘦的，擰著眉頭，表情的確很「學生會」，長得有點老。我懷疑地問小婻，師哥很多女同學追？小婻眨眨眼，想了想，說：「是的。他當年可是個人物呢，有理想，有信仰，有激情……」「噢，師哥現在在哪裡？做什麼呀？」小婻一問三不知：「可能，失蹤了……」「啊？那麼大一個人，怎麼會失蹤了呢？」小婻遲疑地搖了搖頭。據小婻說，師哥大學都沒念完，後來，就杳無音信了。

我猜小婻喜歡師哥，不過，是暗戀的那種，小婻會不會因為暗戀師哥，變成了一個「剩女」？如果真是那樣的話，那小婻太偉大了。我算了一下，應該有二十年以上了，Oh My God！我覺得小婻簡直就是——虐！

小婻在家裡實在待不住了，會帶我到遊樂場玩一把，玩刺激的青蛙跳、摩天輪，在人群裡她的叫聲是最尖的。小婻還喜歡刮刮福利彩票，二十塊買上十張，認真地問我，小嫣，這張會不會中？我說，中！當然，一次也沒中過。「鬼信！」小婻笑著走開了，並不覺得那是輸錢。

在玩這方面，我跟小姨是沒有代溝的，我玩什麼她也玩什麼，只是在玩夠了回家的路上，小姨一下子就變了，她憂鬱地揪揪我的小胖臉說：「人啊，活著都是沒意思的，總體來說都是不高興的，只有遊戲裡那幾分鐘時間是高興的，小傢伙，你說是不是？」那個時候，我心裡盤算著要怎樣才能多吃到一支香芋雪糕。走到一棵大榕樹下，小姨說，要坐下來，呼根菸再走。剛好附近有個書報亭，書報亭前擺著個雪糕櫃，我終於如願。對著大馬路，我和小姨兩個人坐在大榕樹下，一個手裡舉著支雪糕，一個手裡舉著支香菸，各自幸福著。小姨連續抽了兩根菸，菸頭往地上一扔，腳尖一搓，輪輪手臂，好像跟空氣裡的誰打招呼：「回家嘍」！

回到家，我向外公外婆匯報今天出遊的高興事，外公看看小姨，沒了抱怨的念頭，俯下身來，搖搖我的手說：「你看，小姨對小嫣最好了，小嫣長大了要像孝敬媽媽一樣孝敬小姨哦！」我重重地點頭說：「嗯，我長大賺了錢給小姨買菸抽！」小姨笑了。她的眼睛裡紅紅的。

離開小姨家，走到樓下不遠，我轉頭回去看，只見小姨站在三樓的陽台上，挨著兩盆蘆薈邊，右手舉在耳朵旁，兩根手指做成一個「V」的形狀，好像在等人拍照的樣子，見外公外婆也轉過頭來，她的手才垂到欄杆底下。我知道，小姨的「V」字裡，夾著根香菸。外婆說：「小妹這樣下去，怎麼辦？總是高興不起來。」外公看了一眼遠處的小姨，狠狠心，扔下一句話：「沒頭腦，自作孽！」

小姨站在陽台上，抽著菸，目送我們離開的次數有很多，等到有一次，我忽然體會到離別的傷感滋味時，已經十三歲，青春期正躲躲閃閃地在我的身體裡搶地盤，而小姨已經不動聲色霸占到一個「資深剩女」的地位。

我媽多次鄭重其事地對外婆說：「媽，您一定要說說小妹的，女人一定要有個家。不生小孩可以，但婚是要結的！」外婆很是贊同我媽的觀點，連連點頭，在此基礎上她又強調了結婚的重要性。二人在這方面高度一致。結果，外婆長噓一口氣對我媽說：「要不，你去跟小妹說說，你們是兩姐妹，你的話她能聽得進去。」我媽盯著外婆看了幾秒，溜走了。

只要有小姨在場，但凡涉及到結婚、生子、老有所依之類的話題，無論誰起的頭，都不會有第二人敢接下去討論的，彷彿當中埋了個地雷。倒是小姨，偶爾會大大方方地接過話題，向大家公布：「我嘛，以後肯定是自己去老人院的，要是能有幸猝死，省了病痛的折磨，那就是積上大德了，要得了大病，半死不活的，我就自行了斷，活那麼長幹嘛?!」她講得輕輕鬆鬆，乾脆俐落，現場人人面面相覷，無以回應。外婆只好揮動手中的筷子，假假地在她腦袋上敲了一記：「說什麼呢，死不死的，在吃團圓飯啊！呸！呸！呸！」小姨朝我扮個鬼臉，給自己塞了一口飯。

有一天，小姨要我咧開嘴巴，研究我的矯牙鋼箍，看了看，摸了摸，羡慕地說：「小嫣真幸福，將來會有一排整齊漂亮的白牙。」

在我們的家族裡，小姨微微突出的嘴巴是個異類，並非出自遺傳，而是後天的齙牙造成的。我媽說，楊天高就是被小姨的齙牙嚇跑的。我從沒見過楊天高，可楊天高卻像我們家族裡的隱形人，一有機會就出現。「現在想想楊天高這個人最合適小妹了，可惜了⋯⋯」、「這個人長得好像一個人耶，呃，像不像那個楊天高？」⋯⋯楊天高大概曾經是小姨唯一靠譜的男朋友，雖然他僅僅是個小公務員，但是，我們家裡人都認為他曾經是小姨命運的特派員，是專門來拯救小姨的。可小姨卻放棄了這根救命稻草。「太麻煩了，談戀愛，結婚，生子，造一個生命到這個汙七八糟的社會再受一次罪，有什麼意思？」

外婆拚命做小姨工作：「不是那樣的，結了婚，結了婚就會好了，日子總是一天一天好起來的。」

「怎麼可能會好起來？學習那麼辛苦，工作壓力那麼大，貧富差距那麼大，整個環境那麼惡劣！」

「現在比過去好多了，過去我和你爸爸，兩個人工資加起來才四十六塊錢，養四口人，一根香腸要分成四段，一口就吃光了，你們小時候真的生不逢時，現在可不一樣了，不愁吃不愁穿，什麼東西都不缺⋯⋯」

小姨懶得聽外婆憶苦，她想說的根本不是這些。

外婆多次嚴肅地警告外公：「小妹的人生觀很成問題，很有必要矯正！」

可是，人生觀跟人的牙齒何其相似！乳牙更換掉，新牙按秩序剛排列好，牙根還沒站穩的時候，對付那幾隻歪邪、出格的牙齒，我的矯牙鋼箍就像緊箍咒般起作用，但要對付一副已經咀嚼了幾十年、牙根已經深扎牙床大地的牙齒，任何方式的矯正都是徒勞，除非連根拔起。同樣，要想把小姨穩如磐石的人生觀連根拔起，除非小姨的腦子被洗得一乾二淨！可這世界上誰發明過洗腦器？

有一段時間，我媽總把我跟小姨扯在一起。我不止一次偷聽到我媽在廚房裡悄悄問外婆：「媽，您說小嫣將來會不會像小妹那樣？」外婆生氣地打了我媽一下。「少發神經啦，小嫣又不是小妹生的，怎麼可能像？你自己的女兒你都不了解嗎？」「啊唷媽，我都愁死了，小嫣叛逆得太厲害了，誰都管不了她，啊唷，我現在只要一想到小嫣不聽話，整晚都不能睡了……」甚至有的時候，我跟我媽頂得厲害，她也會口不擇言，指著我的鼻子大聲說出來：「你看看，你現在這個樣子，牛鬼蛇神，誰的話都聽不進去，簡直跟你小姨一模一樣！」我立即就會頂回去：「小姨怎麼啦？我就是要學小姨，我偏要牛鬼蛇神！」我媽氣得再說不出話來。

在我媽看來，小姨的叛逆期永沒過完，她做法奇怪，想法更古怪，是一個異類分子。除了婚姻問題，她最無法理解的就是小姨的運動方式——獨自爬無名山。小姨喜歡找那些無人問津的無名山爬，在爬山的時候，又愛覓偏僻的山路，甚至野路來走。我跟她去爬過一次無名山。那山雖說就在郊區，卻極少人去，就像被拋荒了多年的一堆垃圾，連蒼蠅都沒興趣鑽了，可小姨偏偏喜歡鑽那山。沿著一條幾乎看不出是路的路，小姨手腳並用，撩開雜草，不時踩平一根頑固的攔路枝條，她熟絡地朝前方攀登，胸有成竹，彷彿只有她才知道，無限風光就在不遠的頂峰。我跟在小姨後邊，沿著小姨踩平的路，一聲不吭，只盼望早點下山。好在，這是個小山包，並不需要太長時間，我們就登到頂了。這個所謂的山頂大概也是小姨自己命名的，僅僅是一個稍微寬闊一點的平台，只是雜草少些而已。我呼吸一口空氣，環顧左右，看不到任何風光。也不知道小姨為什麼要跑到這種破地方！我在心裡後悔死了，還不如待在家裡看幾集《海賊王》！唉，小姨真是無聊。

小姨對爬無名山的興趣一直不減，任誰勸都不停止。好幾次，小姨的手機一整天都處於「無法連接」的狀態，我們嚇死了，想著，再接不通，明天一早就要跑到小城的無名山去尋人了。好在，通常最終都能聽到小姨的聲音從電話那邊傳過來，伴隨著一聲清脆的打火機響，小姨嘴裡便一陣含糊——唔，到家了……

我媽勸過小姨：「你這樣很不安全，荒山野嶺的，要是遇到壞蛋，在那種叫天天不應，叫地地不靈的地方，誰來救你？」小姨聳聳肩，無所謂地說：「我這個人，要啥沒啥，劫財還是劫色？」我媽哭笑不得，反問她：「你說呢，你想劫財還是劫色？」小姨笑笑，乾脆地說：「財沒有，色倒還剩幾分，拿去吧！反正荒著也是荒著。」我媽也笑了，推了小姨一把。第二天清早，我媽拉著小姨出門，也不說去哪裡，走了十五分鐘到時代廣場。這是我們城北比較大的一個廣場，緊挨著運河邊。遠遠地，就能聽到大喇叭吵吵鬧鬧的，舞曲帶來了好多人。我媽直接扯著小姨到東邊。那裡已經有十來個人在跳舞了，舞步嫻熟、輕快。我媽撇撇嘴說，西區那邊是老年隊，這裡是我們的隊伍，來，你也來跳跳，很簡單的，你不是要運動嗎，這種運動最好！說完，我媽就加入到了那十來個人當中。小姨朝西區看過去，那裡的人數比東區多出很多，她們不能說是在跳舞了，只是扭動身肢，活絡筋骨罷了。

小姨並沒有參與到隊伍中去，任憑我媽在人群裡起勁地朝她揮手。她站在原地，看了一會，開始沿著廣場的四邊，慢慢地走一圈。她走遠了，喧鬧的舞曲逐漸被她關小了音量，這時，她才把目光伸向了廣場中央的那尊塑像。塑像不是巨型的，無須仰頭，就能看到人工鑄造的五官和笑容。小姨緩緩走近塑像。塑像就跟小姨站在一起了。小姨才看清楚，在他身上幾個呈現弧度的地方，搭著幾件運動者脫下來的外衣，在他站直的長腿邊，倚傍著幾把紮著紅纓子的長劍，他垂下來微微握攏的拳頭上，塞著塑料袋包裹的幾根油條……小姨朝他咧開嘴笑了。一會兒，她繞過了他。她也繞過了那群拍手扭臀，鍛煉熱情飽滿的人們。她從廣場的一個缺口處溜了出去……

「老妹這種人，典型一個反高潮分子，這方面到底像誰？」我媽無奈地問。外婆極力要撇清遺傳的關係，翻出一個舊相冊，指給我們看。一張，小姨穿著雙排扣列寧裝，馬尾巴梳得高高的，手握一本書，表情很是「英雄」。外婆說，這是小妹讀小學，參加全省演講比賽呢。一張，是少女時代的小姨，穿著花連衣裙，站在湖畔垂柳下，跟女同學手挽著手，頭稍微側著，笑容很甜；還有一張，是幾排人的合影。外婆戴著老花眼鏡，把照片拿遠了仔細找，指著第二排中間的那個人說，你看，這是小妹在入團宣誓呢。果然是小姨，右手握拳，舉到腦袋邊，嘴巴張開，顯得挺激動的。「你們看，小妹以前還是蠻合群的嘛！」外婆惋惜地說。

除夕夜，一家人坐在沙發上邊看春晚，邊聊天嗑瓜子，外婆又拿出那本相冊，指著照片對小姨說：「小妹，你看你以前，多好。」小姨沒吱聲，一張張看過去。外婆又嘆口氣說：「小妹，我還是喜歡那時候的你！」小姨就丟下相冊跑到陽台抽菸去了。

小姨問了我一個很奇怪的問題：「小嫣，你會跳兔子舞嗎？」「是像兔子那樣蹦蹦跳跳嗎？」小姨在客廳裡，一邊哼著曲子，一邊把雙手伸直向前，腳上隨著節奏跳起來，步伐很簡單，就是雙腳不斷地前前，後後，前前……小姨跳得氣喘吁吁。她告訴我：「這就是兔子舞，雙手搭在前一個人的肩膀上，幾百人在操場圍成一個大圓圈，蹦蹦跳跳，這是我們大學時代的圓舞曲，畢業那一年，一個大圓圈跳著跳著就散了，各自抱頭痛哭！」「為什麼呀？男生也哭？那麼多人，一起哭？」我簡直不能想像。小姨很自豪地拍拍我的肩膀說：「是啊，我們很團結吧！」小姨把我拉起來，說教我兔子舞。兩下就學會了。我們兩個從這個房間蹦到那個房間，累了，一頭扎到床上！我大聲地喘著氣，而小姨卻安靜得像睡著了一樣，等我湊過臉去看，發現小姨閉著的眼睛，流出了眼淚來。我覺得，小姨肯定是想念師哥了。

後來，我們硬拉小姨到時代廣場倒數，十、九、八、七、六、五、四、三、二、一，新年快樂！禮花在天空華麗飛舞，我們在人群中歡呼，直喊得口乾舌燥。要散時，才忽然想起一直落後的小姨不見了，也不知道她什麼時候擠出了人群外，孤單得像電視劇裡那些失戀的女主角。

等到師哥重新出現，小姨已經人屆中年。乾瘦，滿臉黃斑，一副菸嗓使她聽起來比看上去還要蒼老。每天，她沿著護城河，騎電瓶車上下班，煙癮上來，便把車停下，雙腳踮地，點根菸，看河邊垂釣的下崗工人。那麼多天了，她從未曾見過他們收穫的場景，不知道是不是他們從沒釣到過魚，還是，她一向悲觀主義者的眼睛裡壓根就看不到生活中的歡呼雀躍？師哥的電話就是這個時候響起來的——這是一個怎麼看都陌生的號碼。小姨本來不想接的，不過這號碼太執著了，那首〈秋日的私語〉就快要奏完了，釣魚者都快要轉身來抱怨那聲音嚇跑了魚。

差點被拒聽的這個電話讓小姨感到陽光燦爛，一來因為師哥說他出國二十多年剛回，費老大勁兒才找到了她的電話號碼，二來，她不斷溫習這個驚喜的電話後，得出一個結論——師哥沒變，如同這個電話一樣，執著。誰也不會知道，這種執著曾經難以想像地深深吸引了她，無形地影響了她的人生。小姨執著地燃燒過，又執著地讓自己變成了冷灰。如今，二十多年後，師哥如同一隻走失的信鴿，翻山渡海，從遠方又飛近來了，這隻信鴿的翅膀撲扇著，將那堆冷灰騰了起來，在記憶的天空中舞蹈，並試圖在滯重的歲月後再揚起那種血氣方剛的風姿。

那天，小姨要去三亞參加同學會，從小城趕來省城的機場坐飛機。我從沒見過小姨這種樣子。她穿一條真絲連衣裙，外罩一件嶄新的皮衣，隔著飯桌，我都能聞到羊皮的氣味。

小姨說起這次將要參加的同學聚會。組織承辦者是班上一名體育特招生，成績差得一塌糊塗，對集體活動卻總是熱情高漲，他畢業後分到海南，現在是一間私立學校的校長，腰包漲得很，這次聚會，吃住行玩他一人全負擔。小姨還破天荒地跟我們提起了師哥。她認為，畢業那麼多年，這種同學聚會頭一次舉辦，完全是因為師哥的出現，又把一幫子當年志同道合的人聚在了一起。

「師哥還是相當有領袖魅力的！」小姨說完，想了想，開心笑了。

「那師哥是做什麼的呀？」我媽認為那師哥肯定很有來頭，竟能指揮一個闊校長包辦下幾十人的費用。

「呃，師哥在電話裡沒說，他說這些年一直在法國，回來不久。」

「噢，海歸啊，那就是大款嘍，成家沒？」我媽找到了話題，順帶給我們談起了現在的婚姻市場行情。據她看過那麼多檔相親節目後得出一個結論，小姑娘特別歡迎海歸。海歸，並不是指出國深造回來的歸客，而是指那些在海外市場打拼積累了財富的大叔。「這類人啊，既有成果，又有海外身分，小姑娘們搶得步步驚心呢！」在這方面，我媽一直是家中權威，她的話基本上沒人會去挑戰。看起來，小姨這一次心情的確很好，她沒像過去那樣潑冷水，只是從鼻子裡哼出了一聲冷笑。算是客氣了。

我媽在飯桌上高談闊論。小姨把我扯到一邊，掏出一張錢，讓我到附近的東利文具店買幾副撲克牌。我輕蔑地對小姨說：「小姨你太過時啦，現在沒人要玩撲克了，三國殺才好玩。」小姨抬手試圖拍我的腦袋，卻只能拍到我的肩膀——我已經比小姨高出一頭了。「小鬼，又不是跟你玩！我告訴你啊，以前我們班同學打老K最凶了，基本上每個宿舍門口都擺著一攤，不分白天黑夜打，真壯觀啊！」小姨是怕同學聚會時想玩的時候找不到地方買，所以買了五副撲克備著，可見小姨是多麼盼望這一次聚會啊。

小姨拖著一只亮殼拉桿箱，穿著同樣發亮的黑皮衣，出門，下樓。我從窗邊看下去，儘管她很快就被樓下的樹擋住了，可還能聽到那笨拙的「嚕嚕嚕」響的拉桿箱，彷彿她牽著一個隊伍。我忽然冒出一個浪漫的想法，我希望小姨從此不要再回來了，就像一個奔向新生活的勇敢女人一樣，跟上她那些志同道合的「隊伍」，在這個廣闊的世界上闖蕩，幹一番有意義的大事，而我呢，熬到明年六月高考結束，書本一燒光，也到這個世界上去，拼命賺錢，賺夠錢之後就當個背包客，去旅遊去探險，從此自由自在。事實上最近我常常做這種有關自由的假想，而這類假想，無一例外地被現實逐個擊破。

三天後，小姨又牽著那只「嚕嚕嚕」響的拉桿箱回來了，她打開它，掏出一大袋東西：大紅魚乾、海螺片、蝦米、沙蟲乾……那是同學會的贈品，都紛紛地裝進了外婆的儲物櫃。此外，她還從錢包裡翻出一套票券送給我媽，說是度假遊的贈券，可以招待一家三口。那是在我們城郊新建的一個生態旅遊度假村。我媽看到票券上介紹的項目種類繁多，頓時來了興趣，連問了一些情況，小姨只輕描淡寫地答了一句：「是師哥投資建的。」這簡直應驗了我媽當時的話！她得意地說：「我就說嘛，海歸的這類大款，就是有搞頭！」我媽其實還想繼續問那個師哥的情況，不過看小姨很不耐煩的樣子，只好作罷。

小姨把從同學會上帶回的東西全都掏出來了，包括睡在箱底的那五副撲克牌——它們連包裝都沒拆。

這次外婆硬要小姨多住一天，因為再過五天就是小姨的四十二歲生日了，外婆想提前給小姨慶祝。在我的印象中，小姨是個沒有生日的人，因為她一直孤伶伶地在外地生活，我們都湊不到一起給她過生日。外婆早就想好了，趁小姨這次來，給小姨過一次生日。可小姨堅決不要過生日，她反覆說自己從來不過生日的，她對這些儀式感到最肉麻了。我們則在一邊七嘴八舌地勸她，像挽留一個過於客氣的客人。最後，一直沉默不語的外公從沙發上站起來。我們以為他要下死命令了，誰知他長嘆一聲，對小姨說：「你考慮考慮吧，你媽和我都快八十了……」話說一半就沒了下文，自顧朝臥室揚長而去。

在家慶祝生日其實很簡單，無非就是晚飯多出了幾樣菜，打開了一瓶紅酒，每人輪流舉起酒杯向壽星小姨祝福。我不知道，為什麼這麼簡單的事情，小姨做起來卻顯得那麼尷尬。切生日蛋糕的時候，她乾脆久久地待在陽台上抽菸，直到我們把蠟燭點好，燈滅掉，喊她，她才走過來。

看起來，柔和的燭光終於讓小姨自在了一些。她會跟著我們一起拍手唱生日歌，逐漸融入我們這個集體。她凝視著那些蠟燭，目光亮晶晶的，彷彿過生日的人不是她而是這只擺在中央的大蛋糕。唱完歌，外婆催促小姨許願。小姨只好雙手合十，閉上眼睛。我發現外婆也雙手合十，閉著眼睛，嘴巴動了動，像她在寺廟拜神的那樣。

蠟燭吹滅，燈光重新亮起，我們拔蠟燭準備切蛋糕，小姨忽然好像神經發作般，用手在蛋糕上抓了一把，在我們還沒能做出反應的時候，她的手往我臉上一抹，弄了我一臉的奶油。小姨這麼幼稚的舉動跟她四十二歲的年齡以及一貫沉悶的性格太不相稱了。我們都感到很怪異，彷彿她被什麼靈魂附體。

就像電視裡經常看到的畫面一樣，那個蛋糕被我跟小姨你抹一把我抹一把的遊戲浪費掉了。小姨狂笑不已，看上去簡直像個瘋子。最後，她竟然把整盤蛋糕都蓋到了自己的臉上。

無論如何，大家為小姨這突然而至的瘋狂感到難以理解，隱隱覺得：小姨一定受什麼刺激了。

當天晚上，我跟小姨睡一床。睡到半夜，我就被聲音吵醒了。小姨睡的位置是空的，那聲音代替了小姨在黑暗中起伏。我一動不敢動，連大氣也不敢出，只是憑感覺找到了那聲音的所在地——靠牆的那只落地大衣櫃。小姨把自己關在那裡面，正試圖放低聲音哭泣。我聽了一會，鼻子就酸了。我想，失戀，大概就是這麼傷心絕望的吧。可憐的小姨！

幾個月後，我在郊區那個「綠島生態旅遊度假村」見到了師哥。他在滿牆的大照片裡，跟好多人握手合影。那些人，用我爸的話來說，都是些「大人物」。我雖然從沒見過師哥，但相比小姨相冊中的那個清瘦師哥而言，他變得實在太多了。他已經變得圓呼呼的，正面照，兩隻耳朵已經看不見了，側面照，鼻子被深深地埋藏住了，一笑，滿臉的肉都在放光芒。他總愛穿闊闊的唐裝，黑的、白的、花的……在不同的相片中，人再多我也一眼就能把他認出來。整個度假中心，隨處可見師哥跟「大人物」的合照，出現頻率最多的，就是那張巨幅照片：他屈著脊背，在跟一個「大大人物」握手，手腕上戴一串佛珠讓我記憶深刻。這些照片一張張看過去，除了幾個明星之外，那些「大人物」我都不認識，可是，我爸卻對他們相當「熟悉」，他說，這裡邊，有新聞聯播的常客，有財經雜誌的封面人物，還有體育明星、網絡論壇的公知分子……「額的神啊」，我爸佩服地說，「這個師哥還真能混啊，什麼界都能搭上，太牛了！」

這個度假村其實就是一座山。師哥把整座山都包了起來，溫泉、高爾夫、射擊場、農莊……要是可以的話，一個星期都玩不完。我媽說，其實這裡並不合適家庭度假。那適合幹什麼？我媽眨巴眨巴眼睛，曖昧地說：「適合這些人來，搞腐敗！」她指了指牆上的照片，迅速跟我爸交換了一個眼神。

託小姨的福，我們一家三口在「綠島生態旅遊度假村」好好地「腐敗」了兩天。臨走的時候，我們還憑贈券領取了度假村自己研製的農家保健品——兩盒標價為兩千八百塊的綠色螺旋藻。又白玩又白拿，我媽滿意得要命。離開度假村時，她望著車窗外遠去的青山，悵悵地說，老妹怎麼當初就不跟師哥好上呢？

小姨是絕對不可能跟師哥「好」上的，當初不可能，現在就更不可能了。因為，比起師哥的改變，小姨現在的改變更讓人可怕——她已經變成了一個中年怪阿姨。原來，反高潮主義者伸出手來製造高潮另有一套，那就是——搞破壞——就像破壞她那只四十二歲的生日蛋糕一樣，她把命運分配給她的那部分蛋糕，毫無耐心地一下子搗碎，如同玩各種不同遊戲，她從中獲取短暫的快樂。比方說有一次，小姨到郵局給外婆匯款，電腦排序票上顯示，她還需要等待四十八人才能輪上。反正無所事事，她就坐在大廳裡等。等著等著，她發現，很多人拿了號之後，沒耐心等下去了，就把票一扔，走人，造成電腦叫的很多都是空號。同時她也發現，在地上，在板凳上，的確有不少還沒叫到的號碼。於是，她把那些還沒輪上的棄票一張張收集起來，遇到剛進門的，看得順眼的，或老病殘弱的，就發給他們。這樣一來，一些人沒等多久便能輪上了，而那些坐在大廳久等的人們，眼看著這些後來者居上，先是納悶，等他們弄明白是小姨在破壞秩序，頓時感到很生氣。個性內斂的人，則在心裡對這個中年婦女嘀咕幾下，他們認為她肯定腦子壞掉了；而那脾氣暴烈者，忍不下就跟小姨吵了起來——

「你怎麼能這樣呢？存心搞亂秩序，你不趕時間，別人可是要趕時間的……」

「我怎麼搞亂秩序了呢？我又沒有拖隊，我明明是在維護秩序啊！」
「我看你就是吃飽了撐著沒事幹！那麼有空搞這些，還不如回去搞老公……」
「哈，難道你是總理嗎？趕時間何必親自來排隊？叫你二奶來辦嘛……」
你一句，我一句，小姨跟一個瘦瘦的中年男人吵得不可開交，眼看著就要罵到各自的祖宗八代，就要推推搡搡了，保安才跑過來……
無人能解釋小姨這類無厘頭的行為。小姨跟我們這個家庭集體越走越遠。當我們鮮有地談論起她，多數是在回憶些涉及到她的往事，然而，即使是一件好笑的趣事，我們最終也會傷感地就此打住。
高考結束的那個暑假，在我準備跟同學一起去北京旅遊之前，外公突然把我叫到房間，他讓我去小城看看小姨。他說：「在這個世界上，除了我們，小姨對你最好了，小姨是個善良的人，這一點，無論什麼時候你都要牢牢記住！」外公的話讓我想起了那個深夜，小姨在衣櫃裡哭。這個祕密我一直沒有告訴任何人，這是目前為止我對小姨唯一的回報。不過，我也時常感到後悔，我想，我應該打開櫃子，坐進去，拍拍她，就像一個成熟人所做的那樣，就算一句話也不說。
聽從外公的話，我獨自乘大巴去小城看了小姨。她正忙得不可開交。寫宣傳單，製小紅旗，一副要大幹一番的勢頭。我的好奇心很快被她那認真積極的樣子挑逗起來了，也跟著躍躍欲試。

第二天上午，太陽只升到了半空，溫度卻已經完全飆了上來。在小區的門口，我的小姨集合了一群業主，共同拉起了一條橫幅：「抗議政府建毒工廠危害市民安康！」除了這條大大的橫幅之外，他們每個人手裡還揮著一面小紅旗。這些小紅旗是昨天我跟小姨連夜趕製出來的，有一捆呢，我們逢著人就分發。

很快，小區門口就被圍了個水洩不通，有本小區的居民，也有附近小區的，還有一些路過的行人，想到這附近即將要修建起來的那個LCD數碼多媒體工廠，他們就像被化學廢氣毒侵般恐懼，他們責無旁貸地參與到其中來，高呼口號——抗議毒工廠，還我生活安康！口號一喊起來，人們的聲勢便壯大了，聽上去像有千軍萬馬。

小區的物業管理者、社區的工作人員聞聲而來，試圖制止這次集會。無需多追究，他們就確認了小姨是這次集會的領頭，所以，他們把小姨拉過去，想要說服小姨。

「這是政府決定的事情，你們這麼鬧也無濟於事啊，而且，還干擾了居民的生活，多不好啊。您說是吧？」

「要鬧也別在這鬧，行不？這樣我們很難辦啊，都是住在一個小區的，和諧最重要，別鬧了行嗎？」

「要不這樣，你們先停止，然後我們跟相關部分反映，讓他們給你們一個合理的交代，和平解決，好不好？」

「哎唷，求求您了，別鬧了。」

……

無論怎麼商量，小姨都不會妥協，她理直氣壯得很，彷彿手上握的那把小紅旗就是真理的權杖。在眾志成城的氣氛鼓動之下，她堅定地爬上了花壇，高出人群一大截。她在花壇上穩穩地站著，手揮小紅旗，聲音尖利——抗議毒工廠，還我生活安康！人們便隨著這個站在高處的女人齊呼，連呼幾遍，便呼出了默契的節奏感來，那口號就像一曲即興而成的歌，嘹亮、高亢。

我從來沒有見過這麼激動人心的場面。人人似乎為真理而戰，而我那小姨則越戰越勇！這種場面，看起來的確很令人發洩的。假使一個毫不相干的人路過，停下來看熱鬧，沒過幾分鐘，他心裡長期積壓的一些抱怨之氣很快就會竄上來，也會借機嚎上幾聲。

如此又過了一陣，有幾個穿制服的警察接到報告後趕過來了，一看到他們，人們本能地便閃出了一條道來。這些人其實也不敢做什麼，只是那一身制服的嚴肅性足以讓膽子小的人自覺禁聲、躲避。

那個拿著喇叭筒的制服者，反覆對著人群喊：「請大家自覺疏散，不要擾亂公共場合秩序，請大家自覺配合，維護社會治安和諧……」喇叭處理過的聲音聽起來比人們的呼叫聲要威風好多倍，它們迅速地蓋過了小姨近乎歇斯底里的尖叫。不過，小姨卻並不示弱，固執地揮旗吶喊。隨即，那個喇叭筒便對準了小姨，喊：「請花壇上的那位婦女同志馬上下來，注意人身安全，請你馬上下來，注意人身安全……」

眼看著，以小姨為領袖的這次運動就因制服者的到來而失敗了。人群裡的那些過客以及本來就抱著「抗議無效果」的心態的人，逐漸覺得沒意思，打算要退出了。剛才還擠擠挨挨的人圈，開始出現了鬆散。

就在這即將潰散的時刻，花壇上的小姨猛地把小紅旗往人群裡一扔，這舉動吸引了所有人朝她看過去。只見她迅速將身上那件寬寬大大的黑色T恤往頭頂一擼……人群裡頓時發出了一陣短促的尖叫聲，之後，四周就陷入了沉默。那喇叭筒也張著大大的嘴巴，一個字也吐不出來。

我的小姨，正裸露著上身，舉手向天空，兩只乾瘦的乳房掛在兩排明顯的肋骨之間，如同鋼鐵焊接般紋絲不動。在這寂靜中，她滿眼望去，看到的，都是那些絕望的記憶，那些如同失戀般絕望的傷痛，幾秒鐘就到來了，如高潮一般，顫慄地從她每一個毛孔綻放！

我站在人群中，跟那些抬頭仰望的人一起。我被這個滑稽的小丑一般的小姨嚇哭了。

表弟

表弟背著沉沉的雙肩書包，那書包最裡邊的一層，有幾張他昨天晚上偷偷從床底摸出來的遊戲光碟。表弟要去上學了。表弟急匆匆地穿過小院子，就從我們家族消失了，連同他一起消失的，還有「表弟」這個詞彙。

將來，如果我有孩子的話，我的孩子會指著識字卡片問我：媽咪，表弟是什麼東西？我該怎麼回答我的孩子呢？是啊，表弟是什麼呢？表弟是最後的一個弟弟。我的孩子，既不會有兄弟姐妹，更不會有表弟表妹。我只好對我將來的孩子描畫那個消失了的表弟……

表弟十六歲。他有一間貼滿了海賊王和DOTA人物以及散發著正在發育氣味的房間，他長得不是很帥，但也不能確定，他的喉結還在蠢蠢欲動，未來還沒有結出他想要的形狀。表弟心裡有個英雄，他不止一次跟我說，表姐，雷克薩是個了不起的鬥士耶。DOTA勇士雷克薩的漫畫就掛在他的床頭，他日夜都想擁有他的技能。可是我從心裡認為表弟不可能成為英雄。我清楚地記得，小時候他的手被割破了一個口，他就舉著那隻包紮得很漂亮的手指，到我們家每個人面前說，爺爺，疼！奶奶，疼！姑媽，疼！姑父，疼！……等所有的人都疼完他了，他才坐到小板凳上，看書，那隻包紮得很漂亮的手指一直高高翹起，驕傲得像個穿裙子的公主。

這麼多年來，表弟就是我們家的公主，萬千寵愛在一身。就連我，也以與他爭寵為恥。

說起來，我也是寵表弟的，我唯一的弟弟，沒有他，我孤單得想發瘋。暑假，我躺在床上看《蠟筆小新》，表弟趁外婆打盹的時候，一路扶著牆壁，笨笨地推開我的房門，跌跌踵踵地攀到我的床沿，嘴巴裡吐出幾個單詞，口水就順著嘴角流到了床單上。我把他當成一隻小寵物狗，一下子把他從床下提了上來，抱他，親他，揉他，搔他。我把嗑好的瓜子仁放到我的舌尖上，讓他像隻小狗一樣用舌頭舔走。他那個時候真的好好玩呀。他不到二歲，我快八歲了。外婆聽到從我房間裡傳出來的笑聲，便像狼犬般警醒，生怕我把公主弄壞了，扯著嗓子邊喊邊跑過來——妹妹，不要碰表弟啊，他腦筍還沒長全哪……話音未落，表弟已經從我的懷裡被奪走了。被奪走的表弟開始不服氣地哭鬧。表弟哪裡知道，對付小孩的哭鬧是大人的才藝，他們將孩子的哭和鬧一貫地視為撒嬌，他們最喜歡看到孩子撒嬌，孩子一撒嬌，他們就覺得自己是個強者，他們可以開出任何條件來滿足孩子。就像一次次闊綽地付錢，並響亮地說道——說出來吧，你想要什麼？那麼，表弟想要什麼？他想要跟孩子在一起，不想待在大人的懷裡。即使他在我這裡得不到呵護和溺愛，可他依然想要跟我在一起，我們是兩姐弟。事實證明，他很多次逃離外婆的監管，艱難地一路扶著牆，艱難地推開我的房門，直走到我的床邊，嘴巴裡那幾個單詞說多幾遍後，我終於聽明白了——別關門先！

在我們前後腳地長大的過程中，我先朝表弟關上了門。

我在終日緊閉的臥室門裡，慢火煎魚般難過地完成了我的青春期。那段日子，我看到家裡的誰都嫌煩，最嚮往的就是自由，盼著早日離開家。表弟放學回來，總是歡樂得像隻小公雞：「奶奶，奶奶，奶奶奶奶奶奶，奶奶……」他喜歡用各種歌曲來喊門，有的時候是周杰倫，有的時候是張韶涵，有的時候還是升旗國歌。我聽到他那樣叫門，總會覺得他很可憐，同時也很鄙視他——這個還沒斷奶的小屁孩，竟然那麼戀家，可悲啊！後來，我考上大學，徹底自由了，偶爾回家住，有幾回，碰到表弟放學回家。他一聲不吭地開了門，像個幽靈般踅進自己房間，逢到大人撞見他，並扯起嗓子喊：「阿弟，出來喝橙汁啊，奶奶剛榨好的！」他就嗡聲嗡氣不耐煩地應了一聲，大人又喊，喊不應，乾脆跑到他的房間裡去找，他煩躁地嚷了一句——過會兒！隨即表弟的房門「砰」地關上了。我從心裡偷笑，表弟終於在長了。他把自己關在房間裡，像條蛇一樣，慢慢地獨自蛻變。就跟我那些年一樣。

我舅媽憂心忡忡地對我媽說，小亮是不是長得太快了？總是關著房門，也不愛跟我們交流，十幾歲就有祕密了，我都不曉得他現在心裡到底在想什麼了。

事實上，表弟有什麼祕密？他整副心思都在抓緊時間享受自己的歡樂時光。玩遊戲，跟女同學網上聊天，並裝得很內行地跟男同學談生理問題。這些，只要我進到他的QQ空間或者上他的微博，不消一會兒就能全掌握到了。不過我對表弟那些祕密一點興趣都沒有，那個年紀的我，只談隱私。我想表弟是沒有隱私的，他只有祕密。有一次，他很神祕地打開門讓我進他房間，讓我看他手機上的照片——那上邊有一群穿校服的女同學，有說有笑。我問他，是哪一個？他靦腆地用手指點了一下那個側著臉的女同學。表弟的眼光確實不錯，雖然看不到整張臉，但就憑她高高的鼻子和白白的皮膚，我就認定這個女同學能配得上我表弟，因為我一貫認為表弟其實長得真不怎麼樣，至少他不是我心中的那盤菜。

你要是告訴別人，我就跟你絕交！表弟嚴肅地告誡我。然後又小聲地說，她還沒同意當我老婆。

你猜我看著他那張臉的時候，我在想什麼？我幾乎忍不住要笑出來了。我在想，表弟已經發育了嗎？表弟懂得怎麼做愛嗎？小屁孩而已！

我那時已經二十歲了，已經嘗到了性的快樂。想到性，我的臉會立即紅。我強忍住笑，裝作很負責任地對他說，放心吧，這是我們之間的祕密。

要是表弟當時知道我這些心理活動，他肯定會被氣哭的。我太有數了。表弟受不得半點的屈辱，從小到大都會被些芝麻大的屈辱氣哭。眼淚幾乎就是表弟的絕招和武器。

隨手拈個例子說明吧。

表弟讀小學四年級那年，有一天放學回家，外婆開門看到表弟眼睛紅紅的，後邊跟著一個女人。那女人一見外婆就開口了：「是杜亮的家長吧？我是他的英語老師。」外婆心下想，肯定表弟在學校犯錯誤了，趕忙給老師賠罪。了解後才知道，表弟把英語作業忘在家了，英語老師不相信，質疑他幾句，他當場就哭了，英語老師為了息事寧人，只好說算了，下次改正就是了。誰知道表弟的哭還是沒止住，硬說英語老師冤枉好人，非要她跟他回家拿作業以證明自己的清白。英語老師被表弟的哭鬧纏得很沒辦法，只好口頭答應。放學後表弟真的攔截住英語老師，硬把她領回家。作業確實是忘在家裡了。英語老師坐在我家沙發上，鄭重向表弟道歉，順便向外婆投訴起表弟來。表弟太愛哭了，班上的男孩子都不太敢也不太願意惹他。英語老師建議家長，讓表弟適當參加一些競技類的興趣班，比如跆拳道什麼的，培養堅強和勇氣。後來，舅舅真的給表弟報了少年跆拳道班。看表弟穿著白色的道服，腰帶一紮，嘿，頓時雄了起來。

表弟的跆拳道一招一式像模像樣地練了下來。在家裡，叫他表演給我們看。表弟便把一塊木板拿出來，讓舅舅和我爸爸兩人各執一邊，他穿著道服，向我們這些觀眾謙遜地一鞠躬，然後擺足架勢，調勻呼吸。開始！只見眼前白影一晃，只聽得咔嚓一聲響，結束。那木板被表弟踢裂成兩半。觀眾掌聲起。我用手量了一下那木板，也有個幾厘米的厚度。厲害！待我們圍著表弟誇獎的時候，舅媽果然有知子之心，摸了摸表弟的頭說：「哇，小亮力氣竟然那麼大了啊，我看看，腳疼不疼啊？」幾秒鐘，我們便看到表弟的眼睛裡噙著汪汪的淚花。「不疼，不疼，不疼……」表弟叫嚷著用手霸道地推開舅媽。我們見此情景，大氣都不敢出，心想著，又一次哭鬧的風暴開始了。可是，出乎意料地，表弟的眼淚竟然沒有跌出眼眶，表弟這次把門守好了。舅舅為了轉移話題，拍拍表弟的肩膀，對表弟說，男子漢！除了武力之外，告訴他們這幫無知之徒，還學到了什麼知識呀？於是，表弟從寬寬的道服裡伸出來的瘦小的腦袋，搖晃著給我們講跆拳道的書面知識，就像背書一樣——禮、義、廉恥、克己、忍耐……表弟一套套的還講得不錯，我們頓時覺得學費沒有白交。

表弟學跆拳道那段時間，在他的房門上，用彩筆寫了一句話：忍就是德，忍者睡眠中，請勿打擾……我於是給他起了個綽號：神龜。因為那個時候特別流行動漫《忍者神龜》。

跆拳道館舉行家長匯報日那天，我跟著舅舅舅媽一道去觀看。我很好奇，那個踢木板都掉眼淚的表弟會表現如何？我們坐在台下找表弟。表弟混在清一色道服的隊伍裡，很難辨認，不過，表弟看到我們，朝我們揚揚手，我們就發現到他了。表弟幾乎排在最後一個，因為個子不算高，也比較瘦弱。當然，我想，還因為表弟學得不太好吧。先是群體表演，一招一式，也還蠻有氣勢。最後是對打表演。我們等了好久，才等到表弟出場。天啊，我的心緊張得撲通撲通跳呢，不過，看到表弟的對手是個同他體格差不多的「小豆芽」，我頓時放下了心。表弟跟對手相互鞠躬之後，前進、後退、跳換、格擋，甚至還很漂亮地來了個側踢，小腿的弧度看著還蠻有點架勢。我跟舅舅舅媽一看到表弟出招，就使勁地拍手。表弟跟他的對手配合得相當默契，就像跳雙人舞一樣，動作看起來有那麼些專業，但又感覺不到打鬥的危險。可是，就在表演快要結束的時候，誰都沒料到，表弟的步伐忽然出現了凌亂，只見對手的腳往表弟的褲襠下一伸，雙手不知怎麼竟能將表弟整個翻到了地上。「咕咚」一聲，就算我們坐在第四排的觀眾席上都聽得相當清楚。表弟一摔，舅媽跟我都喊了出來。表弟躺在地上，大約十多秒後，便乾淨利索地幾乎是彈跳著起了身，眼睛盯著對手，腰一彎，鞠躬。對手見狀，也朝表弟鞠躬。兩人下台了。

我想，表弟下台的時候，肯定眼中又噙著兩包淚了，那麼響，摔得該有多疼啊。

我們在後台找到了換好衣服的表弟。舅媽緊張地去察看表弟有沒有摔傷。其實，不用刻意去看，我們已經看到表弟的腦門上，已經有一個逐漸隆起的小青包了。沒想到，表弟出乎意料地平靜，壓根就沒有提被摔的事。回家的路上，舅媽一個勁地問他疼不疼，表弟只是搖頭不吭聲，情緒低落。

到家之後，我們在客廳裡吃水果，表弟喝可樂。舅舅坐在沙發上，放鬆地跟表弟聊起剛才的表演。

「呃，我覺得，你們對打得很流暢啊，夠默契的啊。」

「那當然，我倆已經配合了一個月了。」表弟終於開口說話了。

「哦，難怪。那麼，那些對打的動作是設計好了的？」

「是呀，按照設計好的動作去練的。」

「那為什麼你被他摔了，他沒被你摔呢？這也太不公平了吧！」我很不忿地插了一句。

這句話簡直就像一把火，把表弟的憤怒和委屈點著了。沒一會兒功夫，他的眼淚就奪眶而出。

表弟哭得好傷心啊。一家人於是圍著表弟，「救火」。

我像個犯了罪的人，待在一邊。

肉體的疼痛，再加上精神的屈辱，使表弟大哭了一場。他泣不成聲地控訴起那個「小豆芽」。原來，那幾個動作不是設計練習好的，而是那「小豆芽」為了炫耀自己的功夫，臨時加上去的，表弟被打個措手不及。

不帶那麼欺負人的啊，這個小龜孫！我憤怒地大罵起那個不知道姓名的「小豆芽」來！那時候，我已經念高中了，路見不平，拔刀相助的血氣已經開始聚集在我體內，逐漸形成我自己的小宇宙，無論是班級上還是社會上的不公平事，我都喜歡干預。當然，干預的方式無非就是罵人，凶惡地罵人，直罵得自己感覺舒服了才完事。回想起來，那時候的火氣跟血氣就像隔三差五地爆出來的青春痘般尋常。我甚至用粗口罵起了那個「小豆芽」。

表弟終於平息下來了，也不再抗拒舅媽用紅花油去搽腦門上那個淤青的小包了。

最終，舅舅用一番具有理性的話結束了這場風波。他說：「小亮，你已經十歲了，應該知道，這個社會上並不是人人都會像家裡人那樣對你好，更多的人是為了達到目的而不惜一切手段向你出狠招，對於這些不按照牌理出牌的人呢，你只有敬而遠之，不跟他們玩了。所以嘛，我覺得你今天在台上表演得非常優秀，摔倒了，迅速爬起來，向對方鞠躬，不跟你玩了！你不是說過嘛，你們跆拳道精神不是強調，忍，忍是什麼來著？」

「忍就是德。」表弟認真地接了上去。

「對啊，小亮今天真是很有紳士風度啊！」舅媽也趁機附和。

我們也跟著附和。最後，我爸爸為了祝賀表弟演出成功，並且成為一個真正的紳士，請全家出去吃表弟最喜歡的必勝客。

看起來，表弟似乎已經忘記了剛才的屈辱，又歡天喜地了。

跆拳道是沒再繼續練下去了，那根曾經使表弟很雄的腰帶，早被我外婆拿去改裝成一件貓咪穿的小衣服了。而那件白得發光的道服變成了一件紀念品：多年後，我舅媽從箱子裡忽然翻到它，哭了又哭，我的表弟曾經那麼小，他真的來過這個世界上啊。那件道服跟表弟那些玩具一起，又構成了表弟的整個世界，只是，表弟待在這個世界裡，比表弟待在他的遊戲世界裡還要——虛幻。

表弟像所有那個年齡的孩子一樣，喜歡玩遊戲。他坐在電腦桌前，頭戴耳機，目光像雷達一樣敏捷，手按鍵盤則像個專注的鋼琴大師。我現在還堅持地認為，表弟玩遊戲的時候是最酷的，隔著屏幕朝那些看不見的聯機對手發號司令吹響集結號的時候，表弟簡直就像個大人物了。

DOTA裡的人物有很多個，他們遠比表弟現實中的朋友還多，我永遠都搞不清楚他們誰是誰，誰跟誰是什麼關係，表弟卻瞭如指掌，彷彿他們就是表弟的親戚好友，有的，還是表弟的僕人和下屬。據表弟自己說，他在DOTA裡級別已經很高了，手下也有那麼幾個嘍囉，比方說屠夫、黑暗遊俠、煉金術士、法師那幾個，我見過他們，他們其實就是表弟同校不同班的幾個學生，週末一大清早，他們就輪番打電話給我表弟，定時請安似的，其實是在催促表弟早點上線開戰。可是，表弟什麼時候得以開戰卻完全不以他們的意志所決定，也不由表弟的意志所決定，而在於舅舅舅媽。為了限制表弟的上網時間，週末的網絡交通管制時間向來是很嚴格的。所以，一伺「限行」結束，網絡信號剛開始冒出那麼幾格，表弟便一溜煙竄進自己房間，聯機，開戰。一分鐘前還是一片深淵的屏幕馬上變成了一個殺氣騰騰的江湖，表弟在裡邊笑傲。

我不明白表弟為什麼玩得那麼帶勁，頂著被舅舅舅媽罵得狗血淋頭的屈辱也不足惜。再大的江湖，不過就是幾個手指在幾個鍵盤格子間跳來躍去？還沒有跆拳道看得過癮呢。

有幾次，表弟允許我在他旁邊觀戰，我看得索然無味，這是表弟主宰的世界，我一點也融入不進去。不過，表弟在我無心觀戰準備離開的時候，說了一句話，讓我對表弟的世界有了些理解。他用鼠標點著屏幕上一個醜陋的怪人說，表姐，你看，這是黑暗遊俠，他把雙臂彎成了弓，他的血液就是箭，他為了你，背叛了世界和信仰，才成為黑暗遊俠，他會對你說——我願意為你顛覆整個世界，只為了擺正你的倒影！

天，我頓時對這個醜陋的黑暗遊俠好感得不得了，要知道，他這句話，把我多情善感的心肝都揉碎了，要是，要是，我喜歡的那個人，也會如此霸氣側漏地對我來上這麼一句，我，我，我，死了都願意啊！

原來遊戲裡也藏著揪心的愛恨情仇呢！

離開表弟，掩上表弟的房門，看到表弟赤著瘦瘦的尚未發育的上半身，坐在電腦前，檯燈兀自將表弟的影子拉到了牆角落，我覺得，表弟多麼寂寞啊，電腦裡的熱鬧，跟他半點關係都沒有。現實如此乏味，不如歸去……

表弟好歹在遊戲裡獲得了些能量，這些能量有的時候比荷爾蒙更加旺盛。

有一天，表弟竟然自以為是他心目中的雷克薩英雄的身分，把屠夫、混沌騎士、法師幾個人，約到了學校後邊的街心花園裡。他們都把這次格鬥看成英雄會。

對手還沒出現之前，他們互相檢查了一下自己的武器，說起來有些失望，不過是幾件常用的皮帶、棍子、小刀……不過，他們卻對即將到來的戰鬥雄心勃勃，彷彿他們相信自身的能量，可以使這些平常的武器舞動起來，都能像哈利．波特騎的掃帚一樣，充滿了魔力。

那個娃娃胖還沒有完全消退的屠夫，從頭到尾都在念著DOTA裡的那句台詞——fresh meat!嘴裡還不時地打著可口可樂嗆人的嗝。混沌騎士在裡邊是最內向的一個，也是最英俊的一個，他正在扯條的身材已經讓人想見，他有一米八五的前途。他幾乎不跟其他人說話，似乎完全沉浸在自己的世界裡，所經歷的一切光榮和失敗，只能換得他在心裡冷冷的一句——Perfect！最沒有特點的就是那個法師了，他簡直敗壞了這個充滿幻想和法力的稱呼，他平常得就像個品學兼優的班長，他是最讓我表弟擔憂的一個，既無特點也無特長。不過，人多力量大，作為召集人表弟，他對即將到來的決鬥，其實挺沒底的。這些兄弟聽到老大的老婆被人撬了，遊戲打得腎上腺激素狂飆之際，約好到這給老大出口惡氣，表弟的萬丈激情便被撩撥了起來。

老婆，其實是表弟自己一廂情願喊喊罷了。他的確喜歡那女同學很長時間了，可人家只當他普通朋友。最近，隔壁班的秦子文跟那女同學走得特別密切，好幾次還約著放學一起乘車回家。表弟認為，秦子文人品太差了。表弟最痛恨人品差的人，他覺得那女同學肯定會被他騙走。為什麼？因為秦子文家裡有錢，勉強屬於富二代，他平時上學放學都打出租，因為要追那女同學才故意乘公交的。表弟反覆地說，許茵肯定會被秦子文騙走。

以上這些情況，是在那場失敗的決鬥過後我才了解到的。要是早知道，我一定會挺身而出，果斷阻撓表弟。這是一場還沒開始就註定失敗的鬥爭。表弟既沒有武力也沒有財力，就憑他在DOTA裡的地位有個屁用？

事實證明，表弟他們被秦子文用錢雇來的三個彪悍打手嚇都嚇傻了，還沒到一個回合，紛紛繳械投降。作為懲罰，表弟他們被幾個打手小小地揍了一頓，沒造成流血事件。可是，表弟他們挨揍的視頻卻在同學的微博之間到處流傳。有圖有真相——那個下午，街心花園裡，屠夫、混沌騎士、法師以及我表弟，被打得無力招架，像幾隻瘟頭雞。剛開始，屠夫還揚著一張不服的臉迎接拳頭，沒幾下，就只有用手臂格擋住頭臉的分了；那個帥帥的混沌騎士簡直徒有其表，被搧了一耳光之後，耷拉著腦袋任由他人推搡；至於那個法師，一邊挨打一邊試圖跟別人講道理，一句話還沒出口，頭頂上便挨了一下拳頭，還想講，就被對方凶狠的目光鎮住了；表弟似乎因為肚子挨了一個重拳，臉色蒼白，彎腰抱肚，仔細看，眼中似乎隱著淚光了……

簡直慘不忍睹！當我看到這段時長達七分鐘的視頻時，我才深刻體會到魯迅在書本上說的那句「哀其不幸，怒其不爭」的傷心。哪個女生看到了這段視頻，都不會去愛上其中的任何一個的！絕不！

表弟恨死了那個秦子文，並不完全因為他們被打敗了，更重要的是，他們根本不知道，在他們遭受淩辱的時候，這個秦子文竟然用手機全程拍了下來，並且放到了網上。太丟人啦！表弟的自尊嚴重受傷。

這起發生在街心花園的七分鐘事件，升格為學校裡的一起惡性事件。「嚴重敗壞了我們二十三中學的名譽，後果非常惡劣！」校長在高音喇叭裡憤怒地喊。

表弟一夥人連同秦子文都被學校記過處分。徹底打敗表弟的是，那個女同學見了表弟，連一眼都不願看他了，即使有時候目光不小心碰到了，也轉瞬便放出了蔑視的內容。

唉，現實如此爛攤子，表弟不如歸去，歸往哪裡？還有哪裡？表弟從此將愛恨情仇統統放進了DOTA裡，變本加厲地DOTA。

看著表弟日益沉溺於網遊，我們一大家子都深深地感到擔憂。舅舅有一次還動用了暴力。從小到大，表弟挨揍得不多，主要是因為，往往舅舅的拳頭還沒有砸下來，表弟的哭聲就已經響起來了。哭便是知罪，知罪了就饒。實際上，這麼個柔軟的小傢伙，誰忍心揍他？那天，舅舅實在氣得不行了，從表弟房間裡，搜繳了他所有的遊戲光碟、耳機、路由器，乒乒乓乓一陣鬧騰，表弟都沒吭氣，直到舅舅最後將表弟的電腦顯示屏拆下來，準備拖走的時候，表弟飛身而起，跟舅舅扭搶了起來——顯示屏可是表弟世界的藏身之處啊。舅舅終於被表弟這個反抗激怒了，他放下顯示屏，開始對表弟拳腳相加。

表弟這次卻沒有哭，一滴眼淚也沒有。彷彿雷克薩的能量發揮了作用，附身於表弟。表弟繃住臉，任憑舅舅打，一點也不知道疼痛。他那一臉堅毅的樣子，猛然讓人想起了他練跆拳道時總掛在嘴邊的那句話——忍就是德。沒錯，表弟終於練成了忍德，我對表弟的敬意油然而生，瞬間覺得他長成男人了，雖然其時表弟也就剛滿十六歲。

表弟徹底跟眼淚說再見了，我覺得。

面對表弟此種忍德，全家人逐漸感到了可怕。遊戲這個魔鬼終於把我們家的小公主也變成了一個魔鬼，他不怕疼痛不怕懲罰，對什麼都無所謂，烈士般大義凜然。實際上，表弟並非成為烈士，也並未修煉到了什麼忍德，骨子裡支撐他的，是遊戲裡那股子殺人不眨眼的冷血，是逃到河對岸與現實遙遙相厭的冷漠。太可怕了。你只要看到被收繳了電腦顯示屏後表弟的那種目光，你就會知道，雷克薩的負能量壓倒了正能量，厭惡和冷漠是表弟射向我們的每顆子彈。

我投降了。跟大人的寵愛不同的是，我對表弟有著友誼和理解。我會偷偷塞錢給表弟，讓他在放學回家的路上，到網吧去過把癮，我甚至會讓表弟到我男朋友家的電腦玩。只有在電腦前，表弟才會跟我們，跟這個世界和解，表弟才有血有肉。

「表姐，你知道嗎，我現在唯一的渴望就是——快點成年，成年了就可以玩通宵DOTA，可以聯機七七四十九天也沒人管了。」

表弟恨不得明天成年。

在他這個年紀，我也渴望成年，渴望早點可以自己掙錢買漂亮衣服和包包，渴望跟男朋友過二人世界。我清晰地體會到，成長必定帶著渴望的尾巴，就像希望必定帶著絕望，愛必定帶著美和傷害。這些，都需要我們有足夠的耐心、克己、忍德，像烏龜爬山坡一樣，遊戲裡那樣的一刻千里、一鍵奪命的速度，絕對不適用於成長。

表弟去上學的那天清晨運氣很好，一上二六一路公交車，就逮到了一個空位，簡直百年難遇，頓時心下一陣竊喜。他一落坐，就把沉甸甸的書包解放在大腿上，頭枕著車窗。春天的朝陽透過玻璃撫摸著表弟的腦袋，表弟少有地感受到了現實生活給予他的新鮮和喜悅，他看著窗外晃動的樹木和樓房，沒一刻功夫，眼皮就耷拉下來了。表弟半睡半醒，一直坐到了解放路站，才迷糊地站起來，下車。

這個清晨，除了表弟的運氣之外，跟過去那些上學的清晨一點區別都沒有。直到課間休息，表弟才感受到了這個清晨原來如此異常，充滿了煞氣。在十點鐘的微博熱帖上，一張標題為「裝睡哥竟對七十歲阿婆無動於衷」的照片在各網站上轉熱了，「裝睡哥」一時紅遍網絡。那張照片上，表弟穿著綠色的二三中校服，頭靠在玻璃窗上，眼皮閉合著，他的椅子旁站著一位滿頭白髮的阿婆，一手扶著椅子，一手拎著一個包，背上還背著一個包。表弟青翠的綠校服和阿婆滿頭銀色的白髮，形成了極其鮮明的一老一少的對比。

「裝睡哥」遭到全民辱罵。你知道的，網絡上的辱罵經常像咬人的野獸般凶猛。要是罵別人，我會覺得太痛快了，也會加入到裡邊罵罵，發洩發洩。可是，那人是我的表弟，我到現在連複述給你們聽的勇氣都沒有。

表弟在自己的手機上看見了自己。沒錯，是自己，他當時還在心底裡慶祝過自己的好運。怎麼會變成這樣子？好運怎麼會變成厄運？

那麼，表弟看到了這個滿頭白髮的阿婆了麼？當校長這樣問他的時候，表弟心虛了。他看到了麼？依稀彷彿好像……表弟說違心話了。

你真的睡著了？

呃，好像是睡著了。

那麼你坐過站了？

沒，沒有。

那麼說明你腦子還清醒？

……

表弟辯無可辯了，不知道道理怎麼說，只能忍耐著校長逐漸升級的痛斥。最後，表弟被校長罵得連抬頭的勇氣也沒有。

實際上，那阿婆剛一上車，他就用餘光瞄到了她。她是在白仙湖站上的車。這個站，可以稱為老人站。表弟每天早上乘車到這個站，勢必會湧上來一大群精神矍鑠的老頭老太，他們晨運結束之後，一順腳，跨上公交，隨即一聲聲「老人免費卡」的電子音此起彼伏，接著就會機械地響起：「請您為有需要的老、幼、病、殘、孕婦以及懷抱嬰兒者讓座」……他們心安理得地坐在年輕人為他們讓出來的座位上，相互交談著該坐到哪站下車，該到哪個菜場買菜比較便宜，該到哪個醫院做針灸人又少做得又好……他們跟我的外公外婆一樣，享用著老的待遇和生命剩餘下來的無聊時光。而那些站在他們身邊趕上班或上學的人，滿腹心事，面對新一天的新任務正躊躇不已，他們要站十多站甚至二十站路，他們將以疲倦的站姿迎接新一天的戰鬥。

我的表弟實在太想坐這個位置了，或許他的書包太沉，或許他昨晚沒睡好，他喜歡的那個女孩在夢裡遺做一攤冰涼弄醒了表弟後又無情地消失了，讓表弟從後半夜懊惱到了天明，或許表弟認為阿婆根本不需要讓座，因為她跟我那七十二歲的外婆一樣，筋骨活絡，氣血暢通，沒事補鈣補腎腿好腰好，她背上那把漂亮的劍可以作證：紅紅的纓子精神地流露出來，彷彿在宣告世人——她一點都不輸給年輕人，她一點都不少於雷克薩的能量呢……這些，表弟該怎麼跟校長說起？

校長審問表弟時，他答案只有：A不是故意不讓座　B是故意不讓座。

表弟的表情，選的是B。

「八榮八恥，回去給我抄一千遍。」校長對表弟上次那七分鐘視頻還耿耿於懷，這次又鬧出這麼有損校格的事情來，並且比上次還惡劣，造成了很不良的社會影響。校長終於對沉默的表弟失去了耐心，他把表弟趕出了校長室。

表弟從校長辦公室出來，一路回到自己的教室。走廊的夾道上，站滿了歡迎「裝睡哥」的學生。

歡迎，裝睡哥歸來！

表弟的臉皮再厚，也能感到沾著恥毒的箭直射向自己，躲避之不及。

有一個人，朝表弟迎面走來，竟是那個女同學，那個在夢裡把自己折騰得疲憊不堪的女同學。表弟一陣烘熱，像被燃燒了臉皮。這一次，那女同學並沒有躲避他的目光，而是逼視著他，那眼神，白痴都能看出，是嫌惡。

表弟在這樣的眼神底下走完了自己人生的最後幾步。他連自己也嫌惡自己了。他熱血一湧，小跑至走廊盡頭，一手撐欄杆，輕身一躍，毫不費力地，模仿雷克薩撲敵的那一次躍動，表弟從沒學得那麼像，從沒如此果斷勇敢，從沒如此王者風範……

現實如此糟糕，不如歸去……

我不知道，表弟躺在水泥地上最後的那一眼，是否能在天空中看到自己的倒影？

表弟離開了這個世界。很長一段時間以來，我們如同生活在遊戲般虛幻。外婆常常在夢裡捉到了表弟的手，外婆說，小亮的手比我的還暖和，健康得像頭小牛牯；已經開始老年痴呆的外公，但凡在大街上遇見鄉下人用籮筐賣雞，總是要問：閹過的嗎？閹過的嗎？要是人家告訴他，沒閹過的，還小呢，他一定會買回來，吩咐外婆好好去燉，他說，小亮還沒變聲，多吃小公雞，嗓子變得響亮響亮的；我那可憐的舅舅，一夜掉光了頭，再長出新的頭髮來，竟全是白的，彷彿悲傷頃刻結成了無法解凍的冰山。舅媽呢？她已經搬到表弟的房間裡住下來了，她常常坐在表弟的電腦桌前，對著黑黑的顯示屏發呆，眼睛一眨不眨，生怕錯過表弟出現在顯示屏裡。我一步也不敢踏進表弟的房間了，在那一米二的兒童床上，那張卡通的被單上，躺著一個彷彿時刻準備跑出來嚇人的雷克薩……

在我的電腦上，依舊保留著表弟最後那天的照片。他靠在玻璃窗上，閉著眼睛，春天的陽光那麼新鮮地照在他的臉上。他的心情是那麼好。我不斷地放大表弟的臉。那個陌生的拍照者手機像素不是很高，才放大了兩倍，表弟的臉就有點虛了。不過，我還是能隱約認出表弟嘴巴上那一圈細細的絨毛，它們還沒有變粗變黑，它們還沒有變得茂盛而執拗，它們跟表弟的人生觀一樣，細小得讓人無法覺察。

我時常回想起我跟表弟小時候一起玩的那些遊戲，不是電腦上的那些，是那些幼稚的生活遊戲。表弟奶聲奶氣地說，表姐，我們來玩反義詞遊戲。

「我不是杜亮——的反義詞」。我就接上——的反義詞，表弟再接上——的反義詞……必須一口氣接下去，誰都不許換氣，誰先斷誰先輸。表弟總是輸給我，「的反義詞」這句話，一直牢牢地掌握在我的口中。只有這樣，任何次反義詞都失去了意義，最終整個句子總會歸為「我不是杜亮——的反義詞——的反義詞」，最終輸得氣喘吁吁的表弟一聲怪叫，跑開了，邊跑邊笑著，直笑得筋疲力盡遊戲才算玩完。每次都是這樣，表弟這個笨蛋，從來不曉得修改題目，不曉得一開始就開出「我是杜亮——的反義詞」。

不過，表弟也有贏我的時候。

「表姐，我們來玩爭上游！」於是，表弟認真地發牌，理牌。因為手太小了，表弟理牌通常都很慢。我一手好牌，先出。一隻大鬼，要不要？一個炸彈，要不要？一隻小鬼，要不要？三個皮蛋帶一雙四，要不要……稀哩嘩啦，表弟還沒反應過來，我手上的牌就出光了。表弟很不解，眼睛眨巴兩下，看看我，再看看自己手上歪歪斜斜的牌，眼睛再眨巴兩下，嘴巴一扁，嘹亮的哭聲就像軍號，把正在外屋忙碌的大人們集結了過來。我落荒而逃。隔著房門，我還能聽到表弟殺豬一般的哭嚎——表姐欺負我，嗚嗚嗚，我的牌都還沒理好啊，啊啊啊……大人便是一陣息事寧人地安慰：表姐那麼壞啊，我等下拿鞋板來拍她……

我頓時從贏者變成輸家。表弟自有愛護他的人主持公道。

可是現在，表弟不玩了。表弟的牌還沒理好，就離開生活這個大賭局了。這是個由無數對互為反義詞的詞組構成的無數次賭局：勝利和失敗、強和弱、笑和哭、貧窮與富裕、光榮和恥辱、忍耐和爆發、對和錯、開始和結束……表弟說——我不跟你玩了！

文藝女青年楊念真

下午，幹完手上所有工作。小門在MSN上留給普魯斯特楊一個振動閃屏。

許久，看她一點反應都沒有。

喂，又在排毒啦？小門給普魯斯特楊發過去一句話。

嗯，你表（不要）太懂得我的好哦！一分鐘後，普魯斯特楊終於回話了。

懂你就是懂自己啊，我們都是醬紫（這樣子）的啦！

嗚嗚！普魯斯特楊給小門發去一個淚如泉湧的小豬豬。

抱抱！小門給普魯斯特楊發去一個擁抱的圖案。

想都想得到，普魯斯特楊在自己那間不大，但情調十足的小書房裡，對著電腦，不，是對著電腦上的那一封封過期郵件，追憶起那段破似水年華。唏噓，抽菸，眼淚一滴滴、斷斷續續地流下來。

唉，那點破事。繞不過去了都。小門嘆了口氣，她今天工作很充實，剛得到德國老闆一個賞識的擁抱。所以，有點小高興。小高興而已。這年頭，有點小高興，就跟有點飢餓感一樣難求。

晚上飯否？

飯。你請。普魯斯特楊很快回了過來。

那是當然的了。

小門回想了一下，上一次是普魯斯特楊請，那是自己在排毒，去她們常去的閣樓西餐廳。她虛弱地靠在跟她一樣無力的沙發上。對面的普魯斯特楊義憤填膺說，你總是這個樣子，事情過去了多少年，還在想那個人，你難道命中欠他？他骨子裡是一個軟弱又虛偽的傢伙！有什麼好惦記的?!

今天，輪到普魯斯特楊了。

如果按照小門的工作方法，給她們兩個請客的次數跟個人排毒的次數製一個比例圖，在她們長達六年的友誼過程中，絕對精確無比地呈現出一個公式——請客：排毒＝AA制。誰要排毒，誰被請客。而且，默契得驚人，錯落有致。

普魯斯特楊為了讓自己打起精神，出門前經過了一番修飾。三十六歲的文藝女青年，不細看也難看出年齡，身上該有的地方都不落後，該沒的地方也識相地藏著，這個女人，怎麼就成了人們眼裡的問號呢？她在鏡子前自憐了一番。自從遭遇了那場自以為與別不同，實質卻俗不可耐的愛情之後，多少次自省、自殘、自憐，甚至用話語的毒藥將那個人毒死、炸死，而敵人卻永遠屹立不倒。往事是一滴永遠難乾的水。其實也僅僅是、永遠是那一滴而已。因為親愛的普魯斯特老師寫了那本不朽的《追憶似水年華》，所以，小門總說：楊念真，你真普魯斯特，你別再普魯斯特了。說久了，小門乾脆喊她普魯斯特楊。

感情生活處於一片真空的人，獨處久了，舊情就像一根救命稻草，普魯斯特楊和小門都死抓住不放。而在她們相互傾訴的時候，舊情又變成了一顆味道酸澀的泡騰片。各自面前放一杯無味的冰水，一粒舊情扔進去，水花還沒來得及濺出，就蒸騰翻滾起來，顏色、味道迅速溶解，熟門熟路，發出輕微的「嘶嘶」的受煎熬般的聲音。直到喝光，才舒服。

單單講兩人的那段感情經歷，其實八九不離十。無非是在二十六七歲上下，都愛上了有婦之夫，拉拉扯扯，遮遮掩掩，拖拉到了三十出頭，青春耗得差不多了，愛的能量也耗沒了，經過一長段撕心裂肺、藕斷絲連的齟齬之後，最終走出了那段不見天日的情感。總以為走出來了，就能從良。可現實跟裡面區別不大，好男人都被領走了，到處充滿了殘酷的爭奪。尋尋覓覓，依舊孑然一身。

兩個孑然一身的女人，衣食無憂卻常懷憂傷。憂傷滿得不能再滿的時候，就相互約著出來排毒，無非就是傾訴、打牙祭、打發時光，有力氣時，還花花錢購購物。搭伴唄。

一小時之後，小門，普魯斯特楊，來了一個真的擁抱。少不了安慰半天。放下浪漫，立地成佛。

兩個女人這樣立志之後，服務生已經將各人點的黑椒牛扒都端上來了。開動。

小門喜歡吃七成熟的牛扒，普魯斯特楊喜歡九成熟。普魯斯特楊看著小門切下一片還帶著幾縷血絲的牛肉，遞進嘴裡的時候，她皺了皺眉頭。

你看你，每次都愛吃那麼血腥的東西。

小門帶勁地嚼著那片牛肉，一邊說，說明我比你有血性啊，我比你有活力。看你這副自憐的樣子，真沒勁。

上個星期靠在我肩膀上哼啊哼啊，那個人，不知道是誰？普魯斯特楊恥笑她。

小門想了想，也笑了。

普魯斯特楊半真半假地改裝著阮玲玉那句著名的遺言，嘆氣，搖頭，說——唉，我只能說，遇人不淑，遇人不淑啊……這是普魯斯特楊和小門在一起喜歡說的一句話。

親愛的普魯斯特楊，要時刻準備著啊，保存活力，對付即將出現的男人！
對對對，多吃肉，科學家證實，吃肉會增強性慾，尤其是生肉！
我用不上，你多吃，你缺！
你缺！
你缺！
你更缺！
你比我缺！
兩人脫了鞋子的腳，在榻榻米的桌子底下，你來我往地踢了起來。踢得歡快。像兩姐妹。
一個晚上，排遣了三小時。小門和普魯斯特楊走出餐館，分頭打車。路過各自的霓虹燈，回各自的寓所。

普魯斯特楊打開家裡所有的燈，照不出自己一個影子。只要自己不動，就很容易跟家具混為一體。家具的顏色是同一個咖啡色系，普魯斯特楊最喜歡的色系，跟她很多衣服顏色相似。
坐在潔淨的地毯上，普魯斯特楊收到了小門的短信：
My dear普魯斯特楊，要對自己好一點喔！

鼻子又開始酸起來，但是跟今天出門前那一下午的感覺不同，這是冰冷的鼻子忽然遭遇一股暖流襲來的反應，類似生理反應。

生理反應跟心理反應，不刻意去分，還真會分不清楚。普魯斯特楊認為劉哲就是那種拎不清的笨蛋。劉哲討好普魯斯特楊的時候，最愛說的話就是，心肝，我只要一想到你，就會起反應。普魯斯特楊每次跟他鬧，他就要過來「撲火」。說是「撲火」，一進普魯斯特楊的小屋，就用一個緊緊的擁抱堵住她的怒火，急吼吼地先解決自己那把「火」再說，生理反應大了去了。過去那些年來，普魯斯特楊總是妥協於劉哲的霸道，好像他在普魯斯特楊面前，就是一個孕婦，孕婦的反應是天底下最大、最應尊重的。普魯斯特楊尊重劉哲的生理反應，她有她自己的理解，劉哲是多麼多麼需要自己，多麼多麼離不開自己啊，以至於他們分手了很長時間，普魯斯特楊有時候還會愚蠢地想，不知道他待在家裡，去哪裡解決生理反應？

腦子灌水了，腦子灌水了！小門和普魯斯特楊在一次沮喪的聊天時，恍然大悟似地，叫，男人對女人，永遠只有、僅有生理反應！

沒錯，沒錯，比動物更動物。

她們發洩著，罵著男人，其實，只是罵那兩個男人——小門的余暢，普魯斯特楊的劉哲。

女人和女人之間，還真的是奇怪，哀傷的時候，特別容易親近。彷彿女人的傷口是永遠張開的，是難以癒合還是不肯癒合，普魯斯特楊也有點糊塗了。哭一陣，鬧一陣，也分不清楚是生理反應還是心理反應，更分不清楚是相互排毒，還是相互撒嬌。

「親愛的小門，幸虧還有你在。」

普魯斯特楊隨手回覆了短信，手機一扔，用薰衣草精油泡一個長長的澡。

除了工作之外，普魯斯特楊喜歡閱讀。閱讀使人寧靜。像她這種處境的女人，難得平靜。家人替她焦灼，同事替她焦灼，早早鑽進圍城裡的朋友替她焦灼。說她從不焦灼，一點說不過去。普魯斯特楊不可能像法國那位偉大的普魯斯特老師那樣，吃著考究的下午茶點，歪在病床上，讓往事像河一樣從床前流過，「床前明月光，疑是舊日傷」。我們的普魯斯特楊小姐身體健康，吃葷吃素，一切正常，而且，在很多相親對象看來，還與眾不同：文藝、小資、有品味、清高，挑剔。這些氣質瀰漫在普魯斯特楊的身上，年紀越大越明顯。普魯斯特楊偏偏說，那是閱讀賦予她的氣質。普魯斯特楊的母親可不這麼認為，她認為那是長期單身養成的怪癖，她在電話裡總是勸普魯斯特楊，老窩在家看書有什麼用，要多出去交際，多認識人，早點結婚。彷彿害怕普魯斯特楊看書就跟念經一樣，念多了，就成仙了。

相親多次都無結果，普魯斯特楊就不想再去了，反正還有小門。她甚至有一天，心血來潮地跟小門說，她不想刻意再找男人結婚了，如果成本太高的話，寧可努力掙錢，等到老了，就跟小門湊錢辦一個養老院，一堆老人在一起，也不會寂寞。

小門哼哼哈哈地沒回答，只是說，可以考慮，可以考慮。

小門跟普魯斯特楊最大的不同就是，她不安靜，她越發地害怕孤寂。不是那種因為愛情和等待帶來情緒的孤單寂寞，而是近乎孤寡的寂寞。有天，她看到報紙新聞，一個孤寡老人死在家裡，快兩年了都沒人發現，等到他的弟弟路過這個城市來看他，才發現了一堆白骨。她怕死了，半夜躺在床上，胡思亂想，睡不著，起來打電話給普魯斯特楊，一個在城市的東邊，一個在城市的西邊，靠一根電話線聯繫著。

親愛的普魯斯特楊，我真的、真的害怕孤寡啊！

小門同學，你太自憐啦。人生到頭，莫不過自己一個人？普魯斯特楊在電話那頭教訓小門。

可是，這樣下去，死了都沒有人知道。你難道不怕？

不是還有我嗎？小門同學，人死了，自己都不知道，還怕別人不知道嗎？

你來我往，電話打到了凌晨。最後，普魯斯特楊和小門，在兩頭，都疲倦地睡著了。

醒來後，小門依舊沒有完全消除那些恐懼，她一天比一天變得焦灼起來。她的工作比普魯斯特楊要忙上幾倍，但恐懼還會像每天被她貼在日曆的工作計畫表一樣，定期刷新。在她四面出擊，一再降低要求，焦灼地相親之下，終於挑到了四十歲的張森林，結婚了！

接到這個消息的時候，普魯斯特楊獨自在公寓裡，好半天，才給小門發了一個祝賀的短信——

林語堂說：只有讀書可以忘記打牌，只有打牌可以忘記讀書。我改了一下：只有結婚可以忘記朋友，只有朋友可以忘記結婚。你的朋友祝賀你結婚！

這道繞口令似的短信，被小門一直存在手機上。她不記得自己有沒有回覆普魯斯特楊，倒是記得自己看到這條短信之後，百感交集地哭了，哭什麼也說不清楚。她的準新郎張森林以為她想到要結婚，情緒焦慮，是綜合症的反應，尤其三十多歲的女人，反應比一般人大都屬於正常現象。一個女人單身那麼久，熬過來的日子，都是自己和自己博奕過來的。

張森林尊重每一種博奕。他就一直博奕過來，先是職場上，然後商場上，敗過也勝過，但最後還是敗了。他手上的資產從近億一直跌到了過百萬，跟多數生意人的下場一樣。跌到過百萬的時候，也到四十歲了，他就不敢再博奕了。退出這個令他興奮過、沮喪過、刺激過、平淡過的戰場，乖乖地收拾起以青春作為代價的殘局，回家。回家的時候，他想，像自己這麼倒楣的人，就活該過一種愚蠢人的生活，結婚生子，白髮齊眉，含飴弄孫。所以，在「都市俱樂部」的相親會，學乖了的張森林，挑到了目的明確的小門。難得兩人都單身，難得兩人都實力相當，難得兩人都沒有力氣再挑三撿四，更難得的是，兩人在偌大個城市，幾千萬人口中，能遇上。

張森林和小門都認了。

按照這個城市的習慣，伴娘必須是未婚。所以，新娘先是在好友圈裡挑未婚的，挑不到，就到一般朋友圈裡挑，再挑不到，就拜託認識的人介紹，掘地三尺，也要挑到一個未婚女人出來。據說只有這樣，新郎新娘的婚姻才會常久常新，美滿幸福。小門幸運，現成就有一個，好友兼未婚。普魯斯特楊成為小門的當然伴娘。

結婚那天普魯斯特楊才第一次見到張森林。說不上來好不好，生意沒做好養成了一種眼高手低的姿態，不徹底的講究，不徹底的平民，看上去，對小門也帶著不徹底的愛。

婚禮是在一個酒店舉行，小門外地的父母以及張森林外地的父母兄弟都趕過來了，客客氣氣，就像整個婚禮。

從接新娘到婚宴，普魯斯特楊都伴在小門的身邊。抽空，小門還開玩笑地說，瞅瞅，這裡邊的男賓有你看上的不？

普魯斯特楊舉目望過去，一點感覺都沒有。這種熱鬧的場面，對於長期寡居、文藝、清高的普魯斯特楊小姐來說，真的難為她了。她做著伴娘應該做的事情，整理小門的裙裾、幫小門補妝、給小門送吃的、伺候小門換禮服……好像一個盡職的禮儀小姐。

這些，小門看在眼裡，後悔死了。她在心裡暗暗期待這場婚禮早點結束。

可以說，這是一場成熟的婚禮，一切按順序進行，沒出任何差錯，直到新娘新郎將最後一個客人送走。男方中，張森林的一個哥們兒，提出要鬧洞房。一起鬨，那些喝得半醉的男男女女都打車到了新房。普魯斯特楊本不想去的，但是，女方代表只剩下了她，不去說不過去。

小門坐在花車裡，側臉去看普魯斯特楊。昏暗的燈光下，普魯斯特楊讀到了她眼裡的愧疚。普魯斯特楊心頭一熱，這是她親愛的小門啊，相互傾訴相互安慰的小門啊。不知道是對自己，還是對小門，她的內心疼了一下。

新房不俗，可以看出小門的風格。在那張喜慶的中式婚床上，新鮮的玫瑰花圈成了兩顆心。普魯斯特楊瞥見了床頭櫃上，擺著一只陶瓷天使，土黃色的，跟這喜慶的顏色格格不入。她心裡暗暗想笑，這是自己以前送給小門的。大概只有普魯斯特楊和小門才能看出那是個天使，顏色黯淡不說，翅膀短得非仔細尋找不能找到。

幾個賓客想了一些方法為難新郎新娘，越奇怪越興奮。有一個男人，把幾顆紅棗放到新娘躺倒的身上，然後把新郎的雙手捆綁起來，命令他用嘴巴將那幾顆紅棗撿起來。

張森林只好伏在小門的身上，吃力地用嘴巴將散落在小門胸口上、肚皮上的紅棗一顆不剩地叨了起來，像一隻龐大的鷲。這彷彿就是鬧洞房的高潮了，在場的人，一邊拍手一邊興奮地叫喚。

普魯斯特楊看不到小門躺在那裡的臉，只看到小門的身體，一下一下地顫動著。怕癢似的。鬧得差不多的時候，當中不知道是誰，發現新大陸似的注意到了普魯斯特楊，尖叫了起來——女方還沒鬧哪！

於是，所有人都轉向了普魯斯特楊。

普魯斯特楊不知所措地看看他們，看看小門。

按照慣例，普魯斯特楊應該代表女方，用一根毛巾，鞭打新郎，那意思是，男人婚後要老老實實，做牛做馬，為老婆服務。

浴室裡有毛巾！那個興致最高的男人提醒普魯斯特楊。

普魯斯特楊進到客房浴室，裡邊果然掛了一條乾毛巾。她一扯，毛巾輕飄飄地落到了普魯斯特楊手上。普魯斯特楊想了想，對著鏡子照了照自己的臉。她打開水籠頭，將毛巾浸濕了。濕毛巾第一下鞭打到張森林的屁股上，張森林不由自主地叫了起來。

疼啊！

張森林畏縮了。收回了屁股。

不行不行，這哪是個爺們啊！人群強制性地把張森林的屁股重新撅起一個最佳的弧度。

普魯斯特楊抬頭看了看小門，小門也正看著自己。

像報仇一樣，普魯斯特楊再次將濕毛巾狠狠地抽了下去。

小門，祝你幸福！

小門，讓過去見鬼吧！

小門，去他媽的臭男人！

每說一句，普魯斯特楊就狠狠地抽一下。

等到普魯斯特楊再要說的時候，小門奔跑了過來，她奪過了普魯斯特楊手上的毛巾。

夠了，普魯斯特楊，夠了！不許說了！

近距離的看，普魯斯特楊的眼裡淚光盈盈。

小門沒多說什麼，俯過身去看撅起屁股的張森林。

對不起，對不起，她喝多了，她真的喝多了！

在眾人忙著安頓新娘新郎的時候，普魯斯特楊消失了，像一陣水蒸氣，消失在一次喜氣洋洋的揭鍋中。

婚後的好長一段時間裡，張森林還會揉著自己的屁股，不時問小門，你那個女朋友，我看她是吃錯藥了，對男人有仇啊！
小門偃旗息鼓地坐到張森林的腿上。
她就是這樣的，她過去很慘的。
慘什麼？被男人甩了？
也不是什麼甩不甩的，就是，就是遇人不淑而已。
我看她自己有毛病，遇誰誰都不敢要。張森林還想繼續討伐普魯斯特楊，小門用一個吻將他安置了。

小門結婚以後，普魯斯特楊和她吃飯排毒的次數劇減，倒不是因為小門一心撲在張森林身上，只是普魯斯特楊覺得，已婚女人小門，一下子變成了另外一個世界的人，事實上，她們在聊天的時候，多少有些跑題，說著說著，話題就跑到了張森林以及小門的家事上去了。普魯斯特楊天生不喜歡談家長裡短，更不擅長應酬。這樣有好幾次，她感覺很不耐煩，就跟應付那些相親對象一樣。

普魯斯特楊迷戀上了看那些名人、故人的傳記，看一些古代王朝的正史野史，彷彿從別人的舊事，可以讀出一些春秋感慨，放眼大千世界，無奇不有，而她普魯斯特楊只不過是滄海一粟，又彷彿別人的傷痛可以覆蓋自己的傷痛。

感傷和空閒，恰如文學與空閒一樣，是普魯斯特楊的左心房和右心房，普魯斯特楊頻繁地出入這兩個心房，這裡坐一會，那裡坐一會，感覺哪裡都虛妄。「不結婚，什麼都虛妄。」這是小門的婚後感言。普魯斯特楊反駁小門的「虛妄論」，以自己為例子，她鐵了心，除非找到跟自己心心相印的對象，若非如此，結婚也會虛妄。普魯斯特楊「心心相印論」與小門的「虛妄論」時刻交戰著，最後，她們也懶得討論了。

一個週末，小門約普魯斯特楊到家裡開生日派對。小門過去最怕過生日的，有的時候甚至故意忽略不過。結婚之後就不在乎了，非要找一群朋友來家裡熱鬧。普魯斯特楊礙不過邀請，也去了。

去到，普魯斯特楊才發現，這種熱鬧的場所越發地與自己格格不入。看情形，小門還別出心裁地安排了張森林幾個單身哥們去，要介紹給普魯斯特楊，普魯斯特楊對那幾個人一一沒感覺。其中一個是婚禮那天也在場的，他看到普魯斯特楊，一下就認了出來，笑著説，嘿嘿，你就是那個虐待狂吧，有意思，有意思啊！

普魯斯特楊嘴角牽了牽，看看男人，一個胖墩，額頭光亮得冒油。小門在旁邊聽到了，連忙誇張地給普魯斯特楊「賣廣告」——我這個閨蜜啊，特優秀，有才有貌，溫柔賢淑，怎麼樣，看上了吧？那男人上下看了看普魯斯特楊，謙虛地說，像小姐這麼亭亭玉立，哪裡會看上我們啊，不敢高攀，不敢啊。這些排場話普魯斯特楊聽得多了，心裡直生厭。

正在這個時候，張森林走過來，看著普魯斯特楊，故意皺著眉說，你那幾下可真是夠狠的，到現在，我屁股還有幾道血印子呢，不信你問小門。小門將張森林推開一邊，連聲說，別聽他的，別聽他的，哪有的事。張森林立即裝出一副冤枉的樣子說，怎麼沒有，昨天晚上你還看來著。話音未落，那胖墩就一臉壞笑地說，老張，那血印子該是嫂子那什麼的吧，啊？啊？小門就笑著伸手要去打胖墩，張森林也笑了，他們笑得那麼一致，讓人感覺有那麼一點「夫妻相」了。普魯斯特楊看著眼前這三個人在眼前打打鬧鬧，內心生出了一種恍若隔世的味道，彷彿是與己無關的人間快樂。

普魯斯特楊也不知道自己到底怎麼了，在這個熱鬧的場合裡，心裡反而滲透出了很濃很濃的傷感，跟過去那種自己獨處時的如水墨畫般淡淡的哀傷是很不一樣的。找個沒人注意的空檔，她找了個安靜的地方待著。這個地方是臥室，因為門虛掩著，她就順手推了進去。臥室跟婚禮時見到的沒什麼變化，就是雜物多了些，床上還是那套玫瑰紅的被套。普魯斯特楊下意識去找床頭櫃上那只她送給小門的陶瓷天使，她不確定它是否還在那裡。在一堆化妝品當中，普魯斯特楊遠遠看到了那只土黃色的陶瓷天使，還是那一臉無辜的笑容。普魯斯特楊的心裡一陣激動。等她走過去再看的時候，才發現天使的脖子上套著一個布藝小鈎，鈎著一卷衛生筒紙，有一截被扯出來的衛生紙飄揚在天使的胸口。

普魯斯特楊先是一陣氣憤，緊接著一陣難過，她感到呼吸困難，不得不掉過頭快步走出了臥室，跟迎面而來找她的小門差點撞上了。普魯斯特楊鎮定地告訴小門自己忽然身體不舒服，先回去了。小門關心地看著普魯斯特楊的臉色，問這問那，問哪裡不舒服。普魯斯特楊一句也沒多說，直接從大門撤退了。

「你那個閨蜜，這樣下去非變態了不可，女人啊，不結婚就都會變態，幸虧你遇上我了。」這件事情過後，張森林真誠地對小門說。

「別臭美了，你以為你是個寶？男人也一樣，不結婚也遲早變態。」說是這麼說，小門對好朋友普魯斯特楊的奇怪，也開始有點擔心了。她到現在都搞不明白那天有誰得罪了普魯斯特楊，為什麼中途就跑掉了呢？

普魯斯特楊那天從生日派對撤退了之後，並沒有回家，而是鬼使神差地坐出租車到了劉哲家的小區。過去多少次，她在這個小區門口徜徉，心裡壓抑著衝進劉哲家，找劉哲老婆談判，求她把劉哲讓給自己的衝動，這種心理反應時刻在折磨著普魯斯特楊。因為那些年裡，她完全就相信了劉哲就是她要找的那個人，她儘管只得到了他部分的愛，儘管她在愛他的過程中痛苦大於幸福，但是，她差一點就在那段縫隙裡的愛情裡認定劉哲就是與自己心心相印的男人。這種假象，在普魯斯特楊最美好的那段青春歲月裡，死皮賴臉、痛心疾首地將普魯斯特楊的美夢吞噬掉了，以至於她已不再相信愛與甜蜜有什麼關聯，所以，當她看到小門與張森林在自己面前做出那種伉儷的姿態，她覺得虛假極了。

這個小區的門面，普魯斯特楊再熟悉不過了，但是，劉哲住在這林立的公寓裡的哪一家，家裡的擺設是什麼風格，沙發、床、衣櫃、廚房……這些普魯斯特楊統統不得而知。她也不知道自己為什麼要跑來這裡，其實她壓根也沒想好碰上那個男人該說些什麼。

後來，她只得回到自己家裡，靠在那張宜家的小波希米亞無腳沙發上，點上一根菸，一口氣吐出來，那是一口濁氣。她自己想了很久，她為自己下了決心，她要亭亭玉立。那個胖墩說了一堆廢話，唯獨這個詞說對了。亭亭玉立，笑傲人世，善待自己，順心自然。普魯斯特楊把這些四字真言寫在了MSN上的個性簽名。

當晚，她還為了自己的決心做了一系列健康向上的事情。她首先到久違的菜市場買了一條多寶魚清蒸，做了一道瑤柱冬瓜湯。飯後她在地毯上跟著音樂做了一套瑜珈，然後泡了一個玫瑰花澡，做了一次臉部護理，將自己收拾完畢，已經是十一點了，她靠在床上，聞著若有若無的熏香，又溫習了一遍卡爾維諾的《命運交織的城堡》來看，跟隨著卡老師玩塔羅牌的遊戲，看他將命運顛來倒去地安排、布局，直到將故事的結局弄亂了又重新來一盤。卡老師太偉大了，簡直有一雙神奇的手！她覺得如果可能的話，卡老師一定可以理解自己，甚至跟自己心心相印。可放眼看周圍的男人，有誰能跟卡老師一樣呢？莫非自己註定要孤身走下去，一直走到沒法走下去了，就將故事的結局弄亂，再重新來？唏噓了一下，普魯斯特楊熄燈睡覺了。在睡覺意識尚淺的時候，普魯斯特楊那奇特的腦子裡，竟然在黑暗中浮現了做愛的場景，一忽兒一個是自己，另一個是熟悉的劉哲，一忽兒一個是小門，另一個是那個張森林，男人的屁股上幾道鮮紅的血印子特別清晰，而最奇特的是，她竟然看到小門伸手從那只天使的胸口扯了一大截衛生紙為張森林擦著那玩意兒。

普魯斯特楊的腦袋發熱，臉發燙，她一把扯過被子，將自己的頭和臉死死地掩起來，她近乎羞愧地在被子裡呢喃，亭亭玉立，笑傲人世，善待自己，順心自然……

「My dear普魯斯特楊，告訴你一個好消息，你預計在明年夏天榮當乾媽！」

小門在MSN上喜氣洋洋地告訴普魯斯特楊。

普魯斯特楊給她回了一個驚喜的圖案，一雙手半捂著一張大嘴巴。

良久，普魯斯特楊才問：「小門，你看來真的很愛你老公喔！」這句話的後邊，普魯斯特楊還特意放了一個豎起的大拇指圖案。

又過了良久，小門的回話，像旗幟那樣，從普魯斯特楊電腦的右下方冉冉升起：

「也說不出來愛不愛，他很敬惜我，我也一樣。」

再以後，在MSN上，小門就喊普魯斯特楊做乾媽。

「乾媽，今天我去醫院檢查了哦。」

「乾媽，今天我踢了媽媽的肚子一下哦。」

……

榮升為乾媽的普魯斯特楊，生活依舊變化不大。她依舊那麼喜歡閱讀，她依舊有的時候還會被舊日的傷口所傷及。但是，這些她都不再跟小門說了，因為她親愛的小門已經變成了一個即將呱呱墜地的小生命。

因為加入孕婦隊伍的小門已經三十七歲了，而張森林也已經四十一歲了，這一對高齡產夫婦，自然十分緊張。在懷孕四個月之後，小門就停薪留職在家待產。待產期間，制定了無數的清規戒律，除了由保姆伺候之外，張森林的父母也從老家趕來幫忙照顧媳婦，而一切不得不辦的事情均由張森林代辦，比如因為害怕輻射，開電腦收發郵件，用手機接電話、短信等等。這樣一來，小門真的成了一個藏在子宮裡等待出生的小生命了。很多時候，小門在家待悶了，想跟朋友聊聊天，張森林就充當祕書在旁邊幫她發短信，她唸，張森林發。

有一個晚上，普魯斯特楊收到小門一個短信：「親愛的普魯斯特楊，你在幹嘛？還在普魯斯特嗎？」

普魯斯特楊那個時候情緒很低落，看到小門的信，就更加傷心了。她含淚給小門回了一句酸溜溜的話：「我在難過，親愛的小門，你一定很快樂吧？」

半晌，小門回她：「一切都會過去的，你要好好地生活哦。」

普魯斯特楊感覺自己的身上有一道看不見的傷口，被小門的短信一句一句地拉開了，彷彿窗外的月光有多長，回憶有多長，這傷口就有多長。她此刻太需要傾訴了，她需要像月光那樣的飛流直下，直抒胸臆。

短信一來二往。每一個來回，普魯斯特楊都寫得很長，而小門則總是簡短的幾句話，就好像過去那樣，小門拖著腮，任憑普魯斯特楊說個夠。可是，等等，普魯斯特楊忽然發現了一條短信的異樣：「女人就是喜歡幻想，她們被浪漫害死了，其實都是自己欺騙自己，男人才不在乎你們女人那些小破心思呢，反正遲早都要依靠男人的。」

這明顯不是小門的語氣嘛。

她半信半疑地回覆了一個：「誰說女人要依靠男人？男人沒有女人就等於沒有了耐心，一個沒有耐心的男人，自己都解決不了自己。」

「男人的耐心從來就只在事業上，男人只把花心放在女人身上，你們女人傻得將整顆心放在男人身上，到頭來，男人沒有，心也沒有了，哈哈！」

收到這個短信，普魯斯特楊摁鍵的手冰涼冰涼的。她已經確定，這些短信都是那個張森林發給自己的。她有一種被背叛的感覺，又好像自己被人剝光了衣服，被一雙看不到的眼睛窺視著。

普魯斯特楊從來不喜歡與陌生人交談，關於網絡上那些聊天、交友之類的一點都不感興趣，除了不信任之外，更因為她不屑與那些人為伍，她的心事，她的智慧，豈是一般人能匹配的？

此刻，好像為了報復一樣，普魯斯特楊沒有識破張森林，轉而發了一條短信過去：「小門，你跟你老公還好嗎？」

「很好啊，他真的很好。他哪方面都好。」

哼。普魯斯特楊認為男人都是一個樣，永遠都被一些表面現象欺騙，她知道不是他們智商低，而是他們太不在意女人的內心世界了。

「他比他還好？你不是說過，這輩子永遠不會再像愛他那樣去愛一個人了？」

發送鍵一摁，普魯斯特楊就後悔了，她甚至感覺到自己的腦袋「轟」地一下響了起來，彷彿那邊的晴天霹靂提前在自己這裡炸開了。她都不知道自己是為了什麼，她在做什麼啊？普魯斯特楊覺得自己真的很變態。然而，那條短信已經像一支功力很強的暗箭一樣直射靶心，背負著普魯斯特楊的報復以及來不及的懊惱消失在夜空裡了。

良久，普魯斯特楊的手機都沒有新的短信。這種停頓，就好像兩個面對面的人，由於話語的空白而尷尬得時間都不知道該擺到哪裡好了。普魯斯特楊死死地盯著手機，一刻也沒有轉移過視線，她像一個陷阱裡的人，絕望地等待從夜空中看到一顆啟明星，等待著一陣因為腳步聲驚起的飛禽慌亂的振翅聲。

然而，手機始終沒有亮起來。普魯斯特楊神經質地在腦海裡閃現出了小門與張森林的爭吵甚至扭打的場面：小門腆著個大肚子跌坐在地板上，哭著拉著張森林的褲腳求他留下來，並且看在即將出生的孩子的份上，原諒她，她的過去。

這些場景一直在普魯斯特楊的腦海裡上演著，儘管她多次用很多理由替小門辯解，但是她的忐忑不安卻無法平靜下來，她的手腳冰冷。她拼命地甩著自己的頭，試圖要甩掉那些不真實的場景，她告訴自己，多年來形成的臆想的習慣又發作了，多年來一直與自己鬧彆扭的習慣又來了，一定是自己庸人自擾而已，是的，自己難道不是一貫這個樣子嗎？

那條經由普魯斯特楊手中發出去的短信，就像一顆發射走的巨大的遠程潛水導彈一樣，普魯斯特楊在一段時間裡都膽戰心驚地等待著它所帶來的摧毀。然而，她每天照樣收到不少短信，工作上的，專欄雜誌約稿的，電信局的，廣告的，卻沒有一條來自小門的手機。

莫非對方已被擊落？已經落花流水、唏哩嘩啦？莫非那些短信壓根就是小門發給自己的，根本沒有張森林什麼事？普魯斯特楊惴惴不安地進行著左右手互搏，就是不敢給小門打電話，她害怕電話一接通，聽到的是張森林的聲音……

這樣過了幾天，一個中午，普魯斯特楊到一家新開的小精品店，她要將早幾天前看上的一個小擺設買回來，代替她不小心打破的鞋櫃上的一只花瓶，那個位置空了，怪不習慣的。走到一個沒設紅燈的小十字路口。普魯斯特楊打算等一輛大卡車過去之後，就乘隙過去。然而，大卡車的車廂一移開，透過一些輕塵，普魯斯特楊看過馬路對面，一對男女，首當其衝地向她這邊直走過來。

腆著大肚子的小門，依靠在老公張森林身邊，張森林的左手穿過小門的後腦勺，準確地捂在了小門的鼻子和嘴巴上，另外一隻手，緊張地朝不遠處的車隊豎起了一個禁止通行的巴掌。兩人的眼睛都警惕地朝車隊的方向望著，一點也沒有留意到對面馬路的普魯斯特楊。他們拖拖拉拉，笨重地安全過到對面。

普魯斯特楊沒有喊住小門。也沒有急著過馬路。

等到一撥人過去了，等到車流又流過了一個時段，找到個空隙的時間，普魯斯特楊才跟著下一撥人，小跑著穿過了十字路口，她一邊小跑一邊發現，自己竟然流淚了，在她的內心一點也沒有感到的時候，自己就流淚了，她有些犯迷糊，一下子分不清楚，究竟是一種生理反應還是心理反應使她流淚了。

多寶路的風

媽子和豆子

樂宜再也不在多寶路住了。

她邁出這條小巷的時候，自己也不知道明天會是怎麼樣的，她在這裡住了二十五年都不知道自己是怎樣的，橫豎是一樣，所以她一點感覺也沒有。

穿過玉器街，這條長不足百米，寬不足五米的青石板小街，兩邊一溜擺開了攤檔，不是吃的，是那些細小、貼身的小日雜貨：老太太的玉手鐲、老頭兒的鼻煙嘴、小媳婦的玉簪耳環甚至蔻丹、小娃兒的護身如意……這些東西，不算太重要，樂宜聽她媽子說，從前這裡可旺了。從到多前？媽子說自己還沒有樂宜大的時候。那樂宜就能想像到了，就是那些小零雜碎給匱乏的生活插上一朵小花，斟上一杯小酒，給日子蒙上一些小盼頭。到今天，客人當然已經不會太多了。事實上整個多寶路已經不會太多人光顧了，儘管在這裡生活的人一直都持著那點自傲——東山的少爺，西關的小姐。這西關，說的就包括這裡的人。可是，這是一句古話，現在再提這句話，聽起來有一種贗品的感覺，就好像這裡擺賣的玉器古董一樣，說起來還是古董，可誰不知道這是刻意打磨弄舊的廉價了的貨呢？同樣，這裡的人說起來還是西關的人，可誰不知道自己就是那些住在舊城區的老市民呢？

樂宜聽到一把熟悉的聲音在不遠的檔口響起，那把聲音從懸掛著的一掛掛玉器叢中透出來，還伴隨著琳琳唧唧的玉器相互碰撞的聲音——先生，男戴觀音，女戴佛嘎，你不知道的啦，不騙你的啦……

那是她媽子的聲音。她很久沒有隔這麼遠聽她媽子的聲音，覺得有些怪怪的，好像隔著那些古董穿過那些玉佩傳過來，就帶了些回聲，不太像往常聽到的那把市井的沙啞的老聲，讓人有著一種不容蔑視的力量。

樂宜不想經過媽子的檔口，她寧願這樣隔著這些琳琳唧唧的聲音聽她媽子，而不願看到她媽子因為兜售客人把自己裝扮成古裝模樣：盤著舊時的髻，髻上插一支廉價的鐵簪，兩鬢各用兩個「豬屎耙」將頭髮刮得光溜溜的，顯得兩邊的顴骨更加高了，身上卻是穿著動一動就悉索悉索像下梅雨的聲音般的香雲紗料子套裝。香雲紗是舊時老人最喜歡的料子，很涼快，據說穿著它出的汗也會變成涼水，這種料子多數是咖啡色，暗暗的花紋鑲在咖啡色裡，只有借助反光才能看到花紋的凹凸來，是那種很含蓄的花樣，所以，西關的老女人特別喜歡穿它，明擺著是暗自要跟歲月較勁的。款式也大同小異，對襟的寬上衣，短而肥大的褲子，一撲紙扇，風就灌進去，上身下身都暢通無阻，她們形容那風就像西關舊屋都有直通前門後門的「冷巷」的「穿堂風」。這些老女人最喜歡搬把有了年頭的煙黃滑亮的竹凳坐在騎樓底下撲扇，一撲，就悉悉索索地響起來，分不清是紙扇還是香雲紗的聲音。至少樂宜的外婆生前就是喜歡坐在門口撲扇的，後來，她媽子盤下玉器街的一個檔口做生意，也就翻出外婆的那些香雲紗，在檔口有滋有味地撲起了扇。

「馱個觀音保四季啦……」

「喏，先生，從這條巷直走出去，往左行，行到一個十字路口過馬路，再行兩百米左右，就到光孝寺啦，拿著這只觀音到那裡開個光，貼身戴，保四季平安，要健康有健康，要發達有發達，不騙你嘎，好多像你這樣的外省人都專程找來這裡買，買了在光孝寺開個光戴在身，很靈的啦……」

踩著媽子的聲音，樂宜一步一步，從相通的另外一條巷子走出了玉器街，那些青石板路，從沒如此光滑地讓她不得不留心腳下，直到走出這一段，一出去，就是車水馬龍的大街，站定了，如釋重負地呼了口氣，身後的巷子，就剩下了一個孔，窄小的幽暗的，像從一個刻成「田」

字型的玉墜看進去一樣，所有的聲音、光線、生活諸如此類的東西，就像魔術一般地變成了一個玉墜，貼身地掛在樂宜身上。

媽子今天總算是有收穫了，那樣她就不會一收檔就在騎樓底下打通宵麻將，理由是第二天要起來開檔，有了今天的收穫，媽子就有了等待明天收穫的興趣。

樂宜喜歡媽子有收穫還有一個重要的原因：她就不用聽媽子在飯桌上跟她說她豆子的事情了。她豆子是前年離開她媽子和她的。媽子說，豆子不是因為她們母女倆死的，於是豆子死了兩年她都一直懷恨在心。樂宜明白媽子的心情。自己的男人為什麼不是因為自己而死呢？她一個西關女從前是那麼地矜貴，就算時代變了，也變不走過去曾有的矜貴的啊。媽子每次憤恨甚至歹毒地詛咒豆子的時候，樂宜總是不吭聲。其實媽子不是在詛咒豆子，而是在詛咒隔壁的四川婆。

四川婆比媽子要小二十歲上下，在樂宜讀高中的時候，這個女人彷彿就從天而降在她鄰居的家裡。用媽子的話來說，是隔壁那個四十歲的王老五從雞窩將她撿回來的，也就是說，她一來就是個雞。由於媽子的緣故，樂宜從來沒有主動跟四川婆說過話，就算在巷子裡面對面碰著了，也是四川婆先咧開嘴跟樂宜招呼。平心論，四川婆是挺美的。身段高大，臉盤圓圓，眼睛圓圓，鼻子挺挺，額頭寬寬，最引人注意的是她的額頭中部的頭髮旋出了一個「美人窩」，就像那個豐滿的明星許晴一樣，如果媽子不是捕風捉影的話，樂宜認為豆子就是被四川婆的「美人窩」給「旋」走的。

媽子在多寶路的資歷跟四川婆的魅力簡直是勢均力敵。男人都喜歡故意走過隔壁家的門口，放慢了腳步往西關舊屋的堂子裡瞄。樂宜知道其實什麼也瞄不到，因為這種舊屋很深很暗，而門口常年是用個雕花的趟門掩著，能看出什麼呢？而多寶路的女人全都會站在媽子的這一邊，坐在騎樓底下撲扇，指桑罵槐。隔壁的四川婆不知聽沒聽懂，反正是沒什麼動靜的。在那些女人的形容底下，四川婆就是那隻被捉進米甕的老鼠，遲早要把米給偷吃完的。不管是不是，她們一致認為豆子就是四川婆吃光的，骨頭都不吐地蠶食掉的。

自從四川婆住進多寶路，媽子每到七月十四，也就是鬼節，晚上，除了殺隻雞拜祭過路的神神鬼鬼外，媽子還多了一項重要的活動，那就是——打小人。顧名思義，就是對小人的咒罵和驅逐。媽子從巷尾神婆謝姨那裡弄來了一疊被念過咒的紙剪成的小人，然後就操起自己的拖鞋，跪在家門口的巷子邊上，一下一下地往紙人拍下去，口裡還念念有詞——打你的小人頭，令你一世沒出頭；打你的小人手，好運見你都掉頭走；打你的小人腳，全身衰氣沒得掉……媽子從夜晚念到更深的夜晚，直打到小人徹底成為小人。樂宜曾經一度懷疑那些青石板路就是舊時砌來打小人用的，一拖鞋打下去，清清脆脆，就像打在人臉上的一記記耳光，讓人產生快感。媽子瘦瘦的身體跪在青石板上，燭火映照下，顴骨更加顯得凸出。

這些，表面的和背後的，豆子全都看在眼裡，但他就是不出聲。

豆子是爭不下的。雖然樂宜不知道豆子跟四川婆有沒有那回事，但是豆子喜歡偷偷裝四川婆，她是知道的。樂宜親眼看過在秋天一個晚上，豆子披著件外套在隔壁家的門口，透過雕花的趟門，上上下下尋找裡面的東西，像一頭發情的貓一樣急切。裝了一會，估計也看不到什麼，索性就站定在門口，然後樂宜就聽到嘀嘀噠噠的聲音，樂宜才知道豆子是在隔壁家門口的青石板路上撒起了尿來，濺落在青石板上的水的聲音，同樣是清脆的，水聲讓夜更加安靜了。

樂宜聽過媽子數落豆子——

「成把年紀了，還發什麼情，過去撒泡尿像射箭，現在撒泡尿像條線，還想搞女人，搞什麼搞……」

「有本事出芳村搞北姑雞，不要在這裡搞街坊……」

豆子是那種沉默的男人。沒事喜歡一個人坐在廳堂的紅木蛇攤拐上，泡一壺茶，對著黑黢黢的廳堂，不作聲。在豆子死之前，樂宜唯一聽過豆子說媽子的壞話，是他嘆了口氣後對樂宜說的——顴骨高高，殺夫不用刀。

說過這句話不久，豆子就死了。

豆子的死其實跟四川婆一點關係都沒有。

那天豆子在巷口的士多店裡喝了一支豆奶，開蓋後就發現自己中了頭獎，蓋子裡邊寫著「恭喜您中了頭獎！」豆子嗆了一口豆奶，一邊咳個不停，一邊把蓋子遞給士多店的強仔。豆子中了頭獎！豆奶瓶身的商標下明明白白地註明了：頭獎五十萬，憑蓋子領取。

豆子還沒有咳夠，就帶上蓋子飛往北京路上的豆奶公司。據豆子說，那哪裡是什麼公司，不過是一間小房子，裡邊就三幾個外地人，滿嘴的普通話，拿著豆子的蓋子說什麼，過期了，過期無效。豆子用蹩腳的普通話跟他們說，很結巴地說，什麼過期？是獎金過期還是豆奶過期？由於豆子的結巴，那些外地人就有了底氣，七嘴八舌地圍著豆子說，好像豆子是個欠債的。豆子沒有辦法，語言不通。一轉身就往消費者協會去了。接待豆子的人還好是個廣州人，豆子很流暢地表達。那人一開始也很義憤填膺，說一定要他們兑獎，這些外省人以為廣州人好欺負，不兑獎就告他們，告到他們褲子脱。豆子滿懷激動地握著那人的手，覺得自己人就是好，說話好，心地好。可是到第二天他再去找那人的時候，就完全不是這回事了。那人換了一副冷冷的臉，把豆子晾在那裡足有半個鐘，後來實在耐不住了，就對豆子說，回去吧，我去問過那個公司了，確實過期了。豆子說，翻遍了整個豆奶瓶都沒看到註明有領獎期限啊，再說了，豆奶還可以喝，為什麼獎品就過期了呢？那人說，人家是公司內部制定的日期，你知道嗎？丟那媽！豆奶又不是給公司內部人買來喝的，為什麼是公司說了算？豆子終於熬不過說了句髒話。那人好像好不容易抓了把柄似的來勁了，你再丟，你再丟，我叫差佬來捉你！

最後豆子被保安半送半攆出了消協。

到口的肥肉就這樣沒了。

豆子坐在廳堂的蛇攤拐上，沒有喝茶，一直在嘆氣，丟你媽！丟！丟！那些死撈佬居然串通本地薑，吃人不眨眼啊！廣州人管那些講普通話的，無論是哪裡的都叫「撈佬」。

這樣氣了一個下午，豆子就在蛇攤拐上沒聲氣了。媽子收檔回來看到豆子死人一樣攤在那裡，又開始罵罵咧咧。最後，就成了哭哭啼啼。

醫生說，豆子是因為天氣炎熱，加上急火攻心，腦溢血死的。可媽子偏偏不相信，硬是說豆子是對四川婆起痰起到流鼻血，慾火攻心死的。

樂宜覺得媽子這樣認為，大概有她說不出口的理由。豆子死的時候，五十七歲，媽子也緊跟著五十五歲了，樂宜在媽子身上見證了人老珠黃這個詞。媽子真的沒有一塊比得上四川婆，黃瘦的皮膚，終日寬大的衣服也掩飾不了她的「飛機場」一樣的胸脯，用來打小人的手青筋暴漲，還不識相地在空蕩蕩的手腕上戴一只家傳的翠玉鐲，經常對別人炫耀她的玉鐲，說是幾百年流傳下來的嫁妝，都戴出血絲來了，一點不曉得人家對她乾瘦得像鬼的手臂驚訝過對那只傳家之寶。

豆子死後，媽子不但沒有停止打小人，反而變本加厲了。樂宜每天晚上幾乎都可以聽到媽子用拖鞋拍打那張白紙的清脆的聲音，噠、噠、噠。樂宜不會阻止媽子，只要媽子有快感就好。

因為樂宜知道自己不會改變媽子什麼，她知道自己只會在某個時候離開這裡。

薏米笑了

薏米笑起來很歡樂，沒有牙齒，嘴角咧得撐開了整張臉。

樂宜舀起一粒，仔細地看，騰起來的水蒸氣將那粒純白的小東西襯托得像是海外仙山上的瓊瑤一樣，樂宜瞇起眼睛在氤氳中辨認著這笑容，無牙的熟悉的是童年般的笑容，然後，自己的臉上也掛起了笑容。

薏米開口笑了，湯就好了。

薏米是一種很好的東西，媽子煲湯，無論什麼湯，都要塞進去一小抓。媽子想知道火候，就問樂宜——薏米開口笑了沒？

坐在小客廳的沙發上，樂宜用嘴嚼著碗裡的那一粒粒小薏米的時候，忽然就對著對面的那幅白白的牆笑了起來，她想起了那個片段——

「薏米？為什麼要放薏米？」

「薏米最好的好處就是能去濕，廣州這個城市濕氣太重！」

「去濕？濕不好？鹹濕，你不喜歡？」

去濕？鹹濕？

耿鏘裝得很一本正經，很費解的樣子立刻放大在那幅牆上。樂宜當時就一下子笑噴了。都不知道怎麼說好。樂宜明知道耿鏘是裝傻的，故意搞笑的。基本上沒有一個在廣州生活的人不會不知道「鹹濕」是「好色」的意思，這是廣州人對男人的形容使用頻率最高的一個詞彙，好色的男人，她們就說他是個「鹹濕佬」；不好色的好男人，她們就說他不是個「鹹濕佬」，好色的不好色的，都喜歡這樣來形容，這個詞說起來也很好聽，迅速、有力，聽的人有快感，說的人也有快感，但這個詞恰恰是最難唸好的，來自不同地方的人有好幾種版本的發音——「蛤色」、「喝塞」、「害事」……，而讀成「憨澀」的最多，這是比較接近正版的一種讀法。

耿鏘就把「鹹濕」讀成「憨澀」。

耿鏘後來就喜歡在樂宜面前說這個蹩腳的「憨澀」，幾乎成了口頭禪。比如說，樂宜有一次破例為他沏了一杯凍頂人參烏龍茶端進去，他高興地對樂宜說，謝謝，你對我真「憨澀」；又比如說，樂宜有一次來例假心情不好，把文件打得錯漏百出，耿鏘就誇張地對樂宜說，有沒有搞錯?這麼「憨澀」的文件誰看得懂?

這是耿鏘讓樂宜覺得可愛的一面。她以前應聘過的上司，做事和玩就像等級的劃分一樣嚴謹，做事不好玩，玩的時候好玩，可耿鏘不一樣，做事的時候好玩，玩的時候也好玩。

但無論玩還是做事，樂宜都能感覺到耿鏘的認真。包括對樂宜的愛情，樂宜也相信耿鏘的認真，雖不能說至死不渝，起碼也是至情至性的。

面試的時候，耿鏘就問陳樂宜，如果公司要你三年內不生小孩，你會怎麼回應?

陳樂宜安靜地坐在耿鏘的面前，兩手放在膝蓋上，臉上什麼回應也沒有。開口說，我根本不打算生小孩，沒什麼可考慮的。

耿鏘看著對面這個小個女人，大概不到一米五五的樣子，骨架小小，臉小小，哪都小小的，當然，胸脯也是小小的。像一粒薄荷糖，「細細粒，容易吃」。耿鏘想到這裡的時候，並不是說他的目光就停留在了她的胸脯上，耿鏘是個很注意形象的男人，他知道不少人公司招人就是想趁機揩油，聽說有一間外地駐廣州公司就因為這樣吃了官司，公司壓根就不需要招人，還到人才交流中心把那些女大學生、研究生勾引了進辦公室，東看西摸，最後一個也沒招。這些，對於耿鏘來說，都是些極其低級的錯誤，他耿鏘才不會去犯傻貪這些小便宜。不過，眼前的這個叫陳樂宜的小個女人，不知道為什麼，讓他覺得有些特別，心的某個尖尖的地方好像被人刮鼻子似地頑皮地刮了一下，有點酸酸麻麻的感覺。還有就是，這個女人一副淺淡的眉目，淺淡的表情，總是把耿鏘的眼睛一點也不覺得尷尬地長久地放在上面，很舒服，真的很舒服，就像一雙走倦了的腳放進了一對柔軟寬鬆的鞋子裡，有邊有沿卻好像又沒有。

耿鏘在決定錄用樂宜的時候，就好像決定一件很高興的事情似的，連他自己也不知道為什麼。他從來沒有求賢若渴的需要，但是，他打算把樂宜放在自己辦公室門口的祕書位置上，一想到這裡，耿鏘就有些激動，好像剛從花木市場買回一株陰生植物擱在那一樣，給這個朝九晚五的公司生活帶來些清新的綠色。這不是四十歲的男人應有的表現，耿鏘按捺著自己的情緒，生怕被一個同行搶走自己的商業祕密一樣，捂得滴水不漏，他在這方面很有一套。

耿鏘送樂宜出門口，握了個手，覺得這個小個女人，真的是小，站在他旁邊，還不到他的肩膀。「細細粒，容易吃」，耿鏘心裡又一次響起了這句粵語廣告詞，在他心裡也是押韻地用蹩腳的粵語唸了出來。

終於有一天，耿鏘在樂宜的沙發上，沒錯，就是現在樂宜坐著的這個位置上，嚼著樂宜從沙煲裡撈出的湯和薏米，耿鏘才知道，薏米原來也是「細細粒，容易吃」的。

那是一個加班完的夜晚。

耿鏘當然是要送樂宜回家的啦，那麼晚；耿鏘當然是要把樂宜送上樓的啦，那麼熟；耿鏘當然要進門喝剛才在車上聊到的百合薏米湯的啦，那麼好；耿鏘當然是要抱抱樂宜的身體的啦，那麼小；耿鏘當然是要親吻樂宜的唇的啦，那麼想；耿鏘當然是要和樂宜睡在床上的啦，那麼愛。都做了。照耿鏘後來的說法就是，順便都做了。

耿鏘衝破了樂宜的生活，將樂宜逼到了一個潮濕的胡同裡，樂宜當時就有一種熟悉的絕望，兜兜轉轉，樂宜又回到了那個青石板的小巷裡，逼仄的，黑暗的。原來，多寶路以及多寶路的歲月，真的是隨著樂宜的那一個回眸被刻成了一枚「田」字型的玉佩，貼身掛在了她的皮膚裡，在擠壓和揉搓之下，硌得她一邊疼痛一邊歡愉。

疼痛和歡愉對於樂宜的表達，還是像她的五官一樣淺淡，耿鏘就趴在她青白的臉上，看不到一絲變化。這個女人，也許真的是任何的開端和結局都不能影響到她，她品味生活是她自己的品味，她咀嚼痛苦也是她自己的咀嚼。但是，耿鏘在結束的那一刻，很明顯就感到那一股熱的流淌，是她的身體無論如何也難以隱瞞的信號。紅色的信號，在十字路口被指代為禁止，在香港台的電視裡掛在屏幕右上方表示暴雨警告，在世界杯的裁判手裡是罰出局的告示，而在這裡卻是一種幸福的表述。

「樂宜，出去要帶眼識人，不好輕易上那些麻笠佬的當啊。」

不知道耿鏘算不算是媽子說的那種「麻笠佬」呢？實際上樂宜壓根不敢把耿鏘帶到多寶路去，她很清楚上了耿鏘的床就等於上了他的當，這個當她是甘心上的，因為她讓自己被耿鏘逼到那條潮濕逼仄的小巷裡的時候，薏米在鍋裡，咧開了嘴巴，她的心裡，也同樣咧開了嘴巴。

「媽子，我在外邊過得很開心，有空回去喝你的湯……我自己？有啊，天天都有煲湯，有啊，有放薏米啊……媽子，我要收線了……」

樂宜的電話剛一放下，她的情人就把她帶到了快樂的浪尖，她都懷疑，媽子剛才跟自己通話的時候，有沒有聽到耿鏘在她身上急切的聲音。

樂宜從喘氣的聲音裡，隱約聽到了一陣陣青石板的噠噠噠的聲音，節奏的快感，帶來了雙重的快樂，她要相信那就是快樂，她的快樂，跟多寶路的快樂。

運動就在家門口

耿鏘下班回到天河公園旁邊的家。一掀開窗簾，滿眼的綠樹，雖然已經是傍晚時分了，但樹畢竟是樹，只要長在那了，天再黑，也改變不了給耿鏘那種綠色的感覺。只要耿鏘從公司回來，第一件事就是掀開窗簾，看樹，再晚也要看，就算晚到樹和夜色已經分不清楚了，耿鏘還是能把自己想像成在綠色的包圍底下，就像回到了童年時候的農村山坡上。這就是耿鏘為什麼要買下這套房子的原因。買的時候，這房子正在熱賣中，說什麼都不打折，但是耿鏘咬牙就把它買下了，而且還不偏不倚的是九樓。多一層少一層都不幹，為什麼？就因為九樓的陽台正好伸手可以摸到公園裡的一棵相思樹的樹頂。為此，耿鏘老婆還跟耿鏘發過脾氣，耿鏘涎著臉跟他老婆說，除了這件事聽他的以後什麼事都依她。耿鏘老婆拗不過，還是咕噥地說了一句，這樹有一天肯定會長得超過我們家陽台的，難道你就跟著這樹一層層往上搬不成？耿鏘認真地說，它真要蹭上去我就掐斷它。搬進去後，耿鏘總是沒事就探出手去摸那相思樹頂。

一年過去，相思樹果然就長了上去，耿鏘掐也掐不住。

耿鏘是透過那些樹葉縫隙間看到他老婆的，看到他老婆吭哧吭哧地從這個縫隙跑到那個縫隙，像是卡通片裡的那個肥胖的被捉弄的廚娘一樣。耿鏘張口叫了一聲——蔡晴！

樓下的那個女人當然聽不到有人叫她，更想不到有一雙眼睛就在樓上透過樹葉追著她看。她正在積極地實行——運動就在家門口！進入夏天以來，因為大量的上一季的衣服已經撐不下了，所以迫不得已每天下班回來後，鍋裡放了米就到樓下天河公園跑步運動減肥。

天河公園旁邊的家。這在他們公司的同事經常拿來作為榜樣的口號，好像耿鏘來廣州，整個就成為了一句廣告。是啊，這個城市，幾乎每走一步都是聽不出籍貫的普通話，而這些操著普通話在這個城市的肚皮上自由穿行的人，高矮胖瘦，自己肚皮裡的故事也只有自己知道了，這裡的人從不會去問你的肚皮裡的事情的。

耿鏘看著自己的老婆躺在臥室的地毯上，一上一下地做著仰臥起坐，肚子上的贅肉一收一縮。減肥就好像在廣州掙錢一樣，瘦了胖，胖了瘦，錢掙了花，花了掙，又更像人呼吸的動作，呼了吸，吸了呼，是比任何事物都要快速的新陳代謝。

嘶嘶嘶，嘶嘶嘶……

這是耿鏘熟悉的聲音，高壓鍋在廚房孤單地噴出氣來引起人的關注。這聲音在耿鏘聽來並沒有一些家居的溫暖，反倒帶來了一些煩躁。

「去，看看，我，煲了冬瓜排骨湯……」老婆氣喘吁吁地說，還沒有完成的仰臥起坐使她滿臉漲紅，像老家冬天裡的凍柿子，扁扁，圓圓，紅紅。

「哎呀，夠了，做不做都是一個樣，肥死拉倒。」耿鏘很不耐煩有人在他看樹的時候打攪，事實上，幾乎每次耿鏘看樹的時候都會被老婆這樣那樣的事打攪。他終於耐不住了。

那邊沒有動靜，似乎被耿鏘的異樣震住了。他耿鏘是什麼？他耿鏘是從不跟老婆臉紅的，是個只拿大主意不顧小細節的好男人啊。

半晌，那邊的聲音從耿鏘背後響起，很近，氣息已經挨近耿鏘。

耿鏘覺得脖子熱熱的，還帶著響聲。

「你什麼意思，你這是嫌我肥，嫌我醜，嫌我老？」

不出耿鏘所料，女人快到四十的時候，螞蟻也變成了大象。這就是耿鏘平時不愛跟老婆爭論的原因。兩個人在同一屋簷下沒有爭論，是因為逃避，逃避就說明忍耐，忍耐就總會有爆發的一天，像廚房裡的高壓鍋，在沸點的時候，還不斷加熱，裡邊乾了，就爆炸出來了。耿鏘就是那只嘶嘶嘶響出信號的高壓鍋。

「你要不肥你犯得著那麼折騰？」

「我折騰？啊，你，你倒是說說看，我，折騰，是為了誰？還，不是為了讓你，看著好，看著順眼？是啊，哈，反正，你橫豎看，看我不順眼，我他媽，他媽，折騰幹嘛？」因為消耗太多氧氣，老婆說話已經失去流利。

耿鏘不吭聲。女人像一頭牛，紅著眼，紅布掀開了，就要用角亂撞。

老婆一直在為耿鏘那兩句石破天驚的話鬧著，鬧著就逐漸調整了體力。

呼吸正常了。

耿鏘走到廚房看那煲冬瓜排骨湯，這是他們耿家的例湯——高壓鍋冬瓜排骨湯。

「耿鏘，你可是從來只説我有點胖，從沒有説我肥的啊！」

喝湯的時候，蔡晴平靜地看著耿鏘説。

耿鏘嚼著一根軟骨，用湯勺在清清的湯裡舀過來舀過去。

在耿鏘和蔡晴共同的老家裡，胖這個詞是用來形容人的，肥卻是用來形容動物的，譬如豬這類的動物。

耿鏘幾乎忘記了，因為在廣州這個城市的語言裡，肥胖是從不分家的，人也是肥，豬也是肥。

「好了，好了，別咬文嚼字了。要算起來，你這鍋湯也不能説煲，只能説是煮，又不是不知道這裡的人煲湯，那是要把砂鍋放在慢火上熬上四五小時的，你這半小時的湯，那也能叫煲？」

「你……」

看到老婆氣結，一頭大象眼看又要竄到飯廳裡來了。耿鏘立即禁聲，息事寧人地把湯喝得響響的，歡歡的。

耿鏘知道，他老婆最喜歡看到他這副樣子，能把煮得很粗糙的近乎難吃的菜吃成了龍肉。

廣州有什麼好？每逢耿鏘反問那些羨慕他在廣州的老家人時，他們最起碼都會説——吃在廣州啊。當然並不是指在廣州吃他老婆燒的菜，是廣州那些三百六十五天天天都那麼旺的酒樓食肆的菜。想到菜，耿鏘還想對他老婆舉例説，除了煲湯和煮湯的區別以外，廣州的「一碟菜」

自己會不會有一天離開耿鏘呢？耿鏘也問過她。她真的沒有想過，她是那種對自己沒有長遠打算的女人，她實在缺乏對未來想像的能力，她在多寶路住了二十五年也沒想到自己會離開多寶路並且成為一個別人的男人的女人，成為電視劇裡有一陣經常演的角色，剛開始遭人唾棄，後來逐漸接受，最後帶著同情，無可厚非卻無能為力，現在乾脆就不再討論這個倫理問題了，菜照吃，愛照做。城市這麼寬，為他們兩個開了一扇窗一扇門，只要還願住下去就住下去，哪天想起要退房了，就搬開。不像多寶路，出出入入背靠背，多一人少一人總是誓不兩立般。

「到時再說。」樂宜淡淡地回答耿鏘的問題，就好像一個房東問一個住客要住多久，住客沒底地敷衍著。她看得出來，耿鏘很喜歡她這樣敷衍，這種沒有結果的事情，當然是過得一時算一時，難得女人淺淡。

總之是住不久的。

樂宜一個人在商場逛。

二樓是男裝部，這是樂宜從不光顧的一層，這一天在電梯的拐角處人特別擁擠，好像是一個名牌在促銷。樂宜經過的時候瞄了一眼，正準備要走開，一個女人拿著兩件襯衣拉了樂宜一下，問她，唉，小姐幫我參考一下，這兩種顏色哪種好看？樂宜停住了，女人跟自己差不多年輕，拿著一件藍灰色一件墨綠色，有些惆悵地在樂宜面前揚起來。樂宜指了指墨綠色，說，這件好，那件像做保險的穿的。女人醍醐灌頂般笑了，有個小酒窩，很甜蜜地向樂宜道謝。

離開那個女人，樂宜就鬼使神差地逛起了男裝部，並且鬼使神差地為耿鏘買了一件冰絲的T恤，寶藍色的。付款後，服務小姐給她裝盒子的時候，積極地告訴她，放進洗衣機洗的時候，一定要用洗衣袋裝起來。為什麼？這樣就不會被你的那些文胸扣之類的東西鈎出絲啊。樂宜心裡笑一笑。臉上照樣平淡地向小姐道謝。

商場放著輕柔的BLUES，香水已經到了尾聲，樂宜有逃離的迫切，逃到另外一種肌膚裡邊去，逃到另外一種溫度裡邊去。

薏米在湯裡翻騰，白色的沒有止境地翻滾著，然後使勁地要沉到底，沉到看不到空氣，看不到水分的底部。

離開了商場。她給耿鏘發了個短信，她希望他來陪她，在這個他應該陪老婆的週末，她不識相地要他離開她來陪她，沒有別的意思，只是，她想他了。樂宜從來不幹這些犯規的事情，這兩年多來，樂宜和耿鏘心照不宣地遵守著這樣的規則，節假日互不聯繫，電話和短信都不可以。

當然，樂宜的短信是發向了宇宙。

當香水已經蕩然無存的時候，樂宜重新給自己噴了一點三宅一生，換了另外一套衣服。她給媽子打了個電話，媽子拿起終年擺在五斗櫃上的電話，接電話前總是先長長嘆一口氣，扯扯衣角。這些，樂宜幾乎在等待電話被媽子拿起的時間裡都能想像得到。

約媽子出外面吃飯卻是頭一回。媽子說今天自己眼皮跳了一下，就知道有牙祭可打了。樂宜聽到電話那邊悉悉索索的聲音，一定是媽子的香雲紗碰到電話線了。

媽子說到東山酒家吃吧，那裡的下午茶茶位免費。

樂宜相信媽子對東山酒家一定像她對耿鏘一樣，當然這樣的比喻不恰當，但實質上是一樣的。開始是習慣，後來就吃出感情了。自從豆子去世以後，媽子每週都會去一次東山酒家喝下午茶，從多寶路轉兩趟公共汽車到東山，說是方便順路那絕對是假的，或許媽子圖的就是那種轉彎抹角，媽子說一塊錢可以從起點坐到終點，有那麼便宜的遊車河嗎？所以她就花兩塊錢從兩個起點坐到兩個終點。什麼河都遊完了。東山酒家的老服務員都會在媽子來喝下午茶的那個下午把一個固定的位置留給媽子，反正客少，舉手之勞。樂宜對耿鏘也是那樣，每個週四晚上，在家裡擺多雙筷，留個位子給耿鏘，消磨掉一個追本港台粵語長片的夜晚。習慣和感情就像是上唇和下唇，不動的時候聲色全無，稍微一動，誰也離不了誰。

她和耿鏘，誰是上唇？誰是下唇？

樂宜終於明白媽子為什麼要山長水遠地來東山酒家喝一趟下午茶了，跟公共汽車無關，跟免費茶位無關。

當樂宜和媽子坐定，還沒上茶，就聽到在龍鳳桌那邊傳來了一聲聲清唱的粵劇女聲。沒有伴奏，沒有和音，聲音就穿過了茶客的聲音和杯盞碰撞的聲音成了一枝獨秀。樂宜望過龍鳳桌那邊，就看到一個高瘦的女人獨自坐在一張桌邊，由於桌子擺在高出的一個台級上，所以只要朝那個方向看，都能看到這個女人。奇怪的是居然沒有什麼人看過去，推著燒賣拉腸的車仔照樣穿來往去，諳客照樣帶著熟客掠過這個女人，加水換碟的服務生無精打采地發呆。沒有人為這個坐在桌邊唱粵劇的女人精神一振，除了樂宜之外。

「次次她都在這裡唱的啦，沒什麼奇怪的。」

「她專門來這裡唱？免費？」

「當然免費啦，唱得那麼死難聽，還要給錢？不收她錢就偷笑了！」媽子熟練地轉著杯碟在洗。

「為什麼在這裡唱？」樂宜目不轉睛地看著那個遠處的女人，那個女人目不轉睛地看著某一個地方，不知道那個地方有著什麼。

「不在這裡唱在哪裡唱？這裡才給她這麼大聲唱啊，叫她去什麼湘菜館、東北人家這些地方唱，早不被轟出來才怪！」媽子什麼時候懂得那麼多菜館名字？這些都是耿鏘經常帶她出入的飯店，那個東北人家，上一個紅燒魚由一群人端進來，像進貢一樣隆重，把魚放到桌上就集體拍著手用東北話大聲喊著些祝福的話。耿鏘最喜歡點這道菜，他說夠氣派夠熱鬧，每次樂宜都聽出了一地的雞皮疙瘩，不知道有什麼好聽的。確實是，如果這個唱粵劇的女人坐在東北人家，大聲地唱著大戲，馬上就被當神經病趕出去了。

「她真是有神經病的，聽人說，她從小在西關被嫁到東山當童養媳，等到那個男的長大識性以後，好日子要來了，誰知男人卻離家出走，聽說跟一個湖南妹跑了。沒子沒女，連女人都還沒做成。每天就穿成這個樣子到茶樓來唱粵劇。你看出她多老？」

樂宜看不太清楚，聽聲音的氣息，一定有些歲數了。

「七十有多啦！」

樂宜嚇了一跳，那個穿著一身火紅的旗袍的女人，居然七十多歲了。

「所以說，西關的女人就是與眾不同的，連個癲婆都靚過人的。」媽子得意。

女人的粵劇實在唱得不好，歌詞卻記得準準的，翻來覆去唱那兩段：《紫釵記》、《女駙馬》。樂宜本來就不喜歡粵劇，聲音拉得長長的，好像老是被人欠了十萬八千一樣。

後來那個女人端起了她的茶杯碗具走下了龍鳳台，目中無人地朝樂宜的方向走過來。

樂宜竟然心跳。媽子若無其事地嚼著那籠剛上的鳳爪。

女人高佻的身材很裊娜地移步過來，樂宜終於看清楚了她的臉，鋪了厚厚的白粉，化了濃濃的妝，鬢角還插了一朵紫紅色的珠花。每走一步，樂宜都被她襟角下掛的一張絲綢花手帕一搖一晃地吸引著。

女人走過了樂宜，聞得出一股廉價的香水。

女人把茶具放在了正對著樂宜的一張圓桌上，那張桌上原先就坐著三個男人。

「不介意搭台吧？」女人開口問那幾個男人，也是字正腔圓的刻意。

男人們相覷著，女人已經坐穩了。正了正旗袍的領，端起茶杯優雅地呷了一口，那樣口紅就留在了杯子上，淡淡的一圈，只有樂宜這麼近才看到。

女人坐定就不再唱粵劇了，她把手帕取下來，捵著腮，側著頭去聽那三個男人說話，很仔細地安靜地聽著，臉上因為始終帶著笑容，皺紋就特別深，透過白粉勾勒出來的皺紋特別地張揚。

男人剛開始有些不舒服，後來就當她是透明了。

「真是個花痴，前世沒見過男人啊！」媽子無奈地搖頭。

女人的眼睛偶爾看過來，卻像是一點也沒有看到樂宜和媽子，樂宜的心裡升起一陣酸，是被女人蒼老的臉孔引起的一陣酸。

「做女人啊，就要做正常的女人，人有我有。不好學阿茂做餅，沒那樣就整那樣。」媽子趁機嘮叨。

阿茂是樂宜從小聽大的一個人物，是民間傳說裡的一個傻仔，幾乎所有教育小孩學精乖的故事主人公都叫阿茂。比如說，阿茂曾經在父母出門幾天回來後被餓死了，掛在他胸口的那張大餅因為嘴巴搆不著又懶得用手拿起來送到嘴裡，活活餓死在床上，教育小孩不能懶惰；比如說，阿茂向人推銷產品，有三樣，一是火車拐彎燈，二是飛機倒後鏡，三是宇宙擴音器，誰會買呢？全是些無中生有的垃圾，教育小孩要腳踏實地做事情⋯⋯諸如此類有教育意義的幽默故事，多寶路的小孩從小聽到大。

樂宜禁聲，媽子彷彿知道了自己的處境。

「媽子，那女人其實可以找第二個男人。」

「唉，有的事情，是很難返轉頭的了。你那個死鬼豆子怎麼對我不好，我都不會離開他。」

媽子又要說豆子了。

樂宜想對媽子說，豆子其實已經很好了，只不過愛裝四川婆看而已，沒別的。

「女人就是喜歡有了一樣就望著另一樣想要。」媽子不知是對自己說還是對樂宜說。

那個女人坐了一會，見男人都不搭理她，起身買單，搖步走出去了。那背影藏滿了要說的話，那些動情的話，又全在背影裡一步步移開了。

媽子還在嘮叨。媽子也是比去年老了。樂宜少有地撥了撥媽子雜著白髮的鬢。

「媽子，你悶不悶？」

媽子吃驚地抬頭望樂宜，隨後自作聰明地詭異地笑了。

「怎麼，想生個孫子來陪媽子？是就趁早啊！」

樂宜嘴角牽了個笑。

幾乎是第一次，樂宜有一種歸屬感，她和媽子是從多寶路出來的，是西關的小姐。

「記得煲多些湯水喝啊！」

媽子上了開往多寶路的公共汽車，坐在一個靠窗的位置，背包掛在胸口，緊緊地，真像抱著個BB，媽子害怕自己這一路那麼長睡著了被人搶包。

鞋肚裡的男人

耿鏘不明白樂宜為什麼會發那麼大的脾氣，這可是他的情人頭一回發這麼大的氣，居然把整盤熏香打翻在地上，香油在臥室的地毯上頓時洞穿了一個巴掌大。

不就是衣服上鉤出了絲嗎？

耿鏘也覺得很冤枉，是衣服肯定會被鉤出絲的啊。難道是她樂宜送的衣服就成了「鐵布衫」

不成？再說了，又不是他故意鉤出來的，他根本都不知道。怎麼鉤的？他當然沒有告訴樂宜，他老婆把衣服從洗衣機撈出來的時候就發現被鉤出了一根絲，反光的，在陽台上特別清楚。

樂宜的借題發揮令耿鏘有一種熟悉的厭煩。那是平時在老婆那裡經常出現的情緒。看來，女人就是不能長期相處的，無論是老婆還是情人，女人對事物厭倦的速度實際上比男人還要快，只不過女人的耐性比男人要強，可以埋藏在心裡，一百年，一萬年。

耿鏘把香油收拾乾淨，他的情人正坐在沙發上賭氣地用遙控器翻電視，一個音節沒有結束緊接著就另外一個音節。

「好了，明天我再去買回件新的一模一樣的。」耿鏘對女人息事寧人實際是為了自己明天會更好。他實在不願意花太多心思在女人身上，隔夜的怨氣他耿鏘是不允許的，他沒有耐性和精力去擺平。

樂宜鐵著臉故意不看耿鏘。等到明天耿鏘再去買衣服的時候，那個熱情的服務員肯定又會吩咐他，一定要裝在洗衣袋裡才扔進洗衣機啊，為什麼？那樣就會防止被文胸扣鉤出絲啊，於是，這個男人就會知道，是他老婆那大約是八十C杯的乳罩把他的情人送的衣服給弄壞了。

他老婆的乳罩把他的情人給得罪了。

兩個人都不說話。

上唇對下唇説，我們合而為一吧。

下唇對上唇説，我們還是分開吧。

上唇沒有動，下唇也沒有動。

牙齒説話了，你們該幹嘛幹嘛吧，我要睡覺了，蓋住我。

於是上唇和下唇不得不合了起來，生氣了還是那樣天造地設般吻合。

過後，牙齒又説話了，其實你們可以分分合合對著一輩子啊，所有的上唇下唇都是這樣對著的啊。

那是器官，天生就是一對的。

此刻平躺在窄小床上的兩個人，都清楚地知道對方不是器官。男人和女人在這個城市是活動的細胞，可以相互吸引，也可以相互排斥，更多的是毫無相關，或者是先相關然後就不相關了。不像多寶路，嵌在廣州的某一個神經末梢，跟這個城市有了關係，就永遠有了關係。

「我要人有我有。」樂宜不自覺引用媽子的話。

「人有什麼？」耿鏘明知故問。

「有房子，有鈔票，有老公，之類的……」樂宜裸露的手在空中畫著一個個圓圈，像一個個會飛的肥皂泡，剛一脱手就滾向了耿鏘，但他如何能接得住？

這是夏天的一個夜晚，屋子裡當然是空調創造出來的微涼的假象。外邊是什麼溫度，在廣州生活了十多年的耿鏘當然最清楚不過的了。他閉著眼睛，也做一個睡眠的假象，從眼簾裡看到他的情人下了床，身上什麼都沒穿，依舊跟兩年前初見時隔著衣服的他的想像沒有什麼區別，他那快一米八的身體，只要看到他的情人，穿著或者沒穿，都會情不自禁地激動，帶著一點呵護的激動。他想著，等她重新回到床上，他要溫柔地再要她，他要她跟他一直這樣，什麼都有也什麼都沒有地永遠下去。

樂宜下了床，她是要到廚房看看她的那鍋湯，然後再躺回到她情人的身邊，這是兩年來不斷重複的路程。

她經過客廳的鞋櫃前，看到了兩對色彩鮮豔的鴛鴦，旖旎地交頸婆娑著，甜蜜蜜。第一次發現，耿鏘的皮鞋裡裝著鞋墊，手工納好的，上面還繡著鴛鴦，麗影雙雙，泛游在鞋肚裡。這是一個好妻子手下料理出來的男人。樂宜心裡一陣酸澀，少見的眼淚就溢了出來。裡邊睡著的男人，原來是從鞋肚裡游出來，偶爾在這裡停泊而已。

重新回到臥室的時候，樂宜已經穿好了衣服，定定地看著眼前的幾乎睡滿了整張床的男人，平靜地說，你該走了。

她臉上的淺淡依舊是她的情人最迷戀的地方，這個她自己也很清楚，大概多寶路的女人都如此淺淡，可是她還清楚，多寶路的女人這樣淺淡地過著過著就會後悔——人有的很容易就沒有了，人沒有的就很容易一直有下去了。就像媽子，甚至是那個唱粵劇的女花痴。

把腳重新裝回鞋肚裡。

陽台上的相思樹壓根沒有跟他打任何招呼就蹭到了耿鏘看不到頂的高度。心裡的沮喪從沒如此鋪張地覆蓋了他。發生一些事情，決定一些事情，幾乎沒有任何痕跡般地，說來就來說去就去。這個城市的這些年月，他能掌控的東西除了公司那幾份文件以外，還有什麼？好好學習天天向上，一二三四五六七，多勞多得……

老婆最近已經不再努力減肥，放棄那種徒勞地對歲月的對抗，卻又開始了另外一種對抗的方式，買回了一大堆瓶瓶罐罐，在臉上抹了又擦掉，擦掉了又抹上。肥胖不是人人都有的，情人也不是人人都有的，但光陰卻是人人都有，也是人人都沒有的。

他從來沒有到過樂宜的多寶路，只是聽人說過那裡是一條古舊的小街，從前有名的西關小姐就出自那裡，他不知道西關小姐是怎麼樣的，他就把樂宜想像成了舊時的西關小姐。想著想著就心曠神怡了，好像有一股柔軟的風，包圍著他，風的手一遍一遍地梳理著他。他曾經不止一次聽樂宜提到過多寶路的穿堂風，直接的、邂逅的、柔軟的、漫遊的。那樣的風，耿鏘在遭遇樂宜之前，是沒有體會過的。

再怎樣沮喪都好，他明白，他的情人陳樂宜已經變成了那樣一股風，直接的，邂逅的，柔軟的、漫遊的。

人有我有

這是樂宜的第十一次相親，樂宜不會記錯的，雖然相了十一次，但每次樂宜還是覺得相親是件大事情，像要出台演大戲，鳴鑼敲鼓，裝身走台。她想，就算相一百次，都還是件大事，尤其出門前對著鏡子的仔細打量，照鏡子尤其重要。

這一次對方是個海員。

「雖然漂泊不定，但勝在有錢，終日在海上，絕對沒有機會出去找女人，可靠啊。」說媒的人這樣跟樂宜說。

終日漂泊，在海上。樂宜彷彿看到了蔚藍色的海水和天空。

海員三十六歲，樂宜三十歲，到時間了。樂宜看看低頭吃著臘味煲的對面的男人，黑而結實，手臂的肌肉還不時會跳動。

回來的路上，她對說媒的人說，我答應了。

漫天的星光，照在這個城市，這個城市卻無動於衷，它已經看不到那些星光了，街燈、招牌燈、樓房燈，足夠照亮它，也足夠讓它放心地睡一大覺，把白天睡去，把黑夜睡去。星光跟它有什麼關係嗎？

「為什麼答應嫁給我？」結婚後海員有一次問樂宜。

「因為你是第十一個。」

「看厭了，怕撿個籮底橙？」海員不會跟她計較這些，他看上去很不喜歡花費腦汁。

「不是。到時間了。」樂宜照舊給海員盛一大海碗的湯，「回來就是要喝老婆那啖靚湯。」海員說的，於是海員回來樂宜天天煲湯。

「不管是阿貓阿狗？」

「不管。啊，我亂說的，我喜歡走船的，天天對著個海，簡單些！」

「不怕悶？我天天對著個海，你天天對著間房？」

「本身就是個很悶的人。」

……

媽子說過的，人有我有。

海員是媽子去世之後樂宜第一個相親的對象。媽子在六十歲的時候去世的，是乳腺癌。媽子說過，做女人真的好鬼麻煩，不是子宮就是乳房。真的是這樣。

媽子去世那天，樂宜忽然感到很驚慌，從來沒有過的驚慌。她從腫瘤醫院出來，過那條四邊開岔的天橋，走到中間的時候，那些穿梭在腳下的車輛好像要輾過自己的雙腳一樣，而每一個路口都那麼陌生，樂宜竟然找不到回家的公車，她在中間，站了很久，冷汗出了一身。

於是，她就把自己嫁給了海員，一個有鼻子有眼的人。

海員說得很對，天天對著個房間，她不悶嗎？

悶的時候，樂宜就會想到她幾年前的那個情人，她想到那個情人，就總會想到那一對顏色很豔麗的鴛鴦，安靜地臥在鞋肚裡，交頸旖旎的樣子。

海員說他不需要鞋墊，整隻大船就是他的腳，一直漂過去。

當然，悶的時候，樂宜也會想到海員，他的眼睛彷彿可以代替她的，海天一色，往事如煙。她想像中的海比海員看到的海要寬闊和平靜，太平洋，應該是那種很太平的海洋啊。

終於有一天，海員不再出海了。海員跑不動了，中了風，天天坐在家裡。樂宜除了上下班，就照顧海員。那個時候，樂宜剛好三十六歲。

他們把在結婚時買的兩室一廳租了出去，搬回多寶路去了。離是離樂宜上班的地方遠了許多，可是樂宜喜歡。不知什麼時候，樂宜喜歡像從前媽子一樣把包包掛在前胸，坐公共汽車從起點到終點，然後轉車回到多寶路，這個路程幾乎貫穿了廣州從南到北。

有一個黃昏，樂宜下班回到多寶路，剛進窄窄的胡同，就看到遠處一個人影，緩緩地向她蠕動過來。樂宜踩著青石板路漸漸走近那個影子，影子說話了——

「陳樂宜，看，我可以走路了……」

海員一個人，扶著青石牆，從大堂一直走了出來。

樂宜走上去扶他，咧開嘴笑了笑，沒說話。

海員經常這樣說，我還是不想會走路，我會走路了你就會離開我，找第二個了。

樂宜還是沒有說話。她聽到了一陣陣悉悉索索的聲音，好像是風吹動些什麼發出的聲音，聽了一會，她將信將疑地斷定，那是風吹響的香雲紗的聲音，是多寶路的穿堂風弄響的。

開發區

開發區不在郊區，不在江邊的新城裡，開發區在我們住的那條街上，她是我們的街坊。

我們這條街上，有不少嫁不出去的大齡女人，開發區是其中一個。只是她跟我們不同，她有約會的男朋友，我們沒有。她有一張美麗的臉蛋，因為身材矮點胖點，所以算不上大美人，但是做個小美人，還是夠資格的。可我們寧可叫在街口賣涼茶的「山大王」的女兒叫小美人，也不願叫她小美人。我們叫她開發區。

我承認，我們除了看不慣她對男人的行為，還很嫉妒她，不知道她從哪裡開發來這麼多男人。很多時候，她就像一個野外生物學家，一走出這條街，就忙著去採集生物標本，而那些男人，也許在很多女人眼裡看來實在不值得一提，可是，對於我們來說，每個男人就像我們在大街上眼睜睜看著飛馳而過的寶馬或者凱迪拉克。

只有一點讓我們感到安慰，儘管開發區開發了那麼多男人標本，可她還是跟我們一樣。所以，每當她在街坊活動中心裡跟我們見面，說自己剛甩掉了一個幹什麼什麼職業或者什麼什麼行政級別的男人的時候，我們都在肚子裡暗暗可憐她，又被一個男人甩了。呵呵，看著她那雙確實烏黑發亮的眼睛，我們也覺得其實她真的並不怎麼樣。

當然也有例外。我們曾經看到過一個其貌不揚，衣著普通的男人，站在她家門前的路燈底下，從我們做飯的時間開始站到我們把晒在陽台的衣服收回家。然後開發區出門了，經過這個男人，視而不見，男人跟著開發區走到了街尾，走出了這條街。之後我們再也沒見過這個男人了。

開發區可不是我們的榜樣。雖然我們也在私下裡有過向開發區學習的打算。那一次，小芹好不容易經人介紹認識了一個在醫院裡當護士的小夥子，看著蠻清爽的一個人。開發區卻對小芹說，根據我的經驗判斷，一個男人去當護士，估計沒法往上走，你何曾看到過護士是男的？不過呢，這個男人倒有可能對你好，細心，把你當病人一樣護理。說了半天，她給小芹的建議是，不要投入太大，先吊著，遇到合適的再放了。

誰知道過了不久，小芹咬牙切齒地把開發區給恨死了，沒想到她真的將開發區的話當了格言，人家小夥子看她不熱情，轉頭就找了另外一個女的。

我們都為小芹感到可惜。同時也覺得小芹虧了，不是被那小夥子賺了便宜，而是被開發區弄虧了，或許她在骨子裡也跟我們一樣，都不希望我們其中哪一個比自己嫁得早，更別說嫁得好了。

就是這樣的，有的時候我們覺得開發區是跟我們站在同一個陣營裡的，只不過她喜歡孤軍作戰，但更多的時候，我們又覺得她是我們的敵人。

我跟開發區不僅僅是街坊，還是同學。我們在一個自費的職業技術師範學院裡有過三年的同學過程，所以，不管我跟那些女人們抱著多麼相似的心態，甚至在私下裡把開發區的名字叫得比任何人都頻繁，可是，開發區還是願意跟我說得最多。開發區的女朋友幾乎等於鴨蛋，不知道是因為她把所有的時間和精力都用於開發男人，還是女人都把她看成是自己的競爭對手。

據我個人所知，開發區在念書的時候，喜歡過一個搞藝術的男孩子。他是學油畫的，用開發區的話來說，就是搞西洋產業的，同學們那個時候打趣地叫這個兩鬢窄窄、臉色蒼白的男孩子叫「西洋參」。「西洋參」的家在貴州一個老山區，據說家裡窮得在河床裡摸些小卵石，用鹽巴炒炒，下飯的時候放到嘴巴含含。所以「西洋參」吃東西口味特別重，只要東西夠鹹，也不管是什麼，就能吃掉兩大碗飯。讀書的時候，「西洋參」依然很窮，在街邊給人畫肖像，在隧道口給人設計簽名，這些都幹過。聽人說，畫畫的能掙錢，光拍賣掉一幅就把一輩子的錢掙夠了，所以開發區說，現在窮點沒關係，關鍵是以後能往上走。

「往上走」這個概念，也不知道開發區從哪裡學來的，在我認識她這麼多年，每當評價一個男人，她要不是問旁邊的人，他以後能不能往上走？要不就自己問自己，他還能往上走嗎？天曉得上是個什麼地方，她又不是一個基督徒，她也不相信什麼上帝。總之，開發區看男人跟我們都不同，她把男人都看成了一個問題，一個能往上走還是不能往上走的問題。

開發區對「西洋參」也許是喜歡的，因為除了喜歡過這個男孩子以外，我看不出她還喜歡過誰。為了幫助「西洋參」，她在他畫肖像的路邊當托兒，有人看到她從早站到晚，以為一個無知少女暗戀落魄藝術家。

最絕的一次，她跟「西洋參」跑到他貴州的深山老林裡，挖那些樹木的根，山長水遠地搬了幾大麻袋到我們這裡來賣。可是，誰會要這些東西啊。那個時候，我們找到一塊木板就會迫不及待地將它做成一張小板凳或者小斗櫃之類的。那些根雕拿來給我爸爸看的時候，我爸爸嫌它們形狀太奇怪了，連做一個煙斗的桿子都不夠。說來也好笑，我的媽媽可喜歡這些樹頭了，她把它們撿了來，放在陽台上，把一些還沒乾透的小衣物掛在它們上邊，有的還放在廚房裡架我們的碗，她說，恐怕只有最稱職的家庭主婦才懂好好利用廢品。

算起來，開發區對「西洋參」是最好的了，他是唯一一個得到她借錢的男人。開發區的老媽總是對我們說，她養了一隻鐵公雞。我們都笑說，她充其量也只是隻鐵母雞。她老媽竟然說，她若是母雞，下了蛋也會把它吃回肚子裡，何況她從不賣力氣下蛋，她指望男人下蛋。我們都不同意她老媽說她不賣力氣，開發區其實真的很賣力氣，她早出晚歸，她開發男人，她的奮鬥口號是——早起的鳥兒有蟲吃！

開發區來我家找我的時候，除了講講眼下的那些男人，偶爾還會感嘆一下過去，就跟吃了無比大的虧一樣。她總是氣憤地說，貴州佬真的不是一個什麼好東西，在他身上我投資了四百五十七大元，放個屁都比他值錢。儘管這四百五十七大元已經過去好些年啦，可開發區每說一次，就恨不得去找他要回來一次。

那年「西洋參」畢業了，在這裡東轉轉西轉轉之後，決定北上開發。他說，這裡的人，連根雕都不懂得欣賞，還指望他們看西洋畫？他要去找一個看得懂他的畫的地方。一被人看懂了，他的畫就值錢啦。說實話，開發區一直看不懂「西洋參」的畫，「西洋參」花了很大的精力畫完那幅稱之為印象派的畫，得意地給開發區看，開發區看半天不說話，最後，她指著畫的一角，興高采烈地對「西洋參」說，看出來啦，這裡有一個女人，這是奶，這是捲髮。

不久，「西洋參」背著這幅畫向開發區借買火車票的錢。他說，只要火車一開，他的畫就值錢了，畫值錢就等於開發區值錢啦。

值錢的話，開發區是最要聽的。儘管如此，開發區還是猶豫了不少時間。她在「西洋參」轉身走的那一刻，決定幫「西洋參」到火車站買一張臥鋪票。

整整四百五十七大元出去了。

好多年過去了。也不知道「西洋參」的畫有沒有值錢。

前些年，有人說在深圳的一個什麼村裡看到過「西洋參」，他跟很多畫畫的人一起，畫三百塊一幅的「蒙娜麗莎的微笑」或者「向日葵」，每天能畫好幾幅。我問開發區，乾脆到深圳找他去？開發區那個時候正在開發一個我們這裡剛剛開始籌建的大學城的包工頭，據說以後錢會多得能把所有快樂都買來，能把所有煩惱都雇人滅掉。開發區說，找他幹嘛？我不在乎那點錢。後來，有人又說看到「西洋參」在桂林一個小縣城的橋上，擺個小攤，掛滿了山水畫，騙老外錢呢。我又問開發區，要不到桂林去找他？開發區猶豫了一下，問我，要是找到他了，他會還我那些錢嗎？那時候她剛結束一次開發，那個據說能往上走的廠辦祕書剛剛從她身邊走開。

如果我是開發區，我可能早就嫁了一百次了。連我媽媽都說，這個開發區，難怪叫開發區，總是開發，不結果的。算起來，開發區比我大一歲，她在我們面前說起過的男人，算都算不清楚。可是，天曉得，這些男人跟她都怎麼啦？根據我媽媽的經驗來看，她沒跟那些男人怎麼啦。我不明白。我媽媽說，她要跟了那些男人怎麼啦，就不會老不結婚了。

我覺得我媽媽說的話，只對了一半。開發區可想結婚了，她甚至說，結婚哦，就像是她一直盼望得到一本藍色護照一樣，上面蓋滿了紐約、倫敦、巴黎、希臘等等印戳。她打這個比喻的時候，眼睛瞄著她那正在吃西瓜的妹妹。可是她的妹妹一眼都不看她，只顧著埋頭仔細地挑出那些黑籽兒。

妹妹當然清楚她說什麼啦，她的手上戴著一隻漂亮的米奇手錶。這隻手錶每走一秒，似乎都在撩撥著開發區的神經。這是開發區下最大血本送給妹妹的一隻米奇手錶，是她早就在雜誌上看到預告，然後早早寄錢去郵購回來的一隻限量版的米奇手錶。她把手錶送給妹妹，妹妹於是承諾她，等她在新西蘭安定下來之後，就幫她物色一個好男人，把她娶過去。

妹妹在網上認識了一個新西蘭老男人，居然成功地把她娶到了新西蘭。妹妹說不上比開發區漂亮，但是卻比開發區聰明，她懂得上網，在很多姻緣網上張貼自己的徵婚啟事，把自己吹得跟朵大麗花似的。其實，開發區不喜歡她妹妹，她妹妹好吃懶做，但比她命好就是了。

妹妹出去已經兩年多了，可是她每次發回來的照片，不是風景，就是她住的HOUSE，壓根就沒提那個物色給自己的新西蘭男人。

這次，妹妹回來生孩子，明確告訴她，新西蘭地廣人稀，平時除了奶牛和植物之外，連個人影都看不到。

開發區當然不相信啦。她看著那隻限量版的米奇手錶，問妹妹，你老公為什麼不買隻洋錶給你戴著？

妹妹不接話。

儘管這樣，開發區還是找回過去分手的那個外科男醫生，讓他給妹妹找了個好的婦產科大夫，她跟妹妹說，不用送紅包哩。

我們認為，開發區結不成婚，是因為她總跟人處不好。就拿那個小陳來說吧，我們到現在都覺得她實在過分。

有一天，開發區逐個給我們打電話說，她可能要結婚了。接下來不用問，就聽她說了一通，這個叫小陳的，如何如何有前途，如何如何能往上走，這些話說實在的我們都聽多了。後來她要我們去看看他，他在一家土菜館訂了房間請我們吃飯。我相信我們當中幾乎沒有一個願意去吃飯的，開發區不應該找我們這些單身的女人去，要知道聽她說自己要結婚的時候，我們的心理活動是多麼統一啊。我說我剛好要加班，小芹說她老爸老年痴呆發作了要在家看著，露露說她身上不舒服去不了，那個黑黑的胖小蔡乾脆就明擺著說她沒興趣，不去。

可是當我去到那間包廂的時候，我發現，開發區邀請的人全都來了，因為除了見到小陳之外，我們還見到了小陳單位的好幾個單身男同事。

小陳是個小公務員，比開發區大兩歲。好像在一個什麼政策研究室的，人不老，但額際很高，頭髮已經快脫到頭頂了。開發區說，這種樣子的人，就是能往上走的，當然了，她說這話不是沒有根據的。那個小陳吃飯的時候，總是說某某規劃局的局長跟我很熟，某某廠長我一個電話就能找他出來買單之類的話。開發區一直用那雙美麗的大眼睛看著她，好像他說的那些人，是自家的親戚一樣。

飯後我們一起走回去，大家心裡都在想，完了，這回開發區真能嫁掉了。而關鍵是，那幾個單身男同事們竟然沒表現出對我們當中的任何一個感興趣，我們沮喪的心情完全發洩到了對開發區這樁婚姻的詛咒上。

人家說，早禿的人不好，身體不行。胖小蔡首先第一個說了出來。

於是我們都說開了去，就跟議論菜場裡賣注水豬肉的那個缺德老沈一樣。

沒想到我們的詛咒居然生效了，開發區果然沒有跟那個小陳結成婚。

對於我們這些大齡女青年來說，詛咒是很靈驗的，因為關於花好月圓的祝福，在我們身上總不奏效。更何況，我們越來越對命運虔誠了，我們都去找過不同的算命先生，算桃花運，甚至在各人的房間裡，動不動就擺上一兩個按照算命先生吩咐弄來的物事，朝向講究，質地講究，輕易是不給移動的。所以菜場裡那些做買賣的男人，敢得罪退了休的老太太，甚至是嗓門大大的大嬸，都不敢得罪我們。做生意跟我們結婚一樣，都是詛咒不得的。

那天，開發區的老媽氣鼓鼓地走到我家，跟我媽媽說，我家那個十三點真的十三點，難怪她會成老姑婆。

我們都嚇壞了。

她告訴我們，她家那個十三點竟然把那個小陳給扔了。真不知道她是要嫁皇帝還是玉帝，誰會要這種十三點啊。開發區的媽媽氣都快喘不上來，要知道她已經快七十歲了。

原來開發區竟然對小陳說她老媽得了一種稀罕的怪病，需要一大筆錢找醫生，向小陳借一萬元。可人家小陳沒借給她，她就把人家給扔了。

好端端地向人家借什麼錢啊，還詛咒我得了怪病。真是沒心肝啊！開發區的老媽又生氣又傷心。

我在心裡暗暗想，難道開發區中了邪？或者是被我們曾對她詛咒的力量改變了命運？可開發區的命運是那麼容易改變的嗎？

誰知道開發區卻很有理由，她第二天跑過來對我們說，這個小陳什麼都好，就是跟錢相處不好，錢啊，是這個世界上最難相處的人，能跟錢相處好了，自然跟所有的人都能相處得好，自然才能往上走啊。

我覺得她真的是腦子裡灌了水。

難怪你媽說你十三點！我對開發區實在沒話好說，難道她真的覺得男人就像她們家花盆裡種下的芫荽，割去當佐料用了，過不了幾天又能長出新的來？

最後我媽媽說了一句話，讓我至今臉紅。我媽媽說，你又沒跟人家睡，人家幹什麼要借錢給你啊？

我真的沒想到我媽媽會說出這樣的話。她說這話的時候，我的爸爸正坐在旁邊低頭給一盆金邊吊蘭捉蟲子，沒吭聲，我媽媽正眼都沒看他一眼。

開發區也不說話，我看到她眼裡竟然閃著淚光，不知道是因為失戀的痛苦，還是因為扔掉小陳感到後悔。事後想想，可能兩者都不是，大概因為她知道她老媽在別人面前罵她十三點什麼的。

在開發區交往過的男人當中，當然也有我喜歡的類型，毛峰峰就是一個。他送給我一張快餐店的八折卡，我至今把它夾在錢包裡，看著那上邊的名字，就好像看著他那張臉，那張臉，起碼在我看來，是帥氣的。

大柿子臉！開發區說到毛峰峰還是一副鄙夷的樣子。

我的心裡充滿了憤恨。說實在的，開發區總是這樣，對於那些她交往過的男人，一一不喊姓名，好像被她開發過的那些人，最終都成了她的敵人似的，連那個給她妹妹安排生產的外科醫生也不例外，她背地裡叫他消毒水，因為他一身都是這種味道。

難怪她嫁不出去！我憤恨的時候，總是會在心裡這樣罵她。可是，又能怎樣呢？即便我不那樣，也與她有著相同的命運。就像我對這個毛峰峰，從心裡到外表都順從他，甚至他讓我給開發區帶夜宵，讓我給開發區的老媽帶一些新鮮的肉和蔬菜，我都沒有對他有過埋怨。

開發區也想過要跟毛峰峰結婚的，她說，一跟毛峰峰結婚，她就成老闆娘啦，雖然現在快餐店做得還不是特別紅火，可是，她很快會讓這些快餐店連鎖起來。到時候，她首先要盤下街尾那間冷清的旅店，把快餐店連鎖到我們這條街上來，在這裡她生活了三十多年，到時候，給大家打折。毛峰峰一聽到打折這個詞，彷彿條件反射似地，臉上堆起了笑容，從坤包裡取出一疊印著他的名字的八折卡逐個遞給我們。

後來我拿著那張八折卡常去毛峰峰的快餐店，可以說，毛峰峰對我留下了深刻的印象。我的話不多，可是我從錢夾裡掏出八折卡在收銀台付錢的樣子，給毛峰峰一種美好的感覺。

有一天晚上，快要打烊了，毛峰峰在收銀台攔住了我，他說我是開發區的好朋友，經常來，這次要請我，免帳。接著又把我留在一張桌子前坐下來，讓服務員送了兩碗杏仁奶茶過來。

他說，陪我喝喝，聊聊。

毛峰峰不是本地人，他從老家跑出來，首先是在一個酒樓當服務生，因為他長得周正，而且笑得很勤奮，客人逐漸跟他熟絡起來。後來，他被一個大酒家挖去當領班，再後來，又被一個更大的酒家挖去當樓面經理，到最後，毛峰峰就開始打本經營自己的生意。這家快餐店才經營起來不到一年，名聲就已經在外了。

到時先在我們街尾開一間連鎖店？開發區曾經這樣在我們面前炫耀過的。

呵呵，當然，只要她願意，到哪開都可以啊。

毛峰峰的回答讓我心裡充滿了憂傷。這個愚蠢的問題一下子破壞了我聆聽的幻覺。

接下來，毛峰峰竟然跟我說了他很多小時候的故事。那些到現在聽來實在很不值一提的鄉村小事，不知道他為什麼興致勃勃，即使是說那些令人難以置信的艱辛的情景，他都說得眉飛色舞的。

這個夜晚雖然對於我一貫以為是註定了的人生，是無動於衷的，事實證明，我後來的結婚對象也跟這個夜晚一點關係都沒有。可是，不知道為什麼，我卻對這個夜晚以及那杯味道怪怪的杏仁奶茶單方面地感到特殊。

開發區說過，一個男人開始要追一個女人的時候，習慣跟那個女人講自己的過去，講得越詳細就越表明他越想追到你。

毛峰峰的那些鄉村生活，在一段時間裡成為我反覆捧讀的一本書。我喜歡看小說，我們街上唯一的一間租書店裡，那兩排亦舒、玄小佛的言情小說全都被我看完了。租書店的老闆說，她們早就不寫了，因為她們都結婚去了。

結婚了就不再寫愛情小說了？這聽來有些荒謬。

開發區說，那有什麼奇怪的，結婚了，有人養了，誰還那麼辛苦寫書賺錢啊？

往往都是這樣的，在我們看來很荒謬的事情，開發區卻覺得正常得不得了。即如她一腳把毛峰峰給蹬了，這麼不可理喻的一件大事情，卻被她像彈菸灰一樣做得不動聲色。

毛峰峰啊，那個即將開連鎖店的小老闆啊，那個遇到熟人就堆起笑遞八折卡的好男人啊，開發區竟然像一次習慣性流產一樣，把他給流掉了。

那天下午，毛峰峰在快餐店裡看到我，託我把兩張票帶給開發區。這是一場香港歌星的群星演唱會，毛峰峰找人出高價買回來的，他讓我轉告她，晚上他來接她去看。

我拿著那兩張票，不吭聲，不拒絕也不同意，要知道那個時候，我的心裡就像小說的高潮部分那樣，衝突得可厲害了。我甚至還能感到，在黑暗裡，毛峰峰坐在我身邊，將手伸向我或者將頭靠向我的時候那種溫熱和心旌蕩漾。當然，毫無例外，我同時也對開發區開始了詛咒，這個肥胖的女人，不知道哪裡好？要是毛峰峰知道她跟過多少個男人，他還要她才怪呢！

我一直找著各種藉口，沒有揣著那兩張票走到開發區的家。

黃昏的時候，開發區竟然找到我家，她穿得無比的花哨，臉上也刻意地刷了好幾把，彷彿是今夜即將開屏的一隻母孔雀，她肥胖的屁股一扭一扭地消失在我的視線裡，我感到對她從來沒有過的討厭，以及隨之而來的煩躁。

我媽媽在屋裡看到我的一切，深深嘆了口氣。她最近在積極地廣撒網，希望不久能在茫茫人海中給我撈回個男人來。

也就是在那個香港歌星演唱會的晚上，開發區把毛峰峰給蹬了。

這個毛峰峰太小氣了，連兩塊錢都不放過。

這怎麼可能呢？毛峰峰還請我喝過杏仁奶茶呢。雖然我忍著沒將這件事情告訴開發區，但是我覺得開發區很欺人太甚！

開發區說，他們看完演唱會出來到存車處取摩托車，那個老太婆讓毛峰峰把號牌給還她，大概是因為看演唱會太混亂了，又喝可樂又吃果脯什麼的，把號牌丟失了。丟失就丟失了唄，老太婆要毛峰峰賠兩塊錢工本費，給就給唄，可毛峰峰竟然說，他付了存車費，憑什麼還要付號牌費？老太婆說他丟失了號牌就要賠兩塊錢。一個大男人啊，竟然就跟一個樹底下看車的老太婆爭吵了起來，還要把別人的車給推倒。

豈有此理！長這麼大沒見過這樣的男人！開發區一邊說，一邊用厚厚的肉掌將風搧到自己的臉上。

彷彿被蹬的人是我一般，我先是氣憤，然後是難過，最後是憂鬱。這樣的憂鬱持續了一段日子，我進到毛峰峰的快餐店，看到毛峰峰，他尷尬地裝作不認識我。又過了一段時間，我進到毛峰峰的快餐店，看到毛峰峰跟一個女孩子，面對面坐著，桌前兩杯一模一樣的飲料，他正在眉飛色舞地跟那個女孩子講著什麼，目光一搭到我身上，馬上就又收回到那女孩子臉上，竟然就真的從沒認識過我了。

在我們這條街上，那些跟開發區擦肩而過的男人，會盯著開發區突出的圓屁股看，他們心裡都在想，這個女人，究竟誰要了她？我從我那沉默的爸爸那裡看懂了這些沒有說出口的話。我爸爸某一天坐在沙發上，一直目送著開發區從我屋子裡穿過客廳繼而走出大門，緊接著他冒出一句話，就是她跟了老曾？我爸爸記錯了，這段時間裡傳說我們街上一個老單身漢老曾跟街上一個單身女人好上了，我爸爸認為開發區就是那個女人。當時我爸爸穿著我媽媽穿舊了的、很寬鬆的一條西裝短褲，有意無意地走到陽台上，朝下邊張望。開發區必然在下邊，一扭一扭地走過。

等到有一天，開發區終於大張旗鼓地出嫁了，這些男人才終於把目光放到了許同的身上。

現在大家都知道，那個叫許同的，走路邁著平穩的八字步，一不小心就容易走路同手同腳。他每天下班後，都要到菜場去轉，捎點肉捎根黃瓜什麼的，當然也經常買大閘蟹，通常一買就買三隻。所以賣大閘蟹的泥鰍仔最喜歡看到許同了，他甚至說，許同，我們真是有緣，我在這裡賣大閘蟹多少年了，從沒看到過跟自己長得那麼像的人。許同看看他，沒有什麼意見，說，只要你留最肥的母蟹給我，就算跟你雙胞胎又有什麼關係？泥鰍仔長得像泥鰍，整體瘦長，尤其腰最長，彷彿一坐到凳子上，屁股就不夠放，垂到凳子下邊懸空著了。他們說，懶人腰長，泥鰍仔前世是個少爺。牆角那個算命的老頭，每見泥鰍仔經過，都喊他少爺，泥鰍仔被他喊得高興，到檔口抓一把毛票就送了過去。似乎是一種風氣，我們這條街上的人，特別相信風水、相術、八卦什麼的，就連許同，才跟開發區結婚搬來半年，有一天我們也看到他蹲在算命老頭的旁邊，很像那麼回事地給老頭摸摸骨頭，瞅瞅面相。

算命的老頭問許同，要看哪方面的？

看看官運。許同尷尬地壓低聲音說。那個樣子，就跟一個男人在地下診所看暗病一般。

自打許同出現在這條街以來，誰不知道他是礦產局的一個統計員啊？可是在我們這個沒山沒水的小地方，哪裡來什麼礦產可以開發？

算命老頭不看許同的臉，只攤開他的手端詳了良久。

你的手線很清晰，該有的都有了，事業、愛情、兒女，一樣不缺。

一樣不缺，意思說，還能往上走？許同將信將疑地像看著一個救星。

當然，從你的鼻子來看，能往上走，晚年會更好。

看得出來，好像被證實了某個事實一樣，許同樂顛顛地在泥鰍仔那裡挑了三隻肥母蟹，用草繩整齊地紮好，拎了回家。

許同有什麼好的？許同有什麼不好的？誰也說不準，只是因為許同是開發區要嫁的，所以許同一下子在這條街上成為了我們議論的對象。

除了我之外，她們都為開發區感到可惜，以至於她們光顧著可惜，卻一點都不在乎她先於自己嫁出去了。

許同是開發區去參加一個很時髦的「九分鐘約會」開發回來的。

那天開發區來找我，說，晚上帶你去赴一個約會。

約會還帶上我幹什麼啊，要我幫你倆取景拍照留念嗎？我聽了一肚子不高興。呀，這種約會，是一批一批的約會，不是雙人約會。開發區向我解釋說，這是她在朋友那裡打聽到的，一種快速約會，九分鐘就結束了。

九分鐘？樣子都沒看清楚呢。這也能叫約會嗎？就算是目的明確的相親，一頓飯的時間還是要的吧。我感到無比地好奇。

農村的集市裡相那些不會說話的馬或者驢，還要一個上午呢，九分鐘就能牽個男人回來？我媽媽一貫對於開發區不信任，她認為開發區條件好卻一直嫁不出去的原因，就是不夠腳踏實地。認識了以後再慢慢看清楚嘛，先看條件。開發區滿懷希望地把我帶走了。

當我和開發區七拐八拐地找到那個叫「單行道咖啡館」的時候，我終於知道為什麼開發區比我們能找到男人了，她就連這種藏在某條小巷某個宿舍的車庫底下的咖啡館都能找到，哪裡還有她找不到的地方？

女人歇著了，地球就不動了。這是開發區的名言之一。看上去，開發區連歇息的念頭都沒有。她穿著高高的細跟鞋走進昏暗的地下車庫，一低頭，變魔術般地，就鑽進了「單行道咖啡館」。

令我大開眼界的是，這個門面看起來小小的咖啡館，裡邊竟然能容納那麼多男人和女人。他們坐在桌子前，各自介紹著自己的情況，或者留下自己的聯絡方式，有的竟然還很精心地把自己的簡歷打印在紙上，話都不多說，發了出去就走人了。

我和開發區顯然是這一堆人裡邊年紀偏大的，那些相互交換著目光的人，似乎只掃描了我們一眼，就不再理睬我們了。

服務員給我們端來了一杯咖啡。我才注意到，每個人的桌上都擺著一杯相同的咖啡。開發區一坐下就不斷地向鄰近的男人介紹自己，同時那些男人也在不斷地打量著開發區，要不是桌子擋住了開發區的下半身，估計他們連腳板都不會放過開發區的。可是，打量完畢後，沒有一個人表現出對開發區的情況感興趣，他們的臉最終都朝開發區偏開了。

也沒有人來問我的情況，如果我不及時地逮著一個男人主動提問的話，這個「九分鐘約會」就等於跟一杯咖啡約會了。

原來，所謂的「九分鐘約會」並不是給男人和女人們規定見面交流的時間，其實僅僅是一杯咖啡消費的時間。九分鐘，你桌面的咖啡就算一口都沒動，都要被服務員收回去，在咖啡被收回去的同時，你的約會時間已經用完了。如果你要繼續坐在這裡，要繼續尋找你的姻緣，那麼，對不起，請繼續交錢續咖啡，一杯咖啡二十塊。

不用說，現實生活就是這樣的流水作業，而這種男人和女人因為同一個目的坐在一桌的約會，等同於一桌流水席。

然而，我和開發區的這九分鐘很明顯比別人多，因為幾乎沒有人來主動跟我們搭訕，即便是美麗的開發區，也顯得與他們如此格格不入。

我開始感到懊悔。早知道就不來了，跟這些所謂的白領菁英們比時間，我們不慘敗才怪呢，這麼多年來，時間哪一天不在欺負著我們這些單身的大齡女青年？誰說我們不是被美好時光判出了局？

開發區更加一點也不掩飾自己的沮喪，她撫著咖啡杯的大耳朵，左邊轉一下，右邊轉一下，彷彿哪個方向都不舒適。

服務員將我們兩杯到點了的咖啡收走後，我和開發區就打算離開這裡了。可是，等等，生命裡往往就是那麼戲劇性地會出現一些人和事，甚至將我們的慘敗結局扭轉了過來。我也因此而對我過去所看的愛情小說那些一直不可思議的部分，相信了它們發生的真實性。

許同用聲音把開發區的腳絆了一下，以至於開發區剛剛離開座位的大屁股一下子又落了下來。

再來一杯怎麼樣？我記得許同是這麼說的。

我們剛才好像都沒看到過這個人。說實在的，我們看不到他也很正常，他在人群裡是如此平凡甚至平庸，要不是他在這個令人沮喪的散席的瞬間，發出了給我們續咖啡的邀請，就算是同樣平凡的我都看不到他，更何況一貫自詡不凡的開發區？

原來平凡人跟平凡人扎堆，就會續很多很多杯咖啡，消磨很多很多個九分鐘。我算不清楚，許同給我們續了多少杯咖啡。這個「單行道咖啡館」的老闆很滿意地看著我們離去，從他對我們的態度上來看，我琢磨著許同一定給我們續了不下十杯咖啡。

之後不久，開發區就跟許同結婚了。結婚了仍然住在這條街上。開發區興奮地告訴我，許同買房了！我才知道，她把她老媽留給她的老房子低價賣給了許同。

九點五折啊，你去問問看，現在老城區的房子有那麼便宜的？

據説許同當時高興得嘴巴都合不攏，把所有的積蓄都轉到了開發區的名下。

説來也奇怪，自從開發區嫁給許同之後，開發區就好像從這條街消失了似的，即使她穿著一件大紅花衣在街上走著，人們都好像看不到她，相反人們開始關注起許同來了，彷彿那個風騷而美麗的開發區，隱了身一般地附在了許同的身上。當然，我們也跟開發區疏遠了，我們看到她，甚至都不想跟她説話，彷彿她一張嘴，就是一個許同的嘴巴打開了。

這樣的狀態不知道持續了多長時間，大概是在我們一個個陸續結婚了之後，開發區才又在我們的嘴裡復活了過來。

有件事情我一直琢磨了很久，你猜，我結婚的時候，紅包裡那張一百元錢的假幣到底是誰送的？開發區結婚已經快兩年了，她居然還在追問我。

天曉得，一百元都是一樣的，又不簽名的。

接下來她竟然用排除法將我們一一懷疑了個遍，又一一推翻了個遍。

嘿，不過我也沒虧，我讓許同拿去買菜花掉了，居然都沒被看出來。

說不上開發區的婚姻生活幸福不幸福，但是我肯定許同一定對她很好，不僅僅因為許同每天都很有耐心地出現在菜場，也不僅僅是因為許同在算命老頭那裡確認了日後能「往上走」的這個事實。開發區一結婚就對許同講，許同，你現在對我不好，那麼到你老了，等你患了老年痴呆，你要小便我偏灌你喝水，你要喝水我偏塞你鹽巴！許同聽了，笑呵呵地做一副很害怕的樣子，出門買菜去了。

後來，開發區又在我們的視線裡復活了過來。我們又看到了開發區，每天穿得美美的，噴得香香的，以至於我們又開始有錯覺，好像開發區又恢復了單身女人時的模樣，勤奮地出門開發去了。

說實話我們還是看不習慣開發區這種誇張的樣子。

我總是害怕呀，指不定哪天走在路上，一輛豪華小車，吱一下，準確地停到你旁邊，然後從車裡跨出一個男人，你仔細一認，原來是過去被自己蹬掉的某某某啊。不穿漂亮點，會輸得很慘的！開發區望著那天窗外邊若隱若現的小雨，少有的神經質的樣子說。

我忍不住笑了出來。你呀，韓劇看多了吧？

咦，生活裡的事還能有個譜的？誰也拿不準的。

話音未落，我只聽到咔嚓一聲，開發區已經用力把一隻大閘蟹的腿掰斷了，她很熟練地拈著一隻蟹鉗，捅進一截瘦瘦的蟹腿上，跟做手工似的，一點一點地把那裡邊的肉掏了出來，那麼認真地，賣力地，尋找著一些甜頭。

勾肩搭背

劉嘉誠一連好多天都在白馬轉悠，三十出頭的男人了，還像個害春的饞貓一樣，急吼吼地找一個女人。白馬的熟客也沒問他幹嘛找樊花那麼急，還能有什麼事情？不用問都知道，樊花欠人劉嘉誠了，欠多少？他們猜肯定不會少於五位數。

一個女人欠了一個男人的錢，後果大概不會那麼嚴重，女人嘛，嗲一嗲，電一電，男人半推半就著，也就寬限了。所以白馬裡的熟客也不打緊，眼看著劉嘉誠猴急的樣子，還不時撩他說話，搬把椅子在檔口前讓劉嘉誠坐下來，更熟一些的，掏出包菸給劉嘉誠定定神，都也不去問劉嘉誠到底樊花欠他多少錢，都是做生意的人，知道什麼都可以談，就是不能彼此談錢，就算談了，數目也不可能是真的。

劉嘉誠沉默地坐在那裡，各種拿著大包小包貨版的衣販擦過他，擠過他，撞過他，他好像都沒有感覺的，眼光只是掃描著人群裡，男人女人，長髮短髮，汙七八糟的各種顏色的頭髮在他的眼裡就好像一塊塊抹布一樣，擦著他死命睜大的眼睛，他躲都躲不過。他要找那把火紅的頭髮，短的頭髮。這把頭髮，化成灰劉嘉誠都能認得出來。

當初劉嘉誠第一眼看到樊花的時候，不僅對那頭火紅的亂髮反感，而且更對那頭髮散出來的刺鼻的髮水味道反感，可是很快，劉嘉誠就被樊花收服了，不為什麼，就因為樊花有一張甜美的嘴巴，小的嘴巴，白的牙齒，糯糯的話，如果劉嘉誠沒有記錯的話，生平第一次有人喊他「靚仔」，不是誰，就是這個他在人群裡拼命要找的樊花。

「靚仔！」

劉嘉誠彷彿打了個激靈，是樊花？他猛然回過頭，人群裡一個女孩辛苦地扯著兩個大蛇皮袋子，一邊朝他微笑，一邊逆著人流向他游過來。是那個河南女孩，他和樊花的一個老熟客，拿貨的時候在白馬認識的。自從樊花第一次喊開劉嘉誠「靚仔」後，就開始有人經常這樣喊他了。彷彿是劉嘉誠遇到樊花後就立刻長好了，變得靚起來了。當然不是啦，劉嘉誠來廣州以後，除了學會穿衣服之外，既沒化妝也沒整容，還是跟過去在小縣城晃悠時的樣子一樣，眼睛小小，眉毛粗粗，鼻子挺挺，嘴巴大大，一笑，五官全都向兩邊散開。去年劉嘉誠回老家過年，也沒有人說他長好了，只是說他——洋氣了！

洋氣就會靚起來啊。

樊花經常拎著衣服的貨版，對那些從各個小地方來進貨的衣販說——這個款式現在香港最流行啦，穿在身上，很摩登的，洋氣啊，洋氣就會靚啊！你這麼有眼光的人，絕對沒問題的啦！

那個河南女孩好不容易挨近了他的身邊，將兩大袋鼓鼓囊囊的衣服一股腦頓在地上，就站著等待劉嘉誠的反應。劉嘉誠一貫的反應應該是這樣的——

一邊伸出長長的一隻手圈住女孩的肩膀，一邊咧開大大的嘴巴，讓五官迅速地擴散到兩邊，然後說，親愛的靚女，辛苦了！喲，怎麼幾天沒見你又漂亮了那麼多，是不是想我想的？我可想死你了，都想瘦了，這不，你看你看。接著拿起女孩的手放在自己的胳膊上、臉上掂一掂。最後，女孩肯定會很受用地笑咪咪了。

這就是「劉嘉誠式」的寒暄。

河南女孩俯下身像看個怪物似地看著矮矮地坐在那裡的劉嘉誠。劉嘉誠只是朝上翻眼看了看她。女孩注意到劉嘉誠，這回是真瘦了，五官在瘦長的臉上，擠擠兑兑，怎麼看怎麼彆扭。原來，不笑的劉嘉誠是這麼，這麼——醜的。

看了一會兒，她納悶地重新拎起兩個蛇皮袋，艱難地又從人群中游走了。她想，興許這個「靚仔」折了錢，這折了錢的事情誰也幫不了誰，任他平時怎麼親愛的、心肝寶貝地喊別人也幫不了的，只有自己認倒楣了。等下次來的時候，事情過去了，「靚仔」的心情自然就會好了，好了又會讓她吃吃「豆腐」，跟她膩一膩了。幹他們這些行當的，來來往往，見面時見，分手時分，已經沒有什麼感覺的了，除了因為交易的緣故，套套近乎，男男女女勾個肩搭個背假假調戲一番，至於其他事情，尤其是在這幢熙熙攘攘的白馬大樓之外的事情，各自都抱著「自掃門前雪」的態度，明白著呢。

河南女孩就走了，但劉嘉誠對她在離開他眼皮後的程序瞭如指掌。首先，將那兩大包衣服打好包，寄存到火車站，然後就在白馬斜對面的「四海」快餐店吃個快餐，剩餘的時間，就到北京路或者上下九路逛一逛，給自己買些便宜又新鮮的小東西或者幫朋友完成些購物的任務，熬到晚上，在超市買瓶水兩盒泡麵，從存包處取出兩大包衣服，硬臥上哐噹哐噹地睡上一天一夜，到了，回到自己的服裝小店開始轉手賣。資金周轉得快的話，十天半月後又哐噹哐噹地來白馬了。

劉嘉誠前兩年就是這麼哐噹哐噹過來的，其中的顛簸辛苦，他當然比誰都體會深刻。可辛苦歸辛苦，這白馬大樓一年到頭，還是那麼擁擠，南來北往的。衝著每件衣服的贏利，再辛苦也有人幹。樊花說過，實際上這些服裝一件成本不過幾十塊錢，一倒兩倒，等到體體面面地掛在服裝店裡就標了個幾百塊了，這年頭誰也捨得買漂亮衣服穿了，糧食不重要了，衣服就重要了，為什麼？人都愛美啊，尤其愛面子啊，有面子辦事容易啊。你看你，靚仔，穿件洋氣的衣服，跟人套個近乎也容易多了，就算不看你的臉也要看你這一身打扮啊，正兒八經地穿衣服，人也不會亂來到哪去。

樊花是劉嘉誠的生意搭檔。

剛開始的時候，樊花歸樊花，劉嘉誠歸劉嘉誠，大家都圍著這白馬大樓生活，樊花是主，在白馬開一檔批發店批發給衣販；劉嘉誠是客，每次來樊花的店裡批發服裝回湖北的老家賣。一來二往之後，樊花和劉嘉誠就成了搭檔，劉嘉誠入股擴充了樊花的檔，樊花負責入貨，劉嘉誠負責發貨。快一年了，兩個人合作愉快，賺得不少，但凡南來北往拿貨的衣販都知道白馬裡的這對「黃金搭檔」。

對於劉嘉誠來說，樊花還是本廣州地理，裡邊不僅有公交路線圖，還有飲食介紹，好吃的便宜的，她一概掌握。說起來樊花也不是地道的廣州人，她老爸老媽都是東北人，因為年輕時工作調動到了廣州，就在這裡開枝散葉，他們家這棵廣州大樹的根是很淺的，彷彿只要有個什麼風吹草動的，就立馬會想著往東北投靠，這些年就更加了，老兩口退了休，每年都往東北回，後來因為嫌火車站太混亂，索性就常住在了東北。

樊花就是這樣的「混凝土兒」，血脈是外來人的血脈，水土卻是廣州人的水土。樊花跟那些客人說笑，人家問，樊花，樊花，你是哪兒的人？樊花就反問人家，你看我這樣子，像哪兒的人？人家就對著樊花的小臉左看右看，從臉看到耳朵，上看下看，從胸部看到小腿，更有的還會湊到樊花的臉邊像饞貓一樣嗅著嗅著，這個時候，樊花就會咯咯地笑著將人家一把推開，推又推得拖泥帶水的，推開的距離又是在雙方都伸手能及的範圍，那樣人家就會很興奮地說，我看出來了，你啊，是——我的人！樊花笑得更歡了，哦，才看出來啊？我以為哥哥你發財了，連你的人也不認了呢！

可以說，劉嘉誠就是這樣被這個廣州的樊花套上的，他當然知道樊花跟人套近乎的話，再甜再膩，也是些場面上的話，但在自己的老家卻從來沒人跟他說過這樣好聽的話，所以他頭回聽著就很舒服，聽多了就覺得自己變得魅力無窮、高大威猛了起來，這樣順帶著對白馬、對廣州這個城市也有了一種自尊感。於是劉嘉誠湖北和廣州兩個地方就跑得不亦樂乎。他不再有以前那些顛簸的心煩和無奈，每次的出發和到達都變得那麼自然，甚至，每次上火車還很有心思地備了一雙拖鞋，吧嗒吧嗒地串到別的旅客鋪上聊天、打撲克，心安理得地把時間耗在這哐噹哐噹的生活裡。

是的，劉嘉誠自從跟樊花成了「黃金搭檔」後，生活頓時好了起來，經濟上的好是最基本的收穫，他已經在老家又開多了一間小服裝分店，正張羅著把父母住的祖屋加高兩層。額外的收穫就是他變得討人喜歡了。這收穫當然是很重要的，過去在家裡，劉嘉誠的父親經常就是這樣告誡他，做生意跟幹農活不一樣，幹農活手腳勤快就豐衣足食了，做生意必須嘴巴勤快才能周轉靈活。父親是個有見識的人，曾經跟爺爺到城市裡做過一陣糧食生意，只是後來因為農村包圍城市越來越厲害，出城市做生意的農村人越來越多，競爭不過就回了家吃穀種，打本錢給劉嘉誠開了個服裝店。劉嘉誠過去的嘴巴可不像現在那麼勤快，全憑自己心裡的一桿悶稱拿捏自己那點小生意，做是做得過去，但是終究不那麼紅火。看著劉嘉誠明顯的變化，父親知道劉嘉誠遇到貴人了，閒的時候，出到檔口，會問問劉嘉誠，廣州那個姑娘還好哇？劉嘉誠就會滔滔不絕地跟父親講樊花，剛開始是講樊花的生意，後來就講樊花的父母，再後來就講樊花的紅頭髮。反正，那個姑娘在父親聽起來就好像自己人一樣，特熟、特親。

那當然，樊花跟我，誰跟誰啊？劉嘉誠在父親面前誇張地炫耀。他現在對誰都十分習慣用這種誇張的語氣說話了。父親很高興，男人啊，就是要誇張啊，誇張就是底氣足啊。

到底誰跟誰啊？實際上，樊花跟劉嘉誠，還不就是樊花跟劉嘉誠唄！這一點，樊花和劉嘉誠心裡都跟他們那本破舊潦草的入貨出貨帳本一樣。

旁邊檔的那個「口臭李」，曖昧地對劉嘉誠說，「大概是她大姨媽來啦！」。劉嘉誠可納了悶了，就算是親戚來了，樊花也犯不著不做生意啊？對面的阿娟聽到這話馬上吃吃地笑起來，一邊笑一邊說，口臭李，叫你做口臭李就沒有錯，說話可真臭啊。然後兩個人都在那壞壞地笑。

看著這兩個人，劉嘉誠雖然猜不出「大姨媽來了」是什麼意思，但他感到那絕對是一句猥瑣的話。別看劉嘉誠平日裡跟那些姑娘們喜歡打情罵俏，說些風流的話，但是猥瑣的話他是從來不說的。樊花說，一個大老爺們兒，穿得周周正正的樣子，說那些話就好比爛芋頭——好頭好臉生沙蝨。一段時間裡，樊花幾乎是一口一口地教劉嘉誠說那些膩味的話。但凡是女客戶來電話訂貨，樊花就在劉嘉誠的對面，逐個字地用誇張的口型提示他，樊花提示一個親愛的，劉嘉誠就懂得對對方說，親愛的，又在幹什麼壞事了？我在幹什麼？啥都不幹，就是在想你啊……；樊花嘴型動動說句你想我嗎，劉嘉誠就懂得對方說，你這個人啊，當然不會想我的啦，整天有那麼多靚仔圍著……；如果遇到對方是個夠分量的大客戶，樊花就會說禮物，然後劉嘉誠就懂得對對方說，哎呀，我一直都惦記著你啊，還給你買了份禮物留著，你不來啊，我可就要親自送過去了啊……類似這樣的套話，好像都有公式似的，劉嘉誠都基本上照說，說著說著，自己就開始即興創作了。

說到底甜言蜜語這玩意，基本上是給男人玩的，劉嘉誠沒多久就玩得順順溜溜了。

記得有一次，正好劉嘉誠在廣州這邊，晚上要收檔了，樊花的父母打電話祝她生日快樂，又問樊花今晚有什麼節目。樊花說沒有啊，收檔了吃個甜品回家睡覺，明天要到虎門。聽那邊說話時，樊花用眼睛瞟了一眼對面的劉嘉誠，一點不正經地回答那邊，我有我有的，只是太多了不知道找誰來陪過生日，這麼老了，男人還會沒有？

樊花掛了電話後，劉嘉誠對樊花說那我就幫你慶祝生日吧。樊花說，有什麼好慶祝的？巴不得我老吧？劉嘉誠嘻嘻笑著過去攬住樊花的肩，為什麼？難道你老了就肯嫁給我？樊花死命地推開劉嘉誠，推得老遠，呸，還沒喊到你的號吧？小小年紀就懂得插隊？

也就是在那個晚上，劉嘉誠才知道樊花真實的年齡，二十八歲，比自己還小四歲呢。他們在白馬對面的一間西餐廳裡吃點心，還要了啤酒。當小姐點上蠟燭的時候，劉嘉誠好像忽然換了個人似地，一本正經地盯著樊花的眼睛，那雙亮亮的眼睛，說，你知道嗎？在我四歲的時候，有一天傍晚，我在山坡上放牛，忽然看到天邊有一個金色的小人飄過，就那麼一下子，一下子就消失了，我傻了老半天以為什麼神仙來找我了，到今天我才終於知道了，原來那就是——你出生了啊。

穿過蠟燭，樊花被劉嘉誠深情的眼光直直地盯著，同時好像也被他那席話釘在了位置上。停了幾十秒鐘，劉嘉誠忽然噗嗤一聲笑了出來，蠟燭被他的笑聲笑歪了，樊花的目光也在瞬間蕩開了。

怎麼樣？夠情聖的吧？劉嘉誠恢復了以往的嘻笑。

就你這小把式就能叫情聖了？老姐我可是見濫了，一邊待著去吧。樊花在燭光的那邊重新拈起點心頂部那顆小小的櫻桃，大口大口誇張地跟她的話一起咀嚼了起來。

後來很多次劉嘉誠見了女孩就喜歡用這個招式。樊花每次都在旁邊看著女孩被哄得幾乎笑倒在他懷裡。劉嘉誠說這是他的原創，有版權的。

劉嘉誠是「青出於藍勝於藍」，這一點樊花自己嘴上不說，心裡是承認的，她很快把一些重要的大客，當然主要是女的，「移交」給了劉嘉誠。拿劉嘉誠的話來說就是「交叉感染」，男的感染女的，女的感染男的。樊花經常對他又好笑又氣。

或許是一連幾個晚上睡得不好的緣故，劉嘉誠覺得很憋悶，白馬的鋪位滿滿當當的，只靠一個中央空調幫助幾百號人呼吸，現在是秋天，冷氣暖氣都不開放，只是開了抽風，抽來抽去，還不都是自己剛才呼吸過的廢氣循環？這裡邊的人，那麼辛苦就為一堆衣服，幾張鈔票在這裡呼吸廢氣，真是自作自受。好像整個白馬都欠了他劉嘉誠一樣，他憤憤地走出了這座五層的大樓。白馬對面就是廣州的火車站，那裡一年四季，一天二十四小時，好像都堆滿了人，既有正兒八經的乘客，也有很多不懷好意尋找「機會」的歹人。依靠在天橋的護欄上，對著那個大鐘，劉嘉誠還是難以呼吸掉自己的憤憤，操！更好像整個廣州都欠了他似的。

站了半天他也不知道應該到哪去，只好回到楊未來的檔口。二樓的楊未來是白馬裡跟樊花玩得最好的一個，其實說楊未來跟樊花玩得好，不外乎就是平時一起約著到虎門進進貨，晚飯約著到快餐店一起吃吃快餐，甚至是歇檔的時候約著到街上逛逛什麼的，可要楊未來幫忙找到樊花，她也不知道上哪兒找，她連她家在哪都不清楚呢。樊花的手機一直是關閉狀態，祕書留言台也停掉了，這樣，在這個世界上，也許就只有樊花的爹娘才能找到她了。

「劉嘉誠，你是不是做了什麼對不起樊花的事？」楊未來終於眨巴著眼睛問劉嘉誠。那眼睛眨巴著，彷彿是知道一些什麼事情。

劉嘉誠好像聽出了些苗頭，立刻用雙手圈住楊未來的肩膀，眼睛死死地盯著她的眼睛，裝作像往常一樣熱情地說，未來，我的心肝寶貝，你就不要折磨我了，樊花她人呢？你知道我有多麼急嗎？

楊未來像打了個冷顫的樣子，做出一個嘔吐的表情，將劉嘉誠的手拍開了。

只是楊未來比別人知道的事情確實多一些。

那個笑靨如花，妙語連珠的樊花，個頭不高力氣卻很大，到虎門進貨，就屬她拎的貨最大包，她說，來一趟是一趟，不好浪費了。

楊未來覺得整棟白馬裡，樊花最有品味，不管是進的衣服還是她自己穿的衣服都很有風格。白馬這裡的女人，做的服裝生意基本都是些大路貨，自己也就胡亂地從貨版裡拿起一件就套在身上，把自己也套成了大路貨。可樊花卻不一樣。樊花的衣服雖然不多，但一件一件都是名牌。樊花曾經跟楊未來逛街的時候説過，窮死也不要穿那麼廉價的貨呢，穿上便宜貨自己不也就變得便宜起來了?男人啊，就是不要便宜的。

樊花曾經就這麼便宜過給一個男人。

兩年前，樊花死心塌地地愛上過一個「體制內」的職員。要知道，像白馬這裡邊的女人，能找得上個捧著「鐵飯碗」生活的男人，實在是幸運，即便男人在小單位裡小職位上拿的薪水遠遠比自己掙的低，但是她們當然願意依靠個穩當的後方，説不好哪天這白馬倒了，沒人愛穿這裡的衣服了，也好有個靠停的地方啊。所以，這裡的年輕女人除了積極攢錢以外就是積極找個「體制內」的男人。

樊花花了很多錢在那小職員身上，除了買很好看很體面的衣服打扮他之外，還經常拿著好東西上門討好未來公婆，「倒貼，他也不要啊!」這是樊花的原話。樊花跟那個小職員睡了，每次睡都是樊花帶上進口的避孕套去的。眼看著兩人到談婚論嫁的階段了，有一天中午，沒有客人，樊花下楊未來的檔口聊天，無意間瞅到楊未來用來墊盒飯的當天報紙，中縫的地方，有個沒有被菜汁淹沒的一小塊，特別乾淨，看了看，樊花就沒聲息了，愣了半天，楊未來走過去拿那小塊來看，那上面登著一則徵婚啟事：

陳某，男，三十一歲，某機關職員，相貌端正，品行正派，有單位房三室一廳，欲覓品貌雙修，有固定收入的溫柔女性為伴。有意者請聯繫手機：1387840XXXX，面談。

像核對六合彩號碼一樣，樊花拿起那個手機號碼，對了一遍又一遍。最後，實在不肯相信，就求楊未來幫她打這個電話號碼。

楊未來沒有幫樊花打那個電話，不知道為什麼，她就是害怕，也說不上害怕些什麼，反正是沒有打電話。

結果，樊花就一個人，除了到虎門進貨，其他時間都一個人晚上待在鋪裡吃盒飯，喝送上門賣的海帶綠豆糖水。生意倒做得特別火熱。楊未來調侃說她是情場失意，商場得意，她笑了笑說，誰說的，錢就是我老公啊，天天抱著我睡！

「劉嘉誠，你老實說，是不是跟樊花那個那個什麼了？」楊未來認真問。

劉嘉誠忽然覺得從來沒有的尷尬，「那個那個什麼」，這些調戲的話，要當起真來問問，卻是那麼難應付。三十二歲了，要讓人家相信自己不會跟女人「那個那個什麼」，死都不能夠的，這好比是做生意的場一樣，必須撐起來的，都是男人的場。他們經常拿劉嘉誠說笑話，說劉嘉誠只要不是在白馬就是在石牌村，不是在石牌村就是在去石牌村的路上。劉嘉誠總笑著不說話，任由他們講，不否認也不承認。三十二歲的男人，純潔就等於謙虛，謙虛就等於虛偽，這些事情虛偽了，就不好玩了。

再說了，石牌村他當然去過的了。認識樊花之前去過，認識樊花之後也去過。只是有一次他沒事又到石牌村逛，旅館附近的那些女人不斷向他暗示，當他準備上去跟一個長得還不錯的女人搭訕的時候，忽然看到一個男人在前邊攬著一個女人的肩膀，有說有笑，那女的半真半假地生氣著拿手肘去撞那男人的肋骨，從後面看那女人的身材和背影，像極了樊花。劉嘉誠心裡一驚，顧不上旁邊那個要來拉他的女人，跟在他們後頭走了幾步，才發現那女人根本不像樊花。雖然確認了但是他的心裡還老覺得不舒服，從此就再不去石牌村那種地方了。

老實講劉嘉誠從外型上並不會喜歡樊花這款，他在家鄉看上過一個女孩，是他的一個親戚，長得很美，文靜中透露一些距離出來，女孩找了個大學畢業分配回來的政府職員，每年劉嘉誠去親戚家拜年，她都很規矩地坐在客廳裡，喊劉嘉誠堂姑父，實際上女孩大概也就小劉嘉誠那麼七、八歲，因為是親戚，反倒應了那句笑話——太熟，不好下手。劉嘉誠只是每年到她家看看，從她父親那裡聽到些關於她結婚生小孩的消息。

當然啦，樊花也不會喜歡劉嘉誠這個型。樊花喜歡看小白臉，確切的說是喜歡比自己小的小男人。劉嘉誠很不明白樊花的這種喜好從何而來。她說，小白臉，白白嫩嫩的，多爽啊。樊花對一個經常來拿貨的湖南小青年特別喜歡，每次他來，她都主動給最低的入貨價給他，目不轉睛地逗他，直逗得那小白臉變成了小紅臉。劉嘉誠覺得那個男人根本不能叫男人，可是樊花看到他卻像看到自己養的小孩一樣歡喜。

至於劉嘉誠和樊花有沒有「那個那個什麼」，這應該是一個祕密，是他們各自要帶到棺材去的一個祕密。為什麼？因為那在劉嘉誠和樊花的生命裡，太不應該了。

真的。

事情發生了他們倆就沒有再提，但是，只要兩個人守檔，沒生意的時候，相對著，總會覺得整個白馬大樓特別的狹窄，狹窄得沒有任何轉身的可能了，連呼吸都必須節省著用了。

其實劉嘉誠跟樊花那天到虎門入貨，根本沒有打算要在虎門過夜的，想著就跟平時一樣，早出晚歸。可是那天虎門不是舉行服裝節嗎？舉行服裝節他們不就買不到票回廣州嗎？回不了廣州不是就要在虎門過夜嗎？在虎門過夜不就是要在虎門睡嗎？這些問題提到這裡，劉嘉誠敢打包票樊花跟他的答案是絕對一致的，可是再往下問，劉嘉誠覺得可就難說了。

那麼，在虎門睡為什麼要跟樊花睡呢？

是啊，為什麼呢？難道因為不想再和樊花搭檔做生意了麼？

那天他們看了服裝節的露天晚會，找了車站旁邊的一間旅館，胡亂吃些夜宵，就應該各自潦草睡去了，那樣就不會有那次刻骨銘心的睡了。可是吃夜宵的時候，兩人還是管不住要耍嘴皮。

劉嘉誠，你肯定經常到石牌村玩。樊花問他。

石牌村那種地方？只有你才會去啊。劉嘉誠心裡一虛，想起那天下午在石牌村，看到的那個女人，可那的確不是樊花啊。

緊張什麼？到石牌村玩有什麼稀奇的，難道你不是男人？是男人都要到石牌村玩啊？低級！

那麼說，你高級？樊花邪邪地笑著看他，滿嘴是炒牛河的油星，在燈光下反著紅光。你低級？滿街找小鴨？小白鴨？不知道為什麼，劉嘉誠有一種挑釁。

接著兩張滿是油的嘴巴都停住了，只有眼睛對著眼睛。

半晌，還是劉嘉誠跟往日那樣，伸過長長的手臂去圈樊花的肩膀，說，好了好了，心肝，是我滿街找你，現在我終於找到你了，我們回家睡覺好不好？

不知道什麼時候，那些看晚會的人們全都散光了，整個車站到處扔滿了廣告傳單，那條寫著「歡迎參觀虎門國際服裝節」的橫幅，在一天的張揚之下，鬧騰累了，終於耷拉在初秋的晚風裡。這個他們一週幾乎出沒一次的車站廣場，黑黢黢，孤單單的，令他們都感到一陣寒意。

換季了！樊花隨便說了一句，用手從劉嘉誠的腋窩下穿過，搆不到劉嘉誠的腰，只好緊緊地扯到了劉嘉誠背上的衣服。

兩個人，像情侶一樣走回了旅館。

沒有喝酒，大家都很清醒，清醒著鑽進了同一張被窩。鑽進被窩以後，他們就一直沉默。好像都在等待一雙手，摘掉他們身上多餘的東西。可是那雙手，只是在彼此眼睜睜地看著的天花板上吊著，怎麼伸也伸不到他們的平躺的身上。

原來，做比說要難得多了。

最後，還是劉嘉誠的手笨拙地打破了沉默。

似乎劉嘉誠所有的經驗在樊花身上都是無效的，無論是石牌村的，還是他湖北老家的，甚至是那些A片裡的，統統無效。

樊花與其說是被動的，不如說是矜持，任由劉嘉誠擺布，像一個無知少女。

我其實，不太懂。劉嘉誠不知道自己為什麼要這麼講，好像要掩飾著一些什麼，就好像要在赤裸的身上拼命擦掉那些裸露出來泛青的紋身，多糟糕的圖案啊，在接近右胸的地方還刺著一個「忍」字，那是他剛出社會混的時候，貪好玩刺上去的，那時候多年輕啊，看別人都刺個「忍」字自己也就刺個「忍」字了。實際上，忍啥他也不清楚。這是劉嘉誠在樊花面前感到窘迫的地方。

也許喝了酒會做得不那麼糟糕。過後劉嘉誠一直是這樣反省的。但是劉嘉誠就是想死也想不明白自己為什麼要說自己不太懂，更加想不明白樊花為什麼裝得像個無知少女一樣。

他覺得真他媽的莫名其妙。所以第二天一大早，他們兩個就拎著幾大包衣服回廣州了。樊花坐靠窗口的位置，劉嘉誠坐外邊，她的臉一直朝向窗外的公路，他幾乎看不到她的臉，只是當窗子上有陰影的時候，才能從玻璃上看到樊花。

你來廣州的目的不是我，我在廣州的目的也不是你。不知對自己說還是對劉嘉誠說，車子一顛一顛的，可這句話卻那麼平穩地從玻璃上的樊花的嘴裡說出來。

劉嘉誠跟樊花「那個那個什麼」了不久後，樊花就談戀愛了，對方是五一八路車的司機，樊花上下班都乘這趟車，聽說以前就認識了，只是沒有好上，現在好上了。

那個五一八劉嘉誠也見過，乾瘦乾瘦的，臉尖額窄，從第一眼開始劉嘉誠就對他沒有什麼好感，雖然也說不上什麼，總覺得這個男人不健康，身體不健康，甚至心理也不健康。大概因為每天重複那條永遠不變的線路，開門關門，關門開門，乘客從他的前門上來又從後門下去了，可他還得坐在那兩平米不到的駕駛位置上，所以養得脾氣大，嗓門大。五一八偶爾來白馬的檔口坐坐，跟旁邊的「臭口李」聊得特別歡，因為兩個人都是廣州本地的，用白話聊天，在這裡是比較稀少的。每次五一八一見臭口李，就開始「丟那媽」個不停，這句髒話是他們的語氣助詞，無論說些開心事還是家常事，都要「丟」個不停。

五一八經常會帶些好聽的事情來聽聽，要不是在車上發生的，就是他在車頭玻璃看出街市看到的，要不是交通車禍慘案，就是馬路搶劫追殺，他的嗓門大，一講，整條白馬C區基本都能聽到。他講那天開到廣園路的時候，親眼看到那些保安狂追三個「摩托黨」，眼看著就追不上了，後來保安拿出一根像水滸裡梁山好漢破連環甲馬陣時用的那種鈎鐮槍，往摩托車的輪子一甩，就鈎住了車輪，「摩托黨」連人帶車就摔出了好幾米遠。厲害啊，聽說後來那些「摩托黨」一直就沒飯開了，很多都跑回老家或者到別的省去了，廣州人，就是厲害啊。後來人家就反駁五一八，關什麼廣州人的事啊？那些保安還不是從外地來打工的？廣州人誰還在這裡做保安？五一八就傻了眼了。樊花在旁邊就更加起勁地嘲笑他，掐掐他的臉說，你以為就你廣州人厲害啊？五一八就趁機去回掐樊花的屁股，要賴地說，你厲害，就你厲害，你的屁股更厲害！於是左右都轟笑了起來，看這小兩口「耍花槍」，像很般配的一對。

樊花對五一八跟對那些男客戶的態度也差不了多少，照樣嘻笑怒嗔，推推拉拉。當然也有不同的地方，那就是五一八會在輪休那天，帶上兩個盒飯，到檔口來坐，陪樊花吃飯，邊吃還邊翻看著樊花放在抽屜裡的那本破爛的出入貨帳本。只有這個時候，五一八才顯得跟那些人不一樣，是個自己人。「米飯班主」，臭口李在樊花面前都這樣稱呼五一八，樊花也總是笑嘻嘻地說，什麼「米飯班主」，八字還沒一撇呢，再說了，他又有什麼本事養我？賺那點濕碎錢。臭口李就會討好地說，不要在這裡「晒命」了，怎麼講也是有份固定收入，三餐不用挨啊。樊花就會笑著揚揚那兩根拔得很細的眉毛。

劉嘉誠最不舒服五一八的地方就是他喜歡翻看那本帳本，陷在一堆衣服裡邊，舒服地靠在那裡，像看小人書一樣有味道地看那本帳本。雖然說，這本帳本根本不能說明什麼，既算不出劉嘉誠和樊花的支出，也算不出劉嘉誠和樊花的收入，只是登記了衣服的型號、顏色、數量，但是，劉嘉誠就是不舒服。可是因為樊花從不介意五一八翻帳本，他劉嘉誠也就沒理由不給五一八看了。所以，幾乎是五一八到檔口坐久一些，他就要找個抽菸的藉口到別的檔口串門。

樊花一邊跟五一八談戀愛，一邊還跟劉嘉誠搭檔，當然還繼續跟劉嘉誠耍嘴皮。至於那個晚上的事情，彼此都像失憶了一樣，有的時候，劉嘉誠都會佩服起這個比自己小四歲的女人來，高手，她還是有很多值得學習的地方啊。他想起那天晚上，樊花跟他在同一張被窩裡，像個少女一樣矜持的樣子，真是覺得很虛偽。他有時候也會想，不知道她跟五一八一起睡的時候，也是那個無知少女的樣子麼？難道她認為男人都喜歡女人在被窩裡這個樣子麼？無論是什麼樣的女人？這樣想著想著，他就會產生一種懊惱的情緒，還不如去石牌村。

然而，樊花跟五一八的戀愛，持續了大概不到四個月，五一八就不再出現在白馬了，當然，主要是因為五一八也不再出現在五一八路車上了。

那是一個夏天的中午，廣州出奇的熱，地面溫度接近四十度，五一八照樣開著他的五一八在各個站點停停靠靠。由於乘客稀少，五一八懶得去摁報站的鍵，一個男乘客錯過了自己要下的站，站在駕駛位置後，用很髒的話罵五一八。剛開始五一八沒有吭氣，因為自己實在理虧，就由得他罵，誰知男人越罵越過癮，罵得大汗淋漓，當然主要是罵五一八的父母祖宗輩。男人要下站的時候，五一八實在忍不住也回罵了起來，車停在路中間，兩個人臉紅了，脖子粗了。別看五一八瘦精精，凶起來的樣子也夠嚇人，乘客們沉默地看著他們，偶爾有些息事寧人的聲音，也是幾個老太太們低聲的埋怨。眼看著就要動手，剛好另外一輛五一八經過，兩輛五一八平行停在六車道的馬路上，後邊一下子就積蓄了一連串的車輛，排頭幾輛知情的拼命摁喇叭，吵嚷聲幾乎遮蓋了五一八和那個男人的爭吵。五一八的同事衝到窗口喝停了五一八，五一八才把後門打開，讓男人罵罵咧咧地下了車。窩著一肚子熱火的五一八必須繼續完成他的站點，把車開得異常凶猛，乘客把心都提到了嗓子眼上，抓緊扶手，期待著自己的目的地早早到達。

可是，偏偏就在還剩下三站到達終點的時候，一個男青年興沖沖地上車了，一上車就用屁股對準收票的電子眼蹭來蹭去，往上蹭，聽不到驗票的響聲，接著往下一點蹭，還是聽不到，往左往右，蹭了好一會，就是捨不得用手把放在牛仔褲屁股袋上的磁卡拿出來照「電子眼」。男青年大概不到三十歲的模樣，臉上暴滿了紅紅的暗瘡，牛仔褲把他有肉的屁股繃得緊緊的，在電子眼上蹭來蹭去的樣子，十分滑稽，甚至還覺得曖昧。五一八看著他在門邊上蹭來蹭去，屁股的方向朝著自己，本來就窩著的火隨著這個扭擺的屁股無限燃燒，二話不說「咻」地站起來，迅速衝出座位，用腳朝那個男青年的屁股狠狠地踹了一腳。

一個男司機和一個男乘客，在炎熱的夏天的中午，在密實的五一八公共汽車上，毆打起來，無人勸架，就跟無人售票一樣。等到交警趕到的時候，五一八的頭已經破了，而那個男乘客已昏厥過去，傷得比五一八重多了。

處理五一八的時候，問他為什麼打乘客，他沒說什麼，只是反覆強調說，這個男人用屁股糟蹋自己吃飯的傢伙。警察說，這根本不是打架的理由嘛。沒有人理會五一八，判了一年。

五一八不再有開公車的資格，當然也不再有來找樊花的資格。當樊花知道五一八已經下崗，她幾乎是迅速地離開了他，她這輛公共汽車又被迫離開了五一八這個站點，被迫地往前開，開著開著，就覺得路越來越窄，越來越窄，她不知道哪一天，又能在哪個站點停靠一會。

離開五一八的樊花看上去沒有什麼改變，旁邊檔的人都說，那麼短命的一場戀愛能有什麼？於是還照舊在樊花面前搬回過去五一八的話來說笑，就好像五一八只是這裡曾經的一個熟客，現在不做了，而樊花每到這種時候，好像也沒有什麼，隨他們取笑隨他們不斷地回想說五一八怎樣怎樣，五一八說過什麼什麼之類的。

只是，樊花留在檔口的時間開始減少，拼了命地到虎門，顛顛簸簸地每次扛回幾大包，拼了命地找客戶推銷，還到處鑽來鑽去開拓新的客源，最近還跟廣州的一些賓館、演出公司等接洽上了批發服裝。反正，樊花眼下、手上、心裡最重要的就是錢。她曾經對劉嘉誠說她現在比較喜歡收現金，如果可能的話，她想把一疊一疊的錢鋪成席夢思，睡在上面，一定會發美夢。劉嘉誠笑她是個守財奴，萬一失火了他不知道是救錢還是救她。樊花就說，誰要你救啊，就睡在上面跟錢一塊燒死拉倒吧。

如果樊花再找不著，劉嘉誠是不是要報到警察局？

倒不是劉嘉誠覺得樊花會有什麼意外，半個月了，樊花失蹤了半個月了，可是劉嘉誠壓根就沒想過樊花會遭到什麼不測，比如被強姦、被劫殺之類的，劉嘉誠統統沒有去設想，他更多地想到，樊花大概被人騙光了錢，沒法回來跟他交代，也不知道用什麼退股給劉嘉誠。

劉嘉誠倒是經常地回憶跟樊花的最末一次見面的情況，以給自己提供些尋人的線索。

他和樊花吵架了。

那天劉嘉誠跟樊花從虎門進貨回來，天色已接近黃昏，走到一半路程的時候，樊花的手機響了，一接電話，原本疲憊得昏昏欲睡的樊花就忽然來了勁。

啊，哪位？哦，李總啊，怎樣？有什麼關照嗎？想我？是不是啊？你們這些大人物還能想到小妹？我？想啊，想有什麼用啊？難道我們這些小人物還敢去找你嗎？

劉嘉誠坐在樊花的身邊，聽著樊花一貫膩味的甜言蜜語，不知道這一次為什麼，心裡就冒出了一股氣，沒名沒分的氣，在這輛坐滿了乘客的中巴上，這股氣越來越升騰。中巴上的電視機演一部港片，是劉嘉誠在中巴上看了好多次的，叫什麼千王之王的，小屏幕上的那個香港笑星周星馳誇張的動作和語氣在劉嘉誠看來簡直就是個小丑，這些語氣和動作更增加了他心裡的氣壓。

什麼？要找女接待？開張剪綵？我行嗎？樊花還在那裡跟那個什麼李總膩味，紅色的短髮下，一張臉蛋，眉飛色舞的樣子。

三圍？我的三圍是……

樊花的話還沒說完，手機就被身邊的劉嘉誠一把搶了過去。

去你媽個B！你個傻B！劉嘉誠對著手機那邊狂吼了幾句，接著把手機往車窗外一扔了事。

樊花被劉嘉誠突然的舉動嚇呆了。沒吭聲，只是那眼睛大大地，近近地瞪著劉嘉誠。

你他媽給我放老實點！劉嘉誠只朝樊花莫名其妙地交代了這句話，就把頭靠在靠椅上，閉上了眼睛，睡覺，任由樊花在他的眼瞼外邊，由她鬧。

可是樊花沒有鬧，就一直安靜地坐在劉嘉誠旁邊的座位上，一直等到中巴到中途一個慣例要去的加油站加油，乘客小便的時候，樊花扯起自己隨身帶的包就跑了。

中巴等了好一會，樊花還是沒有回來。一車的乘客已經等不耐煩了，七嘴八舌地朝司機抗議，司機無奈發動了引擎，還回頭來問劉嘉誠，那個女的是不是不走了？

劉嘉誠不知道怎麼回答。就連他自己也不知道樊花在搞什麼鬼，究竟她會去哪。他不擔心她會迷路或者說出什麼事，只是覺得她不應該什麼也不說就走掉了，害他一個人在這裡被乘客集體抗議。

她不走了，開車吧。劉嘉誠只好順應著司機的提問回答。

劉嘉誠蹲在白馬的檔口，像這些天那樣在人群裡等待樊花。

忽然看到一個女的，背向著他，紅色的短髮，瘦瘦的彈力花褲，緊身的黑色T恤，她的旁邊是一個大胖男人，大胖男人不時用手去扶她的脊背，脊背上的兩塊肩骨隨著女人的笑，明顯而誇張地上下聳動，聳動。那兩塊骨好像是朝劉嘉誠聳動地笑著。

——樊花！

劉嘉誠覺得自己喊了出來。

沒有人應答。那兩塊骨頭還在跟劉嘉誠套近乎。

劉嘉誠要找的那個樊花，就好像他剛才喊出來的那一聲一樣，一張口，就掉落在了白馬熙熙攘攘的人群裡，找不著了。

草暖

草暖今年三十歲了，她給自己未來的十個月訂下一個莊嚴神聖的任務——每一天她都要想兩個不同的名字，一個男的，一個女的，當然最前邊的那個字是根本不需要考慮的，「王」字是她肚子裡的寶貝今生今世的定語，當然也是草暖她今生今世的最前邊的一個姓氏。「王陳草暖」，這是草暖在二十七歲結婚後的名字。

王明白對草暖說，其實真的不需要這樣，結個婚難道連老爸姓什麼都給丟了不成？我姓王，你姓陳，過去姓陳，現在還姓陳，只要你還姓陳就是我姓王的老婆。

草暖說，那還是不一樣啊，我是你王家的人了，當然跟你姓啊，你看香港台新聞經常出來的那幾個女人，什麼陳方安生、葉劉淑儀啊，不都是跟丈夫姓的麼？再說我也沒有丟掉我老爸的姓啊，陳字還不是排在王字後邊，不是還在那嗎？別人一看就能知道我老爸姓陳。

王明白沒有吭氣，他一個大男人每天應對公司的事情那麼多，對這些細枝末節的事情從來不想考究，名字嘛，不就是一個人的標籤罷了，又不是什麼商品的品牌，非做得那麼考究幹什麼？實際上他公司裡的同事見到陳草暖都喊她「王太太」，根本沒有人知道她姓陳，名草暖，更加沒有人知道她把自己喚做「王陳草暖」。

但草暖還是在自己的朋友裡邊堅持喚自己為「王陳草暖」。多麼麻煩的稱呼啊，所以那些朋友無論跟陳草暖真熟還是假熟，都一律自覺地喊她——「草暖」。

自從三月分草暖懷孕以來，對名字的執著簡直就到了變態的地步，好像十個月以後生下來的是一個名字，而不是一個男孩或者女孩。

變態！有一次王明白真的就這樣說草暖。草暖沒有說話，眼睛裡充滿了懷疑，好像懷疑自己肚子裡的孩子跟王明白沒有任何一點關係一樣。王明白那天在公司裡跟董事長產生了一些不愉快，心情比較煩躁，所以順口就說了草暖這麼一句。

草暖當然不會跟王明白爭吵的，懷孕前不會，懷孕後當然更不會了。草暖說懷孕了不能夠發火，要不然會把孩子氣掉的，也不知道她從哪裡來的根據，但是這畢竟對草暖是件好事情，更不用說對王明白了。草暖這個人就是這一點比較合適當老婆，整個人就像她整天掛在嘴邊的那個口頭禪一樣——「是但啦」。只要有人徵求她任何意見，結果別人總會得到她這句話，剛開始別人以為草暖有教養謙讓別人抓主意，久而久之就發現草暖真的是很「是但」。在廣州的白話方言裡，「是但」就是「隨便」的意思。結婚後王明白甚至覺得草暖這樣「是但」的優點，比草暖煲的湯做的菜，比草暖長的樣子穿的衣服，比草暖瘦瘦的小腿尖尖的乳房等等都要好出很多倍。

可是，王明白卻不明白為什麼草暖什麼都可以「是但」，唯獨對姓名這東西卻不肯「是但」，對「王陳草暖」以及無限個還沒有確定下來的「王××」，她從來沒有說過「是但啦」。

從小學讀書開始，草暖就有一個綽號——「公園」，因為在廣州，草暖等於公園，這是誰都知道的。草暖公園位於廣州的越秀區，東風路的末尾，火車站的旁邊，是廣州流動最多人的一個地方，所以，草暖公園既是一個公園，也是一個公交車站的站牌。草暖不喜歡人家喊她「公園」，公園啊，聽起來就像公廁那麼糟糕，再往下想草暖就會更加不高興了。

因為這個名字，草暖問過她的媽媽，她記得很清楚，就那麼一次，後來媽媽跟爸爸離婚了以後，她想再問，就找不到媽媽了。那一次草暖放學回家，看到媽媽在家裡熨衣服，那種很笨重的鐵熨斗，底部經常被草暖用來當鏡子照的，那個年齡草暖比較喜歡照鏡子，只要能看到自己的臉的發亮的東西，都可以被草暖當做鏡子來照，不管是一塊放學經過的櫥窗還是一小片窩在陽台上的積水。草暖長得很像她的媽媽，越大越像了。草暖的爸爸也是這樣說的，包括草暖後來的媽媽也是這樣悄悄跟草暖的爸爸說的。也就是說，草暖一天一天地照著鏡子長大，奇蹟還是沒有發生，她太像媽媽了，而媽媽長得太普通了。

當草暖問媽媽為什麼要給自己取一個公園的名字的時候，草暖的媽媽稍微愕然地抬起頭看著已經高到自己肩頭了的草暖，然後放倒了鐵熨斗，熨斗的底部正正對著草暖的臉，草暖依舊習慣地朝著熨斗照了照。

草暖記得媽媽是這樣回答的——起個名字，是但好聽就得了，草暖，幾好聽啊！

媽媽很「是但」的回答令草暖很失望。說實在的，她多麼希望媽媽能給她一個浪漫的解釋或者氣派的解釋，比如說她跟爸爸是在草暖公園認識的，比如說她跟爸爸在草暖公園散步的時候想到給未來的她取這個名字的，比如說草暖公園那個時候是他們單位共同修建的，比如說草暖公園有一棵芒果樹是當年他們將核埋進土裡然後長成的……

但是草暖是個公園啊，媽媽。草暖不死心，總希望媽媽隱瞞了事情的真相，像她看到的很多言情小說一樣有著一段愛恨纏綿的情節。

公園？公園不好麼？春天來了，草最早就暖了。你不記得了？小時候整天纏著爸爸媽媽要帶去公園的啊？媽媽繼續熨衣服，低著頭處理衣服上很難熨到的皺褶。

可是去公園不是去看草啊，公園有遊樂場啊。草暖還要繼續追問。

那你就當你自己是個遊樂場好了！媽媽笑著刮了刮草暖的鼻子。草暖的鼻子跟媽媽的一樣，塌塌的，刮在上邊，跟刮在一張平臉上沒有什麼區別。

如果草暖是個遊樂場，草暖也許就會很快樂了。可是草暖是公園裡的草啊，春天來了，草就長了，暖了，春天走了，草就矮了，黃了。一年春天有多長啊？尤其在廣州，冬天和春天簡直沒有任何界限，冬天走了一暖就叫熱了，成夏天了。

再說了，媽媽後來也沒怎麼帶草暖到遊樂場。在草暖十三歲那年，草暖的媽媽就搬離了草暖的家，她不知道媽媽為什麼要離開草暖和爸爸，她從來沒有聽到過爸爸和媽媽吵架，但是媽媽卻忽然消失了。草暖什麼感覺也沒有，好像媽媽只是離開她一陣，過幾天就會回來的。直到不久學校召開「單親家庭家長會」，老師遞給草暖一份油印的通知書，爸爸參加了，回來的時候摸摸草暖的頭說，明年，明年我們就不參加這個會了。果然，到了第二年，草暖又有了新媽媽。

長大一點草暖才知道媽媽跑到香港了，跟她一個從小一起長大的表哥一起，說是說去發展，誰知道呢？總之，草暖再也沒有媽媽的消息。

不知道為什麼，草暖總認為是爸爸不要媽媽的，因為爸爸長得比媽媽好看，媽媽能找到爸爸那麼好看的人，也算是前生修來的了，媽媽有什麼資本挑剔爸爸啊？媽媽也更加沒有資本嫁到香港去才對啊。關於這些，草暖和爸爸沒有任何交流，因為新的媽媽一來，草暖的媽媽人間蒸發得徹徹底底了，只是草暖這張臉偶爾會成為某種記憶的禁區。大概因為這張臉的緣故，草暖覺得爸爸不是很希望她結婚後再經常回家。

還好有王明白，他可以順利地將草暖的人生從春天過渡到夏天以及其他別的季節，反正只要春天過了就好，過了就是說開好了頭了，開好了頭後就沒什麼大不了的了。

王明白既是草暖的初戀也是終戀。草暖二十六歲遇上王明白，那時候王明白從學校分配來廣州，是一個外來人口，沒有戶口本，只有一張戶口紙，夾在公司一疊厚厚的集體戶口裡邊，輕飄飄、亂糟糟的。

草暖跟鄰居一起認識的王明白。本來也沒有什麼相親的意思，只是週末單身漢約著一起湊熱鬧，打發打發，人越多越好，所以鄰居就把草暖拉上了。那次是到白鵝潭的酒吧街吃燒烤，大約有十個人，彼此都不是太熟，一個帶一個就組成了一幫。鄰居向他們介紹陳草暖，照例有人提到了草暖公園，草暖照例笑了笑沒做什麼解釋，後來不知道是誰接著問草暖有沒有弟弟，草暖納悶地搖搖頭說沒有啊。那人說，如果有的話應該取名陳家祠。於是人群就都有了笑聲。草暖也笑了，頭一回有人將她跟陳家祠聯繫起來。陳家祠跟草暖公園相隔遠著呢，在中山八路，是過去西關大戶陳氏的舊址，裡邊是老廣州的生活模式，已經成為文物被保護起來。

人群挨著珠江邊吃起了燒烤，樣子都不是特別雅觀，但各自都跟各自靠近的聊起了天，邊吃邊聊，一直到了都看不清腳底是陸地還是珠江了。

草暖混在裡邊，屬於人問一句自己答一句的那種。歷來如此，草暖在人群中就是不起眼的，樣子不起眼，說話也不起眼。

旁邊居然有人很準確地喊她，陳草暖，要不要來瓶可樂？

草暖很驚詫，側過臉去看那個人，一張陌生的臉，雖然剛才每人都被介紹過了，但是草暖一個也沒記住。

這個人居然能記住草暖的姓和名。

草暖回家以後是這麼想的，既然這個人能完整地喊出自己的名字，那就是說這個人注意到自己了，注意到自己了也就是說對自己有好印象了。相反，草暖不是太能看清楚這個人的樣子，在夜色裡只是覺得這個人不算高，有一張稍圓的臉。

所以第二天王明白打電話約她出去吃飯的時候，草暖自然就去了。

後來王明白就有秩序地跟草暖交往起來。

一年以後，草暖跟王明白去登記了。草暖帶著登記有草暖的爸爸和新媽媽的戶口本跟王明白到民政局登記那天，是夏天，廣州的熱浪熏得草暖覺得很不真實，好幾次回過頭看王明白圓圓白白的臉上掛著幾粒黃豆大的汗珠，每次快要滾下來的時候，草暖都用自己的白手帕將它們接住了，然後換到另外一面再給自己擦擦。到了民政局，王明白從胸前的口袋裡掏出那張薄薄的戶口紙攤在桌上，跟草暖那個有封面的戶口本一起，草暖翻到有自己名字的那一頁，攤開了，看看自己的名字，然後看看王明白的名字，心裡才開始一陣高興——自己嫁給了王明白了。

在王明白二十七歲到三十歲之間，不僅身邊多了個草暖，而且還多了很多下屬，短短三年，王明白像坐直升飛機一樣，一下子蹭到了部門經理的位置。草暖笑嘻嘻地過上了好日子，換了一百多平米的大房子，最近，王明白還買了車。

「旺夫唄，有什麼好說的？」草暖美滋滋地對自己的朋友說，她結婚後跟女朋友交往比過去密切了很多，話也自然多了。

實際上，草暖那張一點特色也沒有的臉，實在看不出什麼「旺夫益子」的端倪來，鼻子不高，天庭不飽滿，兩頰無肉，下巴不兜，怎麼看怎麼普通。幸虧草暖不喜歡張揚，要不然妒忌她的人不準會說出什麼話來損她。基本上，她的朋友在她身上得出的結論是——好人還是有好報的。草暖是個好人，好人的定義在她們看來就是：不刻薄，不顯擺，不漂亮，不聰明。所以草暖這個好人過上了幸福的生活。

關於草暖的「旺夫益子」論，王明白雖然嘴上不以為然，但心裡還是有一些相信的。客觀地說，草暖這個老婆還不錯，很顧家，不奢求，不多事。可是王明白更多地想到，自己一個大學生這個時候不冒尖，這輩子要冒尖就很難了。現在不像那種熬資歷的年代了，更多的講究抓機遇，機遇錯過了就回家帶孩子好了。這聽起來好像比較殘忍，但事實如此。

而草暖只是不偏不倚地與王明白的機遇同時出現而已。

關於王明白的機遇論，草暖雖然沒有回應很多，但是心裡也還是承認的。從這個角度來看，王明白就是草暖的機遇。還有，草暖現在肚子裡的「王××」，也是一個機遇。懷上了「王××」，草暖才明白，人要尋找機遇並且逮住機遇，是多麼微妙的一件事情啊。

懷孩子是草暖提出來的。

王明白剛買車那一陣特別喜歡帶草暖出去，打打牙祭，吹吹山風。有時是為了吃大良的雙皮奶開車到順德，有時是為了泡泡溫泉開車到清新，有時甚至為了吃一個牛肉丸開車到潮州……只要離廣州半徑不超過五小時車程的，王明白都喜歡帶草暖出去，草暖坐在王明白的身邊，繫著安全帶安靜地聽王明白車上放孟庭葦的歌。孟庭葦據說是王明白學生時代的偶像，一直喜歡到他當上了經理，並且開上了私家車了，還是初衷不改。草暖不喜歡這個孟庭葦，她還是比較喜歡聽粵語歌，什麼梅艷芳、劉德華的，她都喜歡，她覺得用粵語說話，高高低低，長長短短，味道都很婉轉，光是說話就像唱歌，更何況唱歌？

這一次，王明白帶草暖到東莞說是看一場內衣秀。草暖不是很想去，可是王明白想去，他說他們公司有幾個經理都會帶家屬開車去看。這樣一說，草暖就覺得有必要去了。草暖是王明白的家屬啊，能不去麼？再說，看的是內衣秀啊，當然要帶家屬去了，難道要幾個男經理一起去？不太好吧？草暖當然去了，而且穿得很整齊。

到了東莞，草暖跟另外幾個家屬坐在一桌，男經理們則坐在另外一桌。那些穿著內衣的「內模」讓草暖看得很陶醉，草暖覺得真美，不是內衣美，而是身材美，女人美。她承認，女人美起來真的連女人都會被打動的。其中有一個草暖就特別喜歡看，每次輪到她上場，草暖的目光都不會離開她。草暖看那女人的時候偶爾也會想想自己，如果自己穿上那些內衣也會這麼好看嗎？其實這還用問？當然不會啦，草暖小時候很喜歡照鏡子，長大以後就不怎麼喜歡照鏡子了，穿著外衣的時候不怎麼照，更不用說穿著內衣照鏡子了，草暖早就記下了鏡子裡的那個自己，普通得沒有任何奇蹟的機會。

真是美啊，男人們不知道會怎麼想？其中一個家屬由衷地嘆。美有什麼用？她們很慘的，找不到好老公才拋個身出來給人看的。另外一個家屬接話，有些嫉妒的成分。

也是，她們就是因為找不到好老公才出來當「內模」。草暖在心裡這樣認同但沒有附和。側過頭去另外一桌看王明白，他跟幾個經理一起，講講笑笑，也猜不出在說台上的還是別的什麼。

看完內衣秀回家的路上，草暖的手機響了，是草暖一個久不聯絡的表妹，剛說不了幾句，手機就沒電了，於是草暖用王明白的手機給打過去，並吩咐表妹將她家裡的電話發短信到王明白的手機上，王明白不經心地瞥了一眼短信就把手機閉了。回到家，草暖問王明白表妹家的電話是多少，王明白看也沒看手機就把號碼背了出來，草暖不相信，要王明白給手機給她看，王明白給她看了那條短信，居然一個號碼不差！草暖心裡忽然有一種恐慌，莫名其妙的。王明白的記性原來是天生的好！

那當然，我的記性在讀書的時候都是班上最好的。王明白很得意地笑了。

一直都那麼好？那麼準，那麼牢？草暖求證。

又準又牢，所以考試總是考得好，現在記客戶名字和電話也記得很準確。王明白大概覺得這是自己的絕活，也是自己升職的一個訣竅，沾沾自喜地窩在沙發上，翹起二郎腿翻報紙。

草暖想起那個白鵝潭的夜晚，王明白準確地問她，陳草暖，要不要可樂？連名帶姓地。王明白不認識草暖這個表妹，也許壓根都不知道草暖還有這個表妹。草暖並不害怕王明白認識這個表妹，她只是害怕王明白的記性。

這種害怕隨著草暖幾個月後踏進三十歲一起踏進了草暖的心裡，就跟三十歲這個年齡一樣，趕都趕不走了。

三十歲生日那天，草暖覺得有必要去髮廊修修頭髮了。草暖平時做頭髮喜歡在附近的一個小店裡，店不大，也不是什麼名店，但是對付草暖那簡單的一把長頭髮，綽綽有餘了。草暖習慣到那裡，一是因為師傅都熟悉了，二是因為師傅都不愛跟客人說話。是的，草暖剛開始以為師傅是不愛跟自己說話，後來她觀察過了，他也不太跟別的客人說話，只是喜歡在鏡子裡盯著客人的頭髮而不是眼睛看，這讓草暖感到很自在，師傅專心對付的僅僅是一把頭髮而已。她不喜歡別的那些髮廊，無論是師傅還是小工都圍著自己團團轉，一會兒問她的工作怎樣，一會兒看著鏡子裡的她誇她臉上的某個五官，一會兒還問她家裡的先生如何，諸如此類的。草暖是個人問一句就答一句的人，即便不會多說，但總是不忍心不回答不理會，但凡問了就會回答，而且回答大多準確。所以，草暖只去這家髮廊剪頭髮，喜歡這樣無聲無息地坐在椅子上，偶爾看看鏡子裡的自己，更多的時候是翻看理髮店的雜誌。

頭髮洗濕之後了。草暖照例拿起一本時尚雜誌來看，一翻就翻到了一頁，大概因為人翻的次數多了，所以不由得草暖的手控制，一滑就滑到了那一頁。

這一頁是心理測試題。標題是——看看你生命中的最愛是什麼？

類似這樣的測試題，草暖看過無數次，幾乎翻開每一本時尚雜誌，做得光鮮、花哨的，基本上後邊都會有不少這樣的測試題，測感情的，測理財的，測魅力的……不需要看對象的，叫ＤＩＹ，就是自測的意思。

在每道題選擇答案的地方，都有人用筆打了鈎。其中有一道很簡單，上面有幾個人的字跡。題目是這樣的：

如果你在沙漠裡迷路了，不得不按順序放棄你身邊所帶領的動物，牠們是：老虎、大象、狗、猴子、孔雀，那麼你放棄的順序是怎樣的？（結果請查看一百二十一頁）

草暖看了看已經有人選擇的順序，有兩個選擇將老虎放在前邊，有一個是猴子，有兩個是孔雀。

草暖不知道那代表著什麼結果。

此時師傅將草暖頭頂那縷頭髮暫時掀到了前邊，這樣草暖的整個臉就被擋了，埋在頭髮裡，草暖將那些動物排了個順序：老虎——大象——狗——猴子——孔雀。

她設想，自己在沙漠裡，沒有食物、沒有水，自己都顧不上自己了，當然要先捨棄一些大塊的包袱了，要不然跟牠們攪著一齊死不成？也許，放了牠們還能夠憑本能逃出生天呢，而猴子和孔雀是最需要保護的。

草暖生怕自己忘記了這個順序，在嘴上喃喃地念了兩遍。

臉上的頭髮被撥走了，後邊的師傅看了看草暖，草暖的眼睛在鏡子裡正好跟師傅的眼睛對接了一下，草暖的臉一下子紅了起來，而師傅卻沒有任何表情，把眼光挪回到了草暖的頭髮上，大概是習慣客人都會翻到這頁做這道題吧。

沒準師傅是最早做的一個呢。草暖心裡偷笑。

按照題目後的提示將雜誌翻到了有結果的一百二十一頁，也是很容易一翻就到了。

草暖看了一看，心裡就樂了。

這些動物原來分別代表著每個人人生裡的一些東西：大象——財富，老虎——事業，狗——父母，猴子——孩子，孔雀——伴侶。

草暖心裡一樂，接著就糊塗了，她記得自己的順序前邊是老虎，接著是大象，後邊是狗，沒有錯，但是最後兩個，是猴子在前還是孔雀在前的？她有些犯糊塗了，翻回到題目那頁看題目，老虎、大象、狗、猴子、孔雀，這是題目的順序，自己不可能按照題目的順序一成不變地選擇的啊，那就是老虎、大象、狗、孔雀、猴子？好像也不是啊。

草暖就這麼猶豫著。

如果按照答案，那麼轉換成的結果就是：事業——財富——父母——伴侶——孩子（或者孩子——伴侶）。

草暖還真沒有想過在伴侶和孩子之間，自己到底會先放棄誰。但是，她從來沒有想到過要放棄王明白，而孩子，因為沒有出現，更加談不上放棄了。

知道答案以後，草暖就再選不了最終的結果了，到底是猴子在前孔雀墊底，還是孔雀在前猴子墊底呢？草暖永遠沒有自己的答案了。

頭髮終於做好。師傅拿出一個小鏡子，讓草暖反看後邊的頭髮形狀，草暖很笨拙，小鏡子總是對不準後邊的頭髮，有好幾次從大鏡子裡看到的小鏡子裡竟然是身邊的師傅一張嚴肅的臉。草暖有些尷尬。

很好了，謝謝。其實草暖壓根就沒有看到自己後邊的頭髮。師傅當然也知道，但是沒有吭聲，笑了笑，說，下次再來啊。

走出髮廊，草暖不知道是因為修理過了頭髮還是什麼，居然感覺很良好，風一吹，有些許飄逸的味道。草暖路過櫥窗看了看，年輕了一些似的，依稀看到了少年時代滿馬路找櫥窗照的那個自己。

晚上王明白帶她到花園酒店的扒房吃西餐慶祝生日。

兩人在燭光下吃得一半，忽然草暖想起了那道簡單的測試題，就同樣拿來讓王明白選擇。

王明白想了一下，給草暖一個順序：孔雀——猴子——狗——大象——老虎。

草暖一聽，愣在了那裡。

她問的時候沒有想到過王明白的答案，現在王明白做了答案，就出問題了。換算對應的結果順序是：伴侶——孩子——父母——財富——事業。

草暖心裡很不舒服。

我的順序剛好和你的顛倒過來。現時，草暖可以肯定她最後放棄的是孔雀而不是猴子，並且是堅定地肯定，為了跟王明白完全顛倒。

這些東西騙人的，虧你還去相信。王明白看出了草暖的不舒服。

可這是你心裡選的，除非是你心裡騙自己？草暖反問王明白。

你想想看，這是常識嘛，在沙漠裡迷路了，當然先甩掉那些沒有幫助的甚至拖累自己的東西了，保存實力，出去了再返回來拯救牠們啊，像孔雀猴子狗之類的。王明白跟草暖辯。

可是，那些有實力的自己可以自救啊，先放棄牠們牠們或許還可以活命啊，像老虎大象之類的，放棄那些弱小的，返回來肯定找不著了。

王明白想了一下，把手中切割好的一塊牛扒放到草暖的碟子上，說，這簡直都不是一個維度上的比較，完全兩種思維，你不要去踩這些陷阱，會擾亂人心的，更加不要庸人自擾啊。

草暖想再說些什麼。但看到王明白把肉放到了自己跟前，不由得就動手去叉那塊肉來吃，黑椒醬是王明白的最愛，草暖逐漸也喜歡上了那股胡椒的辣味。

那天晚上回家後，王明白要做愛，草暖就決定要有個「王××」。

一決定了，草暖就懷上了，王明白既不知道草暖的決定也不知道草暖那麼容易就懷上了。

那就生下來吧。王明白無任何疑問。

那樣，草暖的肚子就一天一天地自由散漫地大了起來。

草暖肚子裡的「王××」還沒有來到草暖和王明白的生活裡，古安妮就先一步來到了草暖和王明白的生活裡了。

王明白的女祕書叫古安妮，像一個混血兒的名字，可是草暖知道她不是混血兒，是江蘇人，長得高瘦，頭髮烏黑發亮，臉上光光白白的，眉毛淡淡長長的，說不上很美，但是很有味道。對於草暖這樣長相普通的人來說，古安妮算是一個打不敗的對手了。當然，古安妮不是草暖的對手，她只是王明白的祕書，是在上班時間照顧她丈夫王明白的人。

草暖不是沒擔心過古安妮跟王明白會成為那種「經典關係」，但事實證明他們不是這樣的關係。

這是事實。

王明白有一天回來很氣憤地對草暖說他的祕書古安妮肚子大了。

當時草暖的肚子也開始大了，可以從肚子的外形想像孩子的頭手腳了，所以她一聽到王明白氣鼓鼓地說有個女人肚子也跟她一樣大了，她首先想到的就是，有多大了？幾個月了？孩子踢媽媽沒？

很顯然王明白並不是想跟草暖說古安妮的肚子，而是說古安妮。

古安妮是誰？

古安妮是我祕書，去年來的。

古安妮的肚子大了又怎樣？

古安妮是江蘇人，我面試的時候將她招來的。顯然，王明白真的不願談古安妮的肚子。

古安妮的肚子大了不能在你那幹了麼？草暖關心的是古安妮的肚子。

古安妮很能幫忙，做事情很有條理，而且態度好。王明白還要跟草暖說古安妮這個人，可是草暖並不太想知道古安妮這個人，只想知道她的肚子，因為她不認識古安妮，也從來沒有見過。

但是後來草暖還是見著古安妮了。草暖代表王明白去找古安妮，當然王明白並不知道。

草暖想到要去找古安妮，並不是因為古安妮跟自己一樣都是大肚子的女人，也並不是因為古安妮的肚子跟自己的肚子有什麼關聯。只是，這個大了肚子的古安妮影響她的丈夫王明白的睡眠質量了。

自從王明白告訴草暖他的祕書古安妮肚子大了之後，草暖發現王明白就在一種焦慮狀態中，吃不香，睡不安，最重要的是，經常莫名其妙就義憤填膺，也經常莫名其妙就很無奈。

古安妮的肚子跟你有什麼關係嗎？草暖問王明白。但是她相信不會有什麼關係，倒不是草暖有多自信，只是因為王明白下班一進門就告訴草暖這件事了，讓草暖覺得好像是他們夫妻倆要共同面對的一些雜事，比如汽車被人撞壞了車燈要索賠，比如小區的管理混亂經常有傳銷商進來很不安全，諸如此類的。王明白就是當成一件事來告訴草暖的。

當然沒有。王明白很坦白。

那，古安妮的肚子跟誰有關係？

她說是董事長的。

那，你為什麼要生氣？草暖有些納悶。

我生氣是因為她不告訴我，她居然跟董事長有一腿。王明白像個受傷的小孩。

這種事情還要匯報你，經得你同意？草暖覺得王明白有時候很令人哭笑不得。

她是我的祕書，我親自招來的。

可，她又不是你的人。

王明白聽草暖這麼一說，就更加來氣了，在房間裡走來走去，不坐也不站。

草暖後來才一點點地知道，古安妮告訴王明白，她被董事長看上後兩人就同居了，董事長開始承諾會跟他老婆離婚娶她的，誰知道，她等了一年也沒見董事長有什麼離婚的動靜，於是就故意懷上個孩子來威脅董事長，已屆中年的董事長不吃她這一套，壓根就不當回事。眼看著肚子一天天大起來了，她只好警告董事長，如果不跟她結婚她就把孩子的事告訴她的直接上司王明白，讓他身敗名裂。董事長聽了之後，冷笑一聲說，他王明白算個球，我開了他！

關鍵不是古安妮的肚子，而是董事長那聲冷笑。當古安妮把董事長的話照搬給王明白聽之後，古安妮的肚子已經不是一個已婚男人和一個未婚女人的庸俗故事了，成為了一個男人和一個男人之間的糾葛了。

男人和男人之間的糾葛，當然不是指情感的糾葛啦，權力、金錢、尊嚴等等等等才是男人的鬥爭。

那個中午，兩個挺著肚子的女人，桌子前放一杯清水，那是草暖的，古安妮喝的是咖啡。草暖很想告訴古安妮書上說懷孕的時候喝咖啡對胎兒不好，可是草暖克制住了，這不是這場談話的重點。

我覺得你這樣行不通的。草暖說話開門見山。

他會心軟的，他是愛我的，只不過放不下他的孩子。古安妮說話跟接電話時一樣好聽。

可是你和他的孩子還在你自己肚子裡啊，他又看不到的。

可那終究是我和他的孩子啊。

他的孩子已經會代替他太太撒嬌了，你的還沒出生。

可是孩子終究是會出生的啊。

要麼你辭職把孩子生好了跟他結婚，要麼你辭職把孩子打掉離開他。草暖接連用了兩次辭職，她希望這個美麗的古安妮能離開王明白的公司，不管她要不要這個孩子。好像只有古安妮辭職了，王明白跟董事長的糾葛就從此煙消雲散了一樣。草暖是這麼認為的。

沒想到過了幾天，草暖就真的聽王明白說，古安妮辭職了。

草暖心裡一陣驚喜，也顧不上問古安妮的肚子是不是還在。

王明白看上去卻有些悵然。

吃飯的時候，草暖問王明白，那個古安妮美不美的？

王明白想都沒想就回答草暖說，美的吧。

草暖的肚子越來越大，已經進入生產倒計時了。她忽然有些捨不得她的孩子離開她的肚子，好像孩子出生了，她的肚子就空空洞洞了，而她每天琢磨的那個「王××」一落地，性別、模樣、名字、一生，這些，就在世界面前揭曉並且塵埃落定了，也許孩子在肚子裡的種種理想就會變成神話，每天過得都像等待奇蹟一般，而草暖知道，等待奇蹟的日子其實並不很好過的。

那個黃昏，草暖就這樣傷感地想著，坐在沙發上，也不知道時間什麼時候過去的。直到王明白下班開門走了進來。

草暖慢慢撐著腰走過去接王明白的公事包，然後拉著王明白的手說，我想好了，要是生個男孩就叫他王家明，要是個女的，就叫她王家白，好不？

王明白沒來得及細想，心頭就一陣感動，點了點頭。等到自己換好了拖鞋轉過身來，看到他的老婆，王陳草暖，挺著個大肚子，窩在淺綠的沙發上，穿一身紅底黑點的裙子，像極了附在草葉上的一隻披掛著鎧甲的大甲蟲。

證據

搬進新家後不久，他們在水世界訂做了這只高一米七，長三米的魚缸。店家贈送了二十八條紅通通的發財魚，唯獨掛單了一條黑色的藍鯊。大師說，這是風水。新魚缸進屋的頭一個月，必須單出一條黑色魚類，等過了一個月，才可任意改變。

這群紅光滿面的發財魚並沒討得沈笛多少歡心，她喜歡那條掛單的藍鯊。沈笛認為她不應該叫做藍鯊，她完全不是那種凶猛的鯊魚類，相反，她比水還柔軟。她全身黑得發亮，絲緞般綿柔；她緊致細長的梭形身體，拖著一條長紗裙，優雅獨立。她從不搭理那群忙碌的發財魚，她對牠們避之若婺。她一來就總在魚缸左上方那只出水小孔邊轉悠，只吃漂浮到小孔周圍的那幾粒魚食。

沈笛認為藍鯊是女性。沈笛倚在她的玻璃前，跟她講話，她一點反應也沒有，即使用手去拍玻璃，她也無動於衷。沈笛對她產生了憐惜，想，她應該找個男朋友。沈笛在那群發財魚當中為她物色了一條。他身材魁梧，反應敏捷，搶食生猛，尾巴上有一塊霸氣的黑斑，特別好認。她有意用魚食將他引向她身邊，好幾次，他的嘴巴都要吻上她的紗裙了，卻被她果斷甩開。沈笛嘆了一口氣，說：「真是個傻妞啊，從這個小孔鑽出去，你就沒命啦，知道不？」她渾然聽不到沈笛的話。

有一個晚上，沈笛夢到了她。她從那只小孔鑽了出來，渾身傷，掛著螢光，游到沈笛的床邊，她張開口，想要說話，沒想到卻吐出了很多水，嘩啦嘩啦把沈笛弄濕了一身……沈笛一個冷顫，醒過來了，聽到外邊下起了大雨。臥室格外黑，只有牆上的電視機亮著一個小紅點。大維裹得嚴嚴實實的，露出一隻腦袋在枕頭上，睡得很沉。沈笛披衣走到窗前，掀開窗簾一角，雨點就像一群群疾行的人，在路燈前踮著腳尖趕路。她朝暗處的桂花叢望去，差點沒叫出聲來——一個穿著黑裙子的女人站在那裡，向她看過來。她驚了，扔下窗簾。隔一會兒，再掀開一點點窗簾，看向桂花叢——女人沒有了。她捂著自己的胸口，仔細看那個地方，才相信是樹影。沈笛又走到客廳，打開魚缸的燈，在燈光亮起的瞬間，她看見一堆紅影從那只小孔周圍急速散開，那群發財魚慌亂地躲回到假山背後。跟所有的白天沒兩樣，她依舊附在那個地方，一動不動，任流水撩動她的黑紗裙。什麼都沒有發生。

「老公，我們給她再配一個同伴吧？嗯？」講完昨晚那個夢之後，沈笛從後邊抱住大維，將雙乳壓在他的後腦。

大維正坐在電腦前瀏覽當天新聞和論壇，這是大維一日之始的必修課，他總在上邊覓些有價值的言論，收藏起來。

大維看得很專注，他的腦袋紋絲不動。沈笛又用乳房蹭了幾下，撒起嬌了。大維終於理她了：「那可不行啊，得一個月後，一個月後格局才能改變，風水不能輕易破壞的。」大維的後腦勺朝後點著，一下又一下，觸著她年輕的乳房。

沈笛繼續磨他。大維只好轉向她，如同他每一次在公共場合講話一樣，認真地說：「所有真理都是經驗總結出來的，是踩在前人反覆失敗的慘痛中獲得的，所以，你要認真相信。」

關於給藍鯊配同伴的話題，實際上他們討論了不下五次。

「風水是真理嗎？不是那些騙錢的大師亂扯出來的規矩嗎？」沈笛嘟囔著。

「傻妞，這些話語能被眾人相信，肯定有很強的邏輯，是不好推翻的，不然什麼叫話語權？」

「你呢？你信嗎？」

「我信。」

大維這副表情是很有說服力的，她屢屢被他說服。「好吧，你信我也信。」

大維溫柔地親了她一下。

大維的話就是話語權。無論在哪方面，只要他說出來，就會有人相信，必要的時候，還會被引做爭議的佐證。「如同大維說的……」、「大維在去年的國際論壇上說過……」大維的名字通常被夾在一連串的話語當中，彷彿他就是一個證據的戳印，一旦蓋上，爭議就變得稀疏。這些年來，大維這只戳蓋在了法律、軍事、文學、國際關係，甚至婚戀的言論上。沈笛曾在一檔紅遍中國的婚戀交友節目中，看到過大維作為特邀嘉賓出席。主持人問他，比較看好哪一位女嘉賓？他說，從結婚的角度看，是四號，她雖然不是最漂亮的，但秀外惠中，是中國男人理性的選擇，最不看好的呢，是九號，她雖然貌美，又是外企高管，但這類女性往往很難將自己嫁出去，在當下，女性有個金字塔定律，九號女性是塔尖上的，四號女性是塔中間的。一般來說，塔尖和塔基都是老大難。這是中國目前的現狀。大維的一番分析，贏得了台下熱烈的掌聲。不僅如此，沈笛還在一檔熱門歌手比賽節目裡，聽到了大維的聲音，他煞有介事地評價了歌手的水平和出身，還從娛樂文化角度預測了哪位歌手今晚將奪得冠軍。

無論哪個話題，大維都不怯場，而且信心百倍，彷彿地球是被他說圓的。

如果你剛剛知道大維這個名字，是難以確定他的職業的。沈笛也是後來才清楚——大維是個律師。準確地說，他曾經是個律師，從為落拓的盜版書商打官司開始，發展到為房地產老闆處理離異家產，二十多年後，他不再接官司，自己開了家「大維律師事務所」，手下養著七八個夾公文包到各地開庭的年輕律師，他則變身為一個人物，某個引發社會反響的案子冒出來，他的頭像同時會出現在電視電話採訪和網絡微博上。

沈笛第一次是在電視錄播現場見到大維。他在台上，是嘉賓，她在台下，是群眾演員。那會兒，沈笛還在藝校讀書。那檔電視節目播出的時候，她統共有三次特寫鏡頭，偏著腦袋，像在聽，又像在想心事，感覺到鏡頭正對著自己的臉，剛要調整表情，電視又切換到大維的臉了。他很有鏡頭感，腦袋總是側偏在四十五度位置，這可以修飾他過於渾圓的臉，五官能被鏡頭攝出些輪廓來。沈笛在微博上，將她那三個特寫鏡頭截圖發布。大維就在那三個鏡頭中，定格了她。

「你崇拜我什麼？」第一次約見的時候，大維直接問沈笛。

沈笛回想起那條微博，只記得當時光顧著自己那三張照片了，她寫下：第一次在電視上看到自己，竟然是跟大維老師一起做節目，他簡直就是我的男神啊！！

是啊，她崇拜他什麼？要不是他在微博上給她發私信，她差點就忘了他長什麼樣子，他長得實在太不深刻了，她更加不記得那次節目他講了什麼，他的話對她而言，實在太深刻了。她只記得他的名字，他有幾百萬的粉絲團，而她，算上那支上門滅白蟻的推銷公司，勉強剛夠二千五百粉。

「我崇拜你什麼？……」在大維強勢的目光下，沈笛臉紅了，彷彿虛榮心被看穿。「你，你是名人呀。」

「哈哈哈。」大維爆發出一陣笑聲……

結婚後，沈笛問大維：「你喜歡我什麼？」

大維想了想他們的第一次見面，很快浮現出那個白皮膚的性感美女，實際上，她當時臉一紅，他就心動了。

「我喜歡你什麼？你現在還不知道？」

沈笛真的不知道，即使她已經成為他的妻子——這個合情合理合法的角色，她還是滿腦的不知道。沈笛，沈笛，不要去想啦，想太多會長皺紋的。這是沈笛自己對所有問題給出的答案。她今年二十六歲，衣食無憂，唯一煩惱的是，到了三十歲，該穿什麼風格的衣服？

跟大維結婚後，沈笛就成了全職太太，大維說，你現在的工作就是當個好太太。沈笛點點頭。在超市選圍裙的時候，看到有一個牌子就叫「好太太」，沈笛差點笑出了聲音。

沈笛的確是個好太太。又好又美。她會趕在大維下班的時間，精心打扮好自己，穿著漂亮的裙子，在灶台邊洗菜、擇菜，掀開蒸鍋的那一陣煙霧，讓她覺得自己是下凡的仙女。看起來，大維很滿意這個「好太太」的形象，心情好的時候，他會走到廚房，從身後抱著她，臉貼著她優美的頸線，手把手地跟她一起炒菜，像跳貼面舞。沈笛的幸福感從背後升起。

不過，沈笛這個好太太又跟其他的太太有那麼些不一樣。他們住的這個高檔小區，花園中心有個噴水池，白天，那裡總會聚集著一些穿睡衣的太太們，她們或者推著嬰兒車，或者拉著買菜籃子，坐在長凳子上，嘰嘰喳喳，嘻嘻哈哈。沈笛每次都會繞過這個噴水池，穿過一條窄窄的花徑，繞遠路回家。說不出什麼理由，沈笛不願意與她們為伍，她寧可待在屋子裡，看那些不會講話的魚兒。

那只用來搞風水的魚缸，成了沈笛的萬花筒。她可以很長時間地站在魚缸前，看裡邊那個世界。假山上的水車一直在呼溜呼溜地轉，魚會用唇去跟它嬉戲。最有意思的是，那兩條一直匍匐在缸底吮吸垃圾的清道夫，瞅著某個安全的時刻，也會升起來，嘴巴磁石般黏牢一片塑料水草，身體自由地在水中三百六十度旋轉，就像兩個花樣游泳的美少年。她還注意到有一條雙頰特別鼓的發財魚，有一種絕活，在魚食被統統搶光之後，牠會從嘴裡吐出一小撮嚼碎的渣沫，引起了魚的新一輪搶奪，而牠則得意洋洋，享受著那種眾星捧月的感覺。

魚已經習慣這個站在魚缸前的女人了，牠們有時會隨著沈笛的走動而游動，一忽兒左，一忽兒右，彷彿在自覺接受訓練。當然，那條藍鯊除外——無論沈笛怎麼設法引起她的注意，她都泰然若素。看久了，沈笛就有一種衝動——躺進魚缸裡去。她記起那次到澳門的威尼斯賭場，滿牆做成一個海底世界，有各種叫不出名字的魚在游，猛然，燈光一閃，水裡竟游出兩條美人魚，苗條的「魚身」豐滿，裸露的胸部看起來也水分飽滿，兩條長腿裹在分叉的「魚尾」裡。也不知道她們如何能固定在水中的。她們長時間貼在水牆內，長髮披散，面帶微笑，引得遊人爭相合影。大維站在兩條美人魚中間，拍下一張頗有奇幻效果的照片。沈笛說，發到微博上，一定被置頂。在這方面，大維從不接納沈笛的意見。離開賭場前，大維要求在門口留影，並一再叮囑沈笛，拍進門口旗竿上豎著的五星紅旗。幾分鐘之後，這個跟五星紅旗一起站在威尼斯賭場門口的男人，就站在了他的微博上——「我在這裡」。他的臉上，表情認真。大維總是能找到他「在這裡」的位置。這張照片轉發一萬五千五百七十〇，評論二百八十九，令沈笛咋舌。

站久了，沈笛的腰有點痠，肩膀發硬，索性，她扶著魚缸壁，練起功來。好兩年不練功了，藝校的那點基本功眼看就要荒廢。她挺胸收腹，時而踮腳，時而彎腰，時而後踢腿。她在魚缸前跳起了簡單的舞蹈動作，邊跳邊從玻璃上看自己的影子。那群發財魚被她的一陣亂晃嚇住了，集體逃逸到假山背後，有幾條探出了腦袋。那條孤獨的藍鯊呢，她的唇一開一闔，追逐著從那孔裡冒出來的一串水泡，眼睛彷彿斜瞅著她。沈笛覺得她比來的時候瘦了，雖然還是固執地待在那個位置，但是，身體多少有些不支，在一串水泡帶來的衝擊之下，有些搖擺不定。唉，這傻妞，看來是養不活了。

身體的活動多少排遣了一下沈笛的鬱悶。書上說的，人在運動的時候，大腦會大量分泌內啡肽，也被稱為快樂激素，能讓人產生歡樂、幸福的感覺。如何保持年輕和歡樂，是沈笛結婚後的專業必修課。她都想要拜那群多動症的發財魚為師了，牠們或許連睡覺都不需要呢。沈笛羨慕起魚來。當然，不包括那條憂鬱的藍鯊。

大維有個很奇怪的習慣，每次在外邊接受採訪或者出席完一次演說，回家一定要吃水煮魚，最好能把自己的舌頭辣得麻痺。娶沈笛前，大維對她提的唯一要求是：能煮一鍋香辣的水煮魚。於是，沈笛報名學烹飪，專攻川菜水煮魚。沈笛到現在都搞不懂，大維是廣東人，為何獨愛這一味？大維脫下西裝，穿上闊大的家居服，被一盤水煮魚辣得感激涕零的樣子，沈笛頓時滋生母性。

她替他擦去額頭上的汗。

「年輕的時候，我說了很多真話，也沒人相信……現在，我說一句是一句……嘿，這世界……」實在太辣了，大維把舌頭伸出空氣中，彷彿那東西膨脹得塞不進嘴了。

沈笛有點心不在焉。她不知道怎麼開口跟大維提。上午，當年在藝校玩得比較好的那幾個女同學，約沈笛參加她們的閨蜜會，其中一個小有名氣的演員，包了一個會所，請她們過夜，吃大餐品美酒做美體ＳＰＡ，重頭戲是同居臥談——就像當年住集體宿舍一樣。

「呃，老公，明晚同學聚會，我要在外邊過一夜……」

「過夜嗎？跟誰？」大維警惕地盯著沈笛。他的嘴唇被辣得像抹了口紅，眼睛也紅紅的。

沈笛只好向大維介紹起那幾個女同學，她下意識地沒說起那個演員。

「親愛的，我想，你還是不要去吧，倒不是怕什麼，你難道不清楚，你睡著了之後……」大維停了下來。兩人陷入一片安靜中。

沈笛聽到魚缸裡水循環、冒泡的聲音，夾雜在增氧棒輕微的嗡嗡聲中，如同客廳裡建了個荒郊小水庫。

大維說過，沈笛睡熟以後，鼾聲如雷，簡直，簡直不可想像，這麼苗條精緻的年輕女孩，哪來那麼大的力氣？「你連礦泉水瓶蓋都擰不開，可打起鼾來，就像一個疲憊的送水工人。」大維第一次半開玩笑地說這事的時候，沈笛想死的心都有，她紅著臉爭辯：「怎麼可能？簡直就是誣衊！」讀書的時候，一間宿舍六人同住，從來沒人提過她打鼾。

「那是別人包容你，不忍心告訴你，你想啊，這事發生在一個美女身上，還不等於毀容？」大維輕輕地刮一下她的鼻子。

沈笛不敢相信這是真的，但也再不敢在其他人面前睡著，對於她來說，睡著就是一種冒險。

沈笛總是會費很大力氣去控制自己的睡眠，她希望自己能睡在大維之後。一旦意識開始迷離，她就用理性把自己搖醒。這是一件非常殘酷的事情，就像站在懸崖邊上，欲墜未墜之時，被巨力狠狠地拉了一把，清醒過來後，久久難以入睡。大維多次阻止她這麼做。他擁著她，輕輕地拍她入睡。他輕聲說：「沒關係的，沒關係的，夫妻之間哪有什麼隱私？夫妻之間就是要彼此包容彼此的缺點，這樣才真實，才長久，知道不？」大維的話即使變成了催眠曲，還是那麼有力量，不可抗拒地使沈笛徹底放棄理性，乖乖地睡著了。

某些個清晨，她睡得飽飽地醒來，伸個幸福的懶腰，大維會調侃她：「睡飽了吧？鼾聲都快把你老公震到床底了。」

沈笛把頭深深埋在棉被裡，就好像剛發現下體的經血滲漏到了白裙子上。

對於打鼾這件「怪事」，沈笛很多次嚴肅地問過大維，到底是不是真的？

「當然，我騙你幹嘛，又不是什麼甜言蜜語。」

現在，看起來，大維的舌頭已經恢復了些知覺，不再做出在空氣裡伸縮的動作了。沈笛的筷子擱在那只臥虎筷架上，她不吃了。

「老公，我睡著了真的會……？」

大維毫無保留地點了點頭。「會。」

「你……有證據嗎？」

「我就是你的證據。」

沈笛真想大哭一場，就好像確診出了一種不治怪症。

沈笛沒去參加那個同學聚會，她的心情很壞。她端著一杯伯爵茶，坐在陽台的搖椅上，回憶起上次她們的聚會。那應該是在她結婚不到兩個月之後。她們要求她講講自己的名人老公，沈笛既感到虛榮，又不知道講些什麼好，只是對大維酷愛水煮魚這件事說了好幾遍。有個專門研究男人的女同學說：「看來，你老公，是個喜歡刺激的人……」神情曖昧。其他女同學都起鬨，要沈笛深入講講大維床上的事兒。沈笛從不鬆口。一幫子二十來歲的年輕女孩兒，談性事幾無障礙，甚至跟評價某種美食般自然。可是，沈笛在這方面是不能說的，是絕密，是封存的檔案。大維半開玩笑地告訴過她，除非他死後，她在寫回憶錄的時候才允許解密，順便賺取高價的出版稅。大維比沈笛大二十一歲，這點完全可以等到。因為大維是個公眾人物，目前，沈笛在微博上只能晒晒他們家陽台上的生活，花、草、躺椅，充其量加上那只碩大的魚缸。最出格的就是一張他們在瑞士滑雪的合影，兩人裹著厚厚的滑雪衫，戴著大墨鏡，肩挨肩地相擁，身後是反射著刺目陽光的雪山谷。

事實上，結婚後沈笛微博上的粉絲如同洪水起澇，很快從二千五百粉漲到了四十七萬，沈笛還來不及興奮，感覺很不真實地試發了幾條，就發現自己被監控起來了——那條拍下生日時大維送的浪琴表，幾小時後即被後台刪除。沈笛感到很納悶，不知道是哪隻手刪掉了自己的微博，後來才漸漸明白，那隻手就是大維，他是她的後台。久而久之，沈笛對發微博喪失了興趣，偶爾上去瀏覽一下，查看那四十七萬粉絲，整整齊齊，不多不少，就像擺在大維書房的那兩隻海龜標本，是死了的生物。

一個月之後，魚缸「刑滿」了。沈笛用手拍著那條藍鯊跟前的玻璃，說：「傻妞，你快解脱了，你的同伴要來了啦。」她的唇蜻蜓點水地在那塊玻璃上碰了一下，黑紗裙蕩了兩個漣漪。她終於聽懂自己的話了！沈笛高興地給了她一個吻。

一夜春雨洗淨的上午，他們開車穿過小區。沈笛看到昨天黃昏散步時經過的那棵廣玉蘭，花全都零落了，枝丫上只剩些堅實的花苞。「啊，這麼快，花都落了。」大維不經腦地應了一句：「春天嘛，萬物生長。」沈笛看了看他，便不再吭聲，搖下車窗，空氣裡濕潤的水分黏上了她的臉。沈笛明白，不能要求他太多。昨天，她對大維說，再這樣下去，那條魚就要得抑鬱症了。沒想到大維竟然很爽快地答應明天到水世界買魚。要知道，除了過生日和情人節，他從來沒有那麼乾脆。

快要到水世界的時候，路面忽然變得狹窄起來，這樣的路況卻不讓人生煩，一溜花鳥攤檔霸占了道路。車開得很慢，但並不會停下來，這節奏讓沈笛滿意，她在車上欣賞起那些盆栽。這些花他們也買過，只是不知道為什麼，進了他們家，花開一季，就再沒開過了，最後，他們的儲藏室裡，留下了一排空花盆，扔也不是，不扔也不是。沈笛在瀏覽各種花，心裡卻盤算著買幾條藍鯊，還要再買幾條清道夫，當然，還得再買多幾罐魚食，人口增多了，糧食要備足。

水世界在花鳥攤檔的盡頭。他們在這裡買的那只魚缸，果然是限量版，現在，它的位置已經換成了另一款。大維一下子感覺良好，跟那個遞給他水喝的女服務員開起了玩笑——你是老闆娘嗎？

年輕的女孩嚇到了，連忙說，我不是，不是。

「哦，那你是老闆他娘？」

女孩被逗得不知所措，臉都紅了。

上次賣魚缸給他們的那個老闆娘很快從辦公室出來了。她記得大維這個VIP，馬上讓女孩到辦公室，拿那罐新茶沏給大維喝。

大維坐在茶桌前，愜意地品起了茶，跟那女孩聊天。

沈笛看到了不少跟那條藍鯊長得一模一樣的魚。她們在這裡，顯得很活潑，沒有一條像她那樣憂鬱。而且，她們都不在高處活動，幾乎貼著魚缸的石子游動。沈笛好奇地問老闆娘：

「這些都是藍鯊？跟我們家那條很不一樣啊。」

「是的，都是藍鯊，上次送你們的那條，也是從這裡拿的。」老闆娘陪在沈笛身邊。

沈笛開始嘮嘮叨叨地向老闆娘訴說起了她的各種毛病：清高、懶散、不好動、食欲不振、適應性差等等，彷彿在數落一個女兒。

「清高？你說藍鯊清高？哈，不可能啊，藍鯊是底層魚，牠們幾乎不在高處活動。」

「怎麼可能？她一來我家，就老是浮在魚缸頂部那只出水孔附近，幾乎沒看她下來過！」

沈笛簡直懷疑她們說的不是同一類。

「噢，那是因為氧氣不足？」

「不可能，四根氧氣棒，二十四小時不停，那些發財魚嘴巴都捨不得閉上呢。」

老闆娘響亮地笑了，大大咧咧地說：「那就別理牠，藍鯊出了名的神經質，膽小怕事，所以才被喊做『鯊』嘛，就像人的名字一樣，缺哪樣補哪樣。其實，牠們只是鯰科魚類。」

沈笛最後選了三條，跟她一起，湊夠兩對。大維挑了兩條清道夫、兩條劍尾魚、四條地圖魚。他們各提著一只塑料魚缸，有點像過節提燈籠。沈笛心血來潮，掏手機讓老闆娘拍下他們的合影。

在水世界逗留不到一小時，沒料到花港路的塞車狀況嚴重多了。來的時候，是兩邊店面的花盆霸占了道路，如今，不知從哪來了不少挑擔的花農，他們不管三七二十一，籮筐放下就占自己的碼頭。

大維的車排在一長溜車龍的後邊，進退兩難。一時間，喇叭聲、人聲不斷。大維脾氣很大，朝著玻璃外邊發牢騷。這通牢騷沒有聽眾。他便扭過頭對沈笛說：「我上次在法制台那檔一席談上就說，如果今天取消城管，明天他們就敢挑到天安門上賣去，中國人的素質決定了中國特色。嘿，那次老錢還跟我死磕，說什麼法治攤販，沒搞錯吧，那是美國……」大維又說了一大篇。沈笛接不上話，也懶得費神聽他嘮叨，她把鞋子脫了，雙腳盤在座位上，玩手機。

跟大維不一樣，沈笛的心情不錯。「我們在這裡」。她把剛才拍的那張合影放上了微博。距離自己上一條微博的發布，已經快半年了。沈笛想，如果微博是一盆花，那麼久沒人去打理，早就成枯枝敗葉了。

微博地圖準確地定位出了花港路，可惜，這地圖顯示不出目前的路況。沈笛瞄了一眼正在憤怒地嘮叨的大維，心裡暗笑。她不怕塞車，她的時間不怕浪費在等待上，她慵懶而舒適的坐姿，就跟坐在陽台的椅子沒什麼區別。

半小時的車程，他們走了快一個半小時才回到家。打開門，沈笛習慣性地朝魚缸的那個小孔的位置瞄了一眼——那團黑影竟然消失了！沈笛小跑到魚缸前——她竟然不在那裡！那群發財魚被沈笛的忽然到來驚嚇得四下亂竄。沈笛找遍了假山、水草，甚至石子縫，都沒有發現她！

「天啊，她不見了，她不見了！」沈笛衝大維喊叫。

他們幾乎將魚缸翻了個遍，就連底座的循環水箱、過濾網，甚至放魚食的櫃子都找遍了，她都不在那裡。

沈笛覺得頭皮發麻。怎麼可能？那只孔，只有一元硬幣那麼大，她怎麼可能鑽得出去？大維也覺得此事蹊蹺。不過，等他們快將魚缸翻個底朝天後，他果斷地結論：「牠被牠們吃掉了。」這是唯一的可能。

沈笛一聽到「吃掉」這兩個字，驚悚地叫出了聲，身體不由自主地抖動了起來。「怎麼可能？怎麼可能？……」她恐懼的反應激起了大維的保護欲。他把她拖到沙發上，緊緊地摟著她，用武力擺平她的抖動，用自己的身體去擺平她的情緒。他對她只有這一招。如同她每次跟他鬧彆扭一樣——他二話不說，將她的意識統統收齊到身體的快感中。

「性是一種理想的調解通道，它可以繞過頭腦，拋棄理性，直接進入一個歡樂境界。」大維在一次讀書沙龍上這樣說過，台下的一群婦女把手掌都拍紅了。

就像某個機關被大維扭開了，沈笛不受控制地輕聲哼起來……

藍鯊果然是底層魚類。那三條新買回來的藍鯊，一直匍匐在魚缸的底部游行。偶爾上升，也只在中間地帶往返。牠們小心翼翼地跟其他魚類保持著距離。如果不是牠們絲毫對那只小孔不在意，沈笛都會產生錯覺，有三個她在那裡邊，又像是她的三個影子在搖頭擺尾。牠們長得太相似了，無論個頭還是體態，就連吞吃食物時四處流轉的眼神都是一致的。可是，她的確跟牠們又太不一樣了。沈笛懷疑，那個逃跑了的她，其實並不是藍鯊，只是外形一樣而已。

沈笛始終認為她並不是被「吃掉」了，而是從那只小孔逃出去了。

「能逃到哪裡去？你倒是說說看。」等沈笛從恐懼中平靜下來，大維跟她辯。

「她在那個小孔轉悠，不是一天兩天了，她每天都在謀劃著從那裡逃跑。」

「親愛的，就算牠真的每天都想從那裡逃跑，可現實是，牠的身體怎麼能通過？你要有充分的理性。事情不是想想就能實現的。」

「也許，也許，她每天都在練習呢。」

「練習什麼？縮骨功？」

……

「好吧，就算我同意，牠刻苦練就了縮骨神功，牠從這小孔越獄了。那麼牠鑽到哪裡去了？這個密閉的水箱裡，什麼也沒有。我們甚至連桌子、沙發底都翻過了……」

沈笛是辯不過大維的。從來都這樣。

「可是，證據呢？她被牠們吃掉的證據呢？」

大維在魚缸前轉了片刻，不知是對魚說，還是對沈笛說：「他媽的，這群發財魚也真夠狠，吃得連骨頭都不剩一根。」

現在，那群發財魚成群結隊地在魚缸裡游來游去，彷彿在朝新加入的那些傢伙確認自己的領地。那幾條新魚，既謹慎又新鮮，牠們用尾巴一搖一擺地交談著。有幾條魚不斷用嘴去翻檢缸底的小石子，覓些食物的殘渣，偶爾撬動出石子挪位的聲音。這些聲音使沈笛的胃一陣抽搐。

沈笛的眼睛就像個攝像頭，一直盯著那小孔。就像過去那樣，那裡間歇性地冒出一串水泡，咕嘟咕嘟，現在沈笛看來，有什麼東西剛從那裡遁走了。沈笛堅持認為——這就是她越獄的痕跡。

「你是說，這些水泡就是牠越獄的證據？哈哈，你等於在對一個律師說，因為所有人都說人是他殺的，所以肯定就是他殺的。親愛的，你要動動腦子……」

新魚的加入，很奇怪的，使這只魚缸彷彿變成了另一只魚缸，它的改變不僅僅是裡邊的魚世界，就連在大維的嘴裡，這只魚缸也變成了——這該死的魚缸。他當然不是對那條死去的藍鯊耿耿於懷，而是對他眼下攤上的一件煩心事感到焦慮重重。

那天傍晚，沈笛坐在沙發上，喝著一杯下午茶。這杯茶喝得有點晚了，是因為她中午補了一個長覺。自從那條藍鯊越獄之日——她還是不能接受她被吃了，沈笛晚上總是睡不好，有幾晚甚至徹夜不眠，生物鐘被打亂了似的，她又不願意吃安眠藥，反正她不上班，白天可以補睡。沈笛喝著這杯茶，看著窗外混沌的夕陽，也不知道為什麼，每次睡飽之後，面對這種金黃的顏色，以及這安靜的環境，即使身處自己熟悉的家中，她都會感到莫名其妙的不安。她抱著茶杯，渴望的卻是握著親人的手。是的，她此刻從來沒有那麼想念他。她需要聽到他的聲音，聞到他的氣息，以確認自己沒有從這世界逃跑。

沈笛側耳留意著門口的方向。當門鎖轉動的聲音響起，她就像一隻敏捷的貓咪，飛快地撲了過去，以至於門還沒打開，她就已經站到了門邊。

大維一進門，就被影子一般的沈笛嚇了一跳。他並沒有把她抱住，他的身體虛弱得不堪一撲，他差點被沈笛壓倒在牆邊了。

沈笛好不容易才站穩。大維也站穩了，重重地呼了一口氣，「怎麼啦？」沈笛聞到了一股腥臭的味道，是那種消化不良的胃氣。

沈笛沒接話。她覺得莫大的冤屈，她不知道該怎麼對他說自己的心思，她只是像隻貓咪一樣，無聲地跟在他背後，跟著他把背包和外套掛到書房裡，跟著他到書桌前拿起那只 iPad，跟著他重新走進客廳落坐到沙發上。他打開那只iPad，她也湊過頭去看，他的手指熟絡地在屏幕上划拉幾下，一會兒功夫，蹦出了一張照片。沈笛便呆住了。她看到了自己，笑得眼睛只剩一條縫，她也看到了大維，他們頭碰著頭，各自手上舉著兩只魚缸，裡邊的那幾條魚，現在正安閒地游弋在他們右側的大魚缸裡。這些魚頓時消滅了沈笛對這張照片的陌生感，這就是那天他們去水世界讓老闆娘拍的合影。

「我們在這裡」。是沈笛那天發的微博。地圖上的紅點還沒消失，花港路。

「什麼時候發的？」

「就是那天，堵車的時候。」

大維呼出了一口氣。跟剛才那口氣的味道一樣。沈笛這才意識到大維的情緒不對。

「這張照片差點把我搞死了！」

「為什麼？」

「你不是不愛發微博嘛……我太久沒進你那裡看了。」

緊接著，大維的手划拉划拉幾下，又翻出了一條微博，那上邊放著兩張圖，一張就是沈笛那條「我們在這裡」的微博截圖，另一張呢，也是一張微博截圖，放大了看，是大維的一張單人照，內容只有一句：「我在澳洲聖安德魯大教堂前為此刻抗爭的弟兄們祈禱。」兩條微博發出的時間，日期一樣，前一條顯示的是上午的十時三十七分，後一條顯示的是上午的十二時〇三分。

這條署名「跟你丫死磕」的加V博主，截取了沈笛和大維同一天的微博圖片，寫著：「一個人不能同時淌進同一條河流，知名律師大維卻可以同時身處越城和澳洲，缺席林照案真正的原因是什麼，到底是『我們在這裡』還是『我在這裡』？求真相!!」

讀完這一段話，沈笛全身如被冰浸，一把將擺在大維膝蓋上的iPad奪了過去。

天！短短一天之內，這條微博竟然轉發五萬三千四百五十六，評論有二萬四千五百七十八條。

沈笛逐條瀏覽那些評論，越看心裡越慌，就像闖下彌天大禍。從那些評論裡，她大致知道了「林照案」的基本內容。

那個叫林照的人，因為環境污染問題，帶頭引發了群體事件，以林照為首的七個維權市民被抓，越城本地律師做了有罪辯護，林照等人一審被判。「林照案」在上半年被公眾的質疑聲推上了風口浪尖。一個「我笑世界荒唐」的人在評論中這樣說：「具備影響力的律師大維也曾寫下長微博聲援此案，拋出了著名的『九問越城市中級法院』長文，並表示將加入已經自發組成的『林照律師團』，此舉大大增添了此案翻盤的力度……」四月十二日，就是沈笛所稱的「越獄之日」，他們在水世界挑選新魚的那個時間段，十四位全國各地自發組成的「林照律師團」齊聚越城，在政法路上的越城市中級法院，群情憤慨，死磕公權。而這位著名的大維律師，「卻在玩瞬間飄移，一忽兒在越城某花鳥市場買魚，一忽兒遠渡澳洲聖安德魯大教堂」、「他在這裡，在那裡，就是不在法院裡……」網民是這麼說的。

沈笛的那只紅點標在與法院所在的政法路幾乎平行的那條花港路上。那只紅點成了大維故意缺席的一個證據。

沈笛覺得血液都停止流動了。評論裡全是不堪入耳的斥責、攻擊，甚至還有人罵到了自己。她丟下iPad，尋找著大維——他不知道什麼時候已經離開了沙發。「怎麼會這樣？怎麼辦？」她從沙發上跳起，跑到幾個房間去找大維，連鞋子都沒穿。

大維在廚房裡，東翻西看，不知在找什麼。沈笛這才記起，還沒做飯。那些被切得薄薄的魚片，還攤在冰塊上，還沒被放進辣油鍋裡，幾個小時了，它們已經被凍得慘白慘白的。

大維從冰箱裡取了罐可樂，又走回客廳。沈笛還是像個影子一樣跟著他。「怎麼辦？事情到底會變成什麼樣？」沈笛不停地問。

「大體解決了。只能這樣了。」大維話音未落，「噗」，可樂罐裡冒出了一股清冽的氣。

「怎樣？」沈笛懷疑大維是在安撫自己。

大維嚥下了一大口可樂，眉頭條件反射地皺了起來。

沈笛沒料到大維會那麼平靜。平靜得讓她覺得——害怕。她仔細地看著大維的臉，喝下那口冰冷的可樂，不知道他是爽，還是惱。

「我幫你發了一條微博。」很快，大維打出了一個可樂的嗝。

在沈笛的微博上，在四十七萬粉絲簇擁著的空曠舞台上，這條發於今天十五時十一分的微博是這樣寫的：

「致老公@大維的一封信：老公，對不起，我撒謊了！四月十二號，你因要事到澳洲，沒能陪我去買魚，我在微博上發了張過去我們一起買魚的合影，希望你在澳洲能看到，沒想到竟有人質疑你有意缺席當日的林照律師團。我為自己一時無聊闖下的禍感到羞愧！」

這條微博轉發三萬三千四百六十七，評論七千六百七十八。是沈笛有史以來最受關注的一條。十五時十一分，沈笛正睡得深沉，也許，還打著如雷的鼾聲也不一定，誰知道呢？

「這樣，就能解決了？」沈笛一臉茫然。心裡說不出什麼滋味。

大維習慣性走到魚缸前，看魚。「誰知道呢？總是會有些攪事的人跑出來死磕，那件去澳洲的要事是什麼？甚至會去人肉出那家買魚的店……不過，水攪混了，總會好一些。」話說間，大維朝魚缸扔進了一勺魚食，引起了一陣爭搶，水底的沉澱物翻捲了起來，一片渾濁，就像馬蹄在戰場騰起了殺氣。

這個夜晚，因為白天睡飽了，沈笛一直沒有睡意，當然，還因為她心裡不痛快，她沒有開口問，但她心裡想：他總該對自己解釋一下，或者申辯一下。

大維也一直沒有想睡的意思，不知道他還在煩惱白天的事，還是煩惱著沈笛的不痛快。

過了不知多久，大維開始動作起來了。如同他們過去每一次生悶氣的結局，他把那些痛快的液體，注射進了沈笛的身體，治療沈笛的不痛快。這樣，那些內啡肽汁液飽滿地灌滿了沈笛的腦子。

結束之後，沈笛心虛地問大維，是因為，因為要去買魚嗎？大維在即將被襲來的睡意沖決之前，咕噥了一句：「這幫人，太不理性了……」

沈笛不再上網看任何消息。她不想知道自己的道歉是否有效。網絡上的事，冒一陣熱泡，自然就會煙消雲散的。她像過去那樣，把自己打扮得時髦青春，看上去如同未婚女子，一個人逛街，購物，吃美食，刷卡的時候，她腦子裡的內啡肽會活潑地游來游去，就像一群魚碰到了一勺魚食。其實，她從大維的煩躁裡，隱約知曉了事態的發展。在家的時候，大維總圍著那只魚缸轉悠，頻率很高，魚跟著他的身影，游向這邊，游向那邊，剛開始以為他要發放魚食，久而久之，發覺受了愚弄，就不再跟隨他了。「這該死的魚缸。我早就說過，不該輕易改變風水的。」

幾天後，大維真的去了澳洲。是為了那件「要事」去的嗎？誰知道呢？沈笛並沒多問。她只是將他七天換洗的衣服整理進行李箱。大維的衣服都是沈笛包辦的，外套一律是質地精良的休閒西服，褲子一律是韓版的窄腿褲，襪子一律是矮矮的船襪，剛好沒入舒適的鞋子裡，走路，腳踝必現，坐著，二郎腿一翹，露出幾寸瘦長的小腿來。他被打扮得越發年輕了。每當他那樣穿著出門，沈笛就像看到自己滿意的作品公布於眾。

一個人在家，房子那麼大，沈笛有些害怕，她把所有能打開的門窗都鎖上了。接完大維那通有兩小時時差的電話後，她靠在床上，盯著牆上那張碩大的婚紗照看。兩年前，他們在三亞拍婚照的情景她還記得很清楚——那個盡職的攝影師，端著相機，撲到地面朝上拍，據說這樣會顯得人高大些。他不斷指揮沈笛擺造型：「美女，表情不要太誇張，只要傻傻地看著老公就好了……」

她傻傻地看著牆上的大維。

她躺下去了。她不需要在意睡著，更不需要用理性來干預自己的睡著，她放任著自己的意識，直到這些意識逐漸下墜、彌散。

在這張大床的正前方，架著一只攝像頭，正對著沈笛的身體。她只想取下這一夜，當做自己的證據。

蜻蜓點水

門鈴的對講機果然響了。

「喂，老曾，你今天沒去，沒事吧？」

「哦，老霍啊，我沒事。」

「好的，那我走了。」

對講機「咔噠」一下，老霍沒聲了。

要是老曾哪天早上沒到運河邊去，門鈴總會響那麼一次。

這是晚春季節，萬物生發的最終階段，也是老曾一年來最痛恨的季節，濕濕滯滯，他的腸胃很容易感冒，腸胃一感冒，他的情緒就變得很差，沮喪、憂傷，他不願意出門，就連每天必做的晨運也懶了，像一個白頭老宮女，坐在家裡東想西想。他認為老霍並不是真的關心自己去不去運河邊，老霍就是怕自己二次中風。肯定是的。前兩年，老曾有過一次小中風，晨運中斷過幾個月，再出現在運河邊的時候，老霍就跟他親近了起來。他說，老曾啊，咱老哥倆以後可是要保命嘍，不該吃的別吃，不該聽的別聽，不該想的別想，過好每一天！老霍中風比老曾早，程度差不多，按照他的說法，就像身體裡安了只定時炸彈，因為到了第二次中風，那風就會把人直接帶回老家啦。

老霍總喜歡跟老曾比，血壓多少？血糖多少？心跳多少？好像家產比賽。老曾也不服輸的，除了因為老霍比自己大兩歲之外，還因為，老曾從來不認為自己不行，要不是那次小中風，他還可以屈膝彎腰，將頭頂在草地上，這一招曾經使老曾成為運河邊早晨的一道風景線。他將絨帽摘下來放到草坪上，活絡好筋骨，緩緩朝前彎下腰，屈膝，頭慢慢壓下，直到腦門頂在了絨帽上，穩住了。他總能收穫到一些驚嘆聲，或者幾下掌聲，偶爾，還會有寵物狗湊到他的頭頂上嗅嗅，親親，好一幅人與動物的諧趣圖！那個時候，老曾能感到自己像核桃仁一樣溝壑縱橫的大腦裡，每一處都汩汩歡快地淌著血液的溪流。現在，這顆核桃仁的左半球出現了一些異常。醫生拿起桌上那顆腦仁，將左半邊卸下來，裝上了半邊病變後的腦仁給老曾看。老曾當場覺得，真醜啊，人的腦袋比人的臉醜了十萬八千倍！好在，人們只能看到人的臉，不然，老曾寧可提早回老家。

年紀越大，老曾越怕看到些醜八怪的東西。五顏六色的鮮花、花紋斑斕的金魚、紅紅綠綠的衣裳……這些都養眼，他尤其覺得，一個好看的女人能瞬間調動起他苦澀無望的老年生活，讓他高興起來，彷彿這些女人是一味藥引，後下到他那煲文火慢熬的中藥裡，效果明顯。走在街上，那些穿得花枝招展的女人們朝他迎面走來，還沒到近旁，他就站定了，等她們走過自己，他才開步。這些女人像是一輛輛凶猛的小汽車、摩托車，他非得要小心站穩才能避免被撞倒。他等著的時候，目光長時間停留在女人身上，像在辨認一個熟悉的陌生人，他的心情愉快，有時還會露出笑容——這笑容倘若讓某個善良的女人瞥見了，會閃現一絲惻隱之心，甚至認為他是個可憐的老鰥夫。

退休以前，老曾可不是這個樣子的，他是個中學語文老師，年輕的女娃兒見過千千萬，他只對成績好、肯上進的孩子偏心。他們這一代人，出生於壓抑的年代，感情不敢講究，「轟烈、執著」這樣的形容詞只敢用在工作和事業上，充其量能體現人道主義的一句話便是——愛美之心人皆有之。年輕的老曾那一顆愛美之心，一度播撒在了祖國大好河山間。寒暑假，他坐火車遊黃山、華山、張家界、桂林山水、蒼山洱海……真真「愛江山不愛美人」，過得也逍遙快活。老曾時常回想自己的青春，有過了多少次的「到此一遊」，覺得並不枉了。人生嘛，可不就是到此一遊？

如今，老曾老了，歲月給他的生活畫了個圈子，以寓所到運河邊為半徑，老曾在這個圈子裡團團轉，每天到此一遊。老曾的風景，除了那條窄窄的整天不知所謂地朝下游趕去的運河，以及同樣不知抵達何處的零星的船舶之外，就是堤岸邊以各種招式抵抗機體衰老、病變的老頭老太，跟老曾一樣，他們每天來此報到，打太極，跳健康舞，坐在河岸邊的長椅上，互相傾訴，交流養生。一幅運河晨運圖，無須過多的勾勒，就能清晰地掛在老曾的腦海裡。身體不適的時候，老曾不願與他們為伍，他悲觀地想，這運河邊上，候著的這一大群，跟他一樣，都是在等著回老家的人。於是，他離開他們，離開運河，穿過稻香園小區，置身於上班高峰人流中，他的痛苦就會減少，尤其是，注視著那些穿得風風騷騷清清新新的女人們，經過一夜的能量補充，一扭一扭地營生去了，他的心情就會好起來，彷彿自己是她們的同事、客戶甚至領導。最後，他會踅到和平包子店買幾只玉米饅頭回家，老伴陳蓮英晨運回來，燒好開水，等他到家便沖好兩杯牛奶。那幾只玉米饅頭慢慢地，無言地，跟牛奶攪拌在一起，進入了老曾和陳蓮英一天的營養譜系：鈣、鋅、鐵、蛋白質、熱能……這些東西成了他倆的家產之一。

老曾和陳蓮英的家產，還包括運河邊文輝小區這套一百二十平方米的房子，當初買的時候不貴，如今價格翻了好多倍，加上近兩年社區服務配套設施逐漸完善，住在這裡就算是城市的高尚住宅區了。社區服務站將他們列為「空巢戶」，逢年過節，按著名單上那一大串地址，挨家上門噓寒問暖。老曾見到這些人就躲。聽到陳蓮英接過人家送來的一壺油一袋大米，拚命地跟人解釋，兒子女兒今年不回來過年啦，我們也不想出去跟他們住，人生地不熟，語言不通，吃也不習慣，喏，女兒把我們機票都買好了，我們不想去，又退掉了……人家善解人意地答說，哦，是啊，很多老人到國外都住不習慣的，那您不想孫兒嗎？陳蓮英又叨叨地跟人家說，還好啦，每天晚上我孫子都跟我們視頻的啊，話講不流利，懂得給爺爺奶奶送飛吻，說「good night」啊……陳蓮英還學孫子的飛吻給人家看，響響的兩聲。人家就笑了。

在別人面前，陳蓮英講話很活躍的，是個熱情開朗的老太太，可是，只要獨對老曾，陳蓮英的話就寡了。這並不能說他們之間有什麼問題，他們結婚四十多年了，大問題沒出過，也算和睦。老曾昨天給女兒發過去幾句自己改的詞：「四十餘載婚姻兩難厭，不分別，自難忘，相對無言，唯有嚼飯聲。」於是女兒打越洋電話回來寬慰老曾：「爸爸，您和媽媽都七十多歲了，還能相對無言，唯有嚼飯聲，已經很幸福了，您看看江伯伯，七十多歲，老伴走了，又不能再娶，陪伴他的只有那根拐杖了，多慘啊，比較一下，您很幸福了，不是嗎？」老曾被女兒安慰得鼻子酸酸的，多愁善感起來了，連連點頭。他的目光伸向客廳的另一端，陳蓮英正在飯廳的餐桌上，戴著老花鏡，借窗外的陽光，研究那本新到的《健康之路》。他不想再說話了，不好意思讓女兒聽到自己哽咽的聲音。他清清喉嚨，朝陳蓮英喊了一句：「喂，你過來呀，來聽電話，你寶貝女兒找你……」

老曾到書房去了，並不像往常那樣豎起耳朵聽她們通電話。他從窗口遠眺出去，只看到運河的堤岸邊，嫩得耀眼的柳樹依依，枝條幾乎快垂到河面上了，苗條的，柔軟的，搖擺著，像女人在跳舞。老曾眼前就出現了一個女人，腳尖踮起，柳條般細軟的腰身，時而左彎，時而右傾，「北京的金山上光芒照四方，毛主席就像那金色的太陽……」那個叫何淑賢的女人前腿彎曲，後腿蹬直，輕盈地來了一個鹿跳，兩包鼓鼓的胸脯高高挺起，像要飛天般。何淑賢是老曾同校的音樂老師，當年，兩人曾有意願處對象，可還沒開始發展，就被另一個老師捷足先登了。老曾因為當時家庭成分很不好，也沒自信與人爭奪，只好認命。

快半個世紀了，老曾還記得這一個鹿跳，和那兩包鼓鼓的胸脯。那胸脯曾經跟老曾那麼近，近得只差一個巴掌寬的距離。有過兩次，或者三次，老曾已經記不得了，總之，他的手得到默許，搭在了何淑賢的肩膀上，可是，就像一隻蜻蜓落在了荷葉上，老曾撲扇著顫抖的翅膀，盯著眼下一顆不斷滾動的水珠，始終一動不敢動。哪怕蜻蜓點水地在那胸脯上來那麼一下，老曾想過，自己的命運就改了，興許就飛起來了。

命運安排老曾娶了同校的數學老師陳蓮英。陳蓮英在學校有個綽號：「立幾」，起源於她是培養攻克立體幾何難題的「高手」，培養了一茬一茬數學尖子。在老曾眼裡，陳蓮英的確長得像「立幾」——從上到下四平八穩，方型的臉，腦袋到肩膀到屁股到雙腿的幾個點，只要運用一下抽象思維，就能把這些點連成幾何圖形。不僅如此，陳蓮英的個性也很「立幾」，硬梆梆，四方方，不小心能讓人磕出一塊「淤青」。幾十年來，老曾的身上不知留下了多少「淤青」，好在這些「淤青」只限於皮下，並不傷筋骨傷肺腑，磕磕碰碰也一輩子了。

何淑賢改革開放不久便舉家移民出國了。老曾對她的記憶所剩不多，這些記憶的殘骸，橫亙在老曾晚年的路上，徒增傷感而已。

幾天之後，老曾又像往常那樣，戴著那頂絨面的鴨舌帽，出現在運河邊。沒有人過多地留意到他的缺席，除了老霍。他坐在椅子上，老霍就過來跟他並排坐。

老霍的家鄉在北京，南下到這個城市，幾十年了，兒化音還是很重。他最喜歡跟老曾聊新聞聯播。他總是能在新聞聯播裡找出些潛在的問題來，比方說，多少天沒報導某某領導了，大概出問題啦，某某領導跑到新疆考察去了，那裡肯定又在鬧啦……這些問題，老曾從來不去細究的。相比而言，老霍就像一只反射器，接收到什麼信號總是要發射出來，而老曾呢，是一只接收器，老霍跟他說什麼，他也不去辯論的，接收就是了。所以老霍就喜歡找老曾說話，他找到了掌握話語權的興奮感。當然，老霍了解的信息的確比老曾多得多。眼下，他指著不遠處剛剛開始圈起來準備施工的一個地方，問老曾：「你知道那裡要幹嘛？」老曾望過去。有幾個穿著黃色施工服的人，在用鐵皮做圍牆。他茫然地搖搖頭。

老霍自豪地說：「老兄啊，你太閉塞啦，我告訴你啊，這裡開始在造一座橋。」

「橋？」

「對啊，以後，過對岸，到文化廣場，甭跑大老遠的青園橋啦，得咧，這兒直通！」

哦。老曾點著頭，眼看著那些工人把一塊鐵皮豎起來。

「這橋的圖紙我都看過啦，嘿，你猜，是一座什麼橋？」

老曾搖搖頭，沒吭聲，他知道老霍好顯擺，便隨他說去。

「是一條彩虹橋，紅黃藍三色兒的拱型橋，騎在河上，就像天上的彩虹落了下來，嘿，多漂亮！」

老曾並不去考究老霍從哪兒看到了圖紙，不過，他聽老霍這麼說，也歡喜，比起那些灰不溜秋的木橋、鐵橋，彩虹橋多好看啊。他看著河面，想像著那個地方，平添了一道顏色鮮亮的彩虹，如同海市蜃樓。

「好哇，彩虹橋，好！」老曾應著老霍。兩人高興地笑著，彷彿已經置身橋上。

老霍興致來了，忽然問老曾，想不想到河對岸去？好像他們真的要跨過那道彩虹橋。

河對岸老曾不常去，因為他的活動範圍離青園橋有點距離，要走到青園橋過對岸，然後沿途返回，再到和平包子店買饅頭，時間花得比較多，會打破他跟陳蓮英的生物鐘，推遲他們吃早飯的時間。通常是興致來了，又逢著好天氣，午睡過後，老曾才會到河對岸走走。

老霍勸老曾隨自己到對岸去，說要介紹一個朋友給老曾認識。老曾不好結交新朋友，但拗不過老霍的拉扯，加上自己好幾天沒出門運動，多走走也是應該的，於是，就跟老霍開步往青園橋去了。

哥倆走得慢，邊走邊說話。路過一個亭子，他們的說話就被喇叭裡的歌聲打斷了：「北京的金山上光芒照四方，毛主席就像那金色的太陽，多麼溫暖，多麼慈祥，把我們農奴的心兒照亮，我們慢步走在，社會主義幸福的大道上，巴扎嘿……」節奏熟悉明快，老曾不由得也跟著哼了起來。走到亭子一側，看到七八個老太婆正在隨歌起舞，手揚紅扇子，扭來扭去。

老曾看到了陳蓮英。他知道她在這個亭子邊跳舞，不過他從不往這邊走，更不會來看她跳舞。有什麼好看的？儘管陳蓮英跳得很認真，認真得連老曾走到近前都不會發現，可是，老曾想，這也叫跳舞？不外就是把扇子揮來揮去，抬抬頭，抖抖肩膀，雙腿屈膝……一點看頭都沒有。

那七八個老太婆跳得起勁，甚至自我陶醉。老霍在老曾身邊，輕笑了幾聲，說，嘿，老太太扭秧歌兒——笨手笨腳！

老曾也覺得好笑。好在老霍並不認識陳蓮英。老曾跟老霍雖然認識兩年多了，但卻只限於在運河邊上活動，說說天氣，論論時事，從不家長裡短，到現在，老曾還不知道老霍家裡有什麼人，而老霍呢，也只會摁摁老曾樓下的對講機而已。老曾覺得他倆就像在運河邊遛彎的兩隻狗狗，遇見了，就在一起寒暄寒暄，鬧鬧，到點分手便各回各家，各找各主。他們連朋友都算不上。

老曾和老霍離開那亭子遠了。不知道為什麼，老曾想到被自己甩在身後的陳蓮英，心裡有些悲涼。他記起當初跟陳蓮英結婚不久，有一個晚上，在床上，他要陳蓮英下腰給他看。陳蓮英不幹，說自己沒練過舞蹈，做不來。他繼續纏著她，並說自己抱著她的腰，讓她身體只管向後仰就是了。陳蓮英死活不願意，被他纏得生氣了，塞了他一句話：「你當我是何淑賢啊，你個流氓！」那是何淑賢第一次也是最後一次出現在他們的生活裡。幾十年過去了，現在陳蓮英才開始練跳舞，跳給誰看？誰還會來看？老曾想想，心裡不是滋味。

過了青園橋，老霍帶老曾到一個園子裡，那裡有一些健身器材，兩三個老人在吱吱咯咯地弄著。只有一個老頭，坐在輪椅上，一聲不響，看看天看看地。

老霍朝輪椅上的人喊一了聲：「老宋！今兒個身體好啊！」那個叫老宋的老頭聽到聲音，稍微側了下頭。

老曾看清楚了，是中風，面癱了，嘴巴歪了。老曾心下一陣不適，什麼人不看，跑這兒來看醜八怪。他剛想掉頭回去，聽得老霍又問，小吳呢？今天誰領你出來？老宋用一雙空洞的眼睛看看老霍。幾乎是同時，不遠處的走步機上敏捷地跳下來一個人，朝老霍喊道：「霍大哥！」

小吳一走到跟前，老曾的眼睛忽然像看到了一團霓虹。小吳穿著一件鮮豔的花外衣，一條白色的運動褲，有些胖，滿身散發著活潑的生氣。

老霍似乎跟小吳很熟了，跟她說話的時候，眼睛可以毫無顧忌地看——小吳那張圓圓白白的臉，滿滿當當的胸前兩坨肉。嗯，老曾站在側邊，看得最仔細的，就是那條白褲子繃著的兩瓣半月形屁股。老曾看得心花怒放。老霍似乎忘記了老曾的存在。老曾只好笑咪咪地插了一句話：「這位——小吳姑娘，謔，身體真好啊！」那小吳突然羞澀了，對這位陌生人說：「呀，這位大哥，不好叫姑娘的，我都可以抱孫子了。」老霍這才想起給小吳介紹老曾。

聽著小吳一聲聲地喊自己「曾大哥」，老曾頓時覺得自己年輕了好多歲。

三人一起說了一會兒話，忽然，老霍拉起小吳的手，扯她到輪椅的後方，靠近一叢矮冬青樹。他從口袋裡掏出一個小盒子塞到小吳手裡。小吳推辭不要，老霍用兩隻手把盒子連同小吳的手緊緊握在了一起，小吳的手便不再掙扎了，小吳的嘴巴也不再推辭了，老霍的手卻還維持原狀，並不想鬆開。

老宋和他的輪椅在前邊，沒動靜。老曾猜他已經沒有能力轉頭看。看著老霍一直握著小吳的手，老曾忽然感到有點氣短。

老曾從老霍那裡知道，小吳今年四十九歲了，是個下崗工人，丈夫早幾年去世了，她自己拉扯一個正在念大學的女兒。小吳每天早上、傍晚，都把老宋推到這個園子裡呼吸新鮮空氣，狀態好的時候，扶老宋練習走幾步路。老宋不僅中風，還是個腦萎縮患者，有點懵，家裡人花錢雇小吳，包吃包住，基本上就把老宋扔給小吳管了。老霍說，這女人夠可憐的，還那麼標緻，那麼早就守寡了。老曾點點頭，腦子裡出現了那個彩虹一樣鮮豔的女人。

老霍不時從青園橋走過對岸，看看小吳，給她送點小東西。也不是什麼貴東西。就像老曾當日看到的那只小盒子，只是別人從香港帶回來的一瓶驅蚊油而已。這些小東西，吃的、用的，有的是新的，有的是舊的，不管有用沒用，喜歡不喜歡，小吳卻從不嫌棄，彷彿她收下的不是東西，而是老霍對她的好。

後來，老曾也跟著老霍走過對岸去看小吳，他不止一次地聽小吳對老曾說，霍大哥是個善良的熱心人。有幾次，老曾順手也給小吳帶點小東西，不外乎是陳蓮英吃剩下的半瓶安利鈣片、女兒從國外寄回來的一小瓶魚肝油粒之類的。小吳收下這些東西，臉上笑成一朵花，甜蜜蜜地謝謝「曾大哥」。老曾頓時神清氣爽。

有一天，兩人又去看小吳。老霍從孫子那裡擄了幾塊美國巧克力，要給小吳嚐。到了那小園子，只見老宋獨自一人坐在輪椅上，小吳卻沒見人影。四周望望，沒找見。老霍就問：「老宋，小吳呢？」當然，白問了。

一會兒，對面晃過來一個老太太，她走到輪椅前，順手扶了扶。老霍便問那老太太：「小吳呢？」老太太瞄一眼老霍，又瞄一眼老曾，滿臉不高興，彎下身來，用手理了理老宋膝上的小毯子。老霍又問：「老大姐，小吳她人呢？」老太太冷冰冰地回了他一句：「小吳不在，辦事去了。」「哦，辦事去了？今兒個您親自伺候老宋？」「啥？我伺候他？誰樂意伺候這老頭，給多少錢我也不樂意！」老太太似乎有點傷自尊。老曾就接過話來問：「那誰把老宋推到這裡來？老宋怎麼回家？」老霍也纏著老太太要問個究竟。老太太被兩人輪番問，煩了，衝老霍吼了一句：「小吳她來事了，回家換褲子去啦！」老太太中氣很足的，這句話一喊出來，不遠處幾個正在做運動的老人都聽到了，他們好奇地朝這邊望過來，停下了手上的動作。

老曾覺得有點尷尬。老霍卻顯得興奮，似乎知道小吳待會兒就回來，放下心了，連聲說：「哦，好的，好的。」

果然，沒過多久，就看到小吳那身花衣裳從花徑的另一頭出現了，她邁著碎步，就要小跑起來了。老霍就朝小吳喊：「小吳，當心身體，慢慢來啊。」

小吳氣喘吁吁地來到老宋的輪椅前，察看了一番，最後用那隻胖乎乎的手在老宋臉上撫了撫。

老曾想，肯定很舒服。

小吳就跟老霍和老曾聊起了老宋。她說自從開始照顧老宋那天起，老宋和他的輪椅就沒有離開過自己，別說像這樣把老宋一個人扔在外邊了，就算是在家裡，如果沒有其他人，她都不敢扔下他去幹別的事。老霍很輕蔑地說：「嘿，一個老老頭兒，還怕什麼？」小吳不好意思了，連忙解釋說：「也不是怕什麼，老宋生病之後，很奇怪的，連家裡的兒女都不要，不要兒子幫他上廁所洗澡，也不要女兒扶他上床睡覺，他就要我。」說著臉就開始紅了。

老曾轉過頭去看那個老宋，也不知道他聽了這話有何感想。他覺得老宋似乎得意地笑了，不過也不知道是不是，因為老宋扭曲的臉早已經看不出任何表情了。

後來，小吳把手輕輕搭在老宋的肩膀上，長嘆了一口氣說：「唉，越來越像小孩了。」

那天，老霍和老曾看完小吳，沿途返回。兩人有點沉默，直到登上青園橋，老霍突然說：「老曾啊，那老宋頭其實還挺有福的咧。」老曾表示深有同感。接著他們又像往常那樣說起了小吳。說起小吳的樣貌和身材，還有她愛穿的那些紅色的藍色的紫色的花衣裳。

「不瞞你說，老曾啊，有時候，真想去摸摸那大胖屁股，啊？哈哈哈……」老霍笑得太猛了，把喉嚨一口濃痰給笑了出來，「咳」地吐到運河去了。肯定跟她的手一樣，肉乎乎的。

「又嫩又滑。像豆腐花。」

「吃吃豆腐總歸沒問題的吧……」

兩個老頭說著葷話，過到了河對岸。路過那個施工的地方，那些圍牆已經豎起來了，裡邊一台巨大的機器在「咚咚咚」地打樁。

「老霍，這彩虹橋什麼時候能建好哇？」

「快了，現代化，什麼都講速度，兩年內保管能建好！」老霍胸有成竹的樣子，彷彿他是彩虹橋的總工程師。

黃昏的時候，老曾如果感覺精神好，也會獨自踱過對岸去看小吳。四五點鐘園子裡人相對少，老宋願意練習走路。基本上，老宋只要站起來，小吳那胖胖的身體就成了老宋的肉拐杖，虧得小吳身體健碩，才能承受老宋那高高大大的軀體。小吳的左邊胳膊和肩膀都塞進了老宋的身體右側，右手還牽著老宋的左手，一步一步地朝前挪。老曾剛開始覺得老宋這個樣子挺遭罪的，老了老了，還不如個小孩，還得重新學走路。可是，再看下去，老曾就不那麼認為了，他發現老宋的右胳膊一直緊緊地貼在小吳的左邊胸部，本來圓圓的鼓鼓囊囊的那個地方，被老宋的胳膊壓擠成了一只扁柿子。

老曾一直盯著老宋的那隻胳膊，即使他在挪動得很吃力的時候，身體開始晃動起來，那隻胳膊都不曾離開過那個地方。

老宋那張變形的臉有點紅，嘴巴張開著，那裡邊發出了哼哼的聲音。他保持著這樣的走路姿勢，不時斜眼瞄一下老曾。老曾覺得老宋是在向自己示威。老曾跟上了幾步，想用手去幫小吳攙扶老宋，沒等他的手落在老宋另外一隻胳膊上，老宋猛地做出了一個抖動的姿勢，加劇了嘴裡的哼哼聲。

小吳連忙對老曾說，曾大哥，不用你扶的，他不要別人扶的。說完看著老宋說，對吧？我們不要別人扶，是吧？好的，再走幾步，就這樣，好，好……

老曾站在原地，他莫名其妙地生氣了。這個老宋頭，簡直就是個老流氓。

老曾一邊走回家，一邊琢磨——老宋根本不懵，他腦子靈光著呢。他甚至還想過，老宋頭說不定是裝的，他根本就可以獨立行走！老曾越想越生氣。

回到家，陳蓮英催促他把桌上的那碗東西吃掉。這是陳蓮英按照《健康之路》上的介紹，新發明創造的養生食譜。陳蓮英經常有這種新創造，一般說來，老曾都會配合，就像實驗室裡的小白鼠。當然了，老曾亦明白，這些發明物不是毒藥，準確地說，是陳蓮英對這個家庭的一份責任心。這一次，陳蓮英創造的是一碗「健腦糊」。用核桃、扁豆、杏仁、紅豆等等各種堅果，浸泡一天一夜後，「吱吱吱」，豆漿機將它們攪拌成糊狀。老曾回來的時候，那碗「健腦糊」尚有餘溫。陳蓮英已經吃掉一碗了，說實在的，口感真不好，像吃藥粉。為了照顧老曾，陳蓮英還給老曾那碗加了半勺蜜糖。

沒想到，散步回來，老曾脾氣很壞，他不願意吃桌上那碗糊，他說，像拉出來的稀一樣，不吃！

陳蓮英按捺著自己的脾氣，耐心地告訴老曾，這健腦糊的成分、做法，以及益處——可以預防腦萎縮，防止老年痴呆。

老曾看著那碗糊瘩瘩的東西，覺得真難看。這麼難看的東西，怎麼能放進嘴巴裡呢？即使是碗神藥，他也不要吃。老曾任性起來了。

果然，陳蓮英很快就爆發了。她利索地拿起那碗糊，氣鼓鼓地三口兩口把它吃到肚子裡去了。老曾下了決心要任性到底。即便陳蓮英受虐般吃完那碗像稀一樣的東西，他都沒有軟下來。陳蓮英在廚房裡乒乒乓乓地摔碗，嘴裡還不斷地詛咒：「不吃拉倒，誰愛管你這死老頭，以後腦萎縮了，老年痴呆了，別想著我會伺候你，想都不要想！哼！……」

老曾在客廳裡，耳朵滿是陳蓮英的鬧聲，聽著聽著，他的心就好像被九度醋浸泡過的花生米粒一樣，酸酸軟軟的，一點嚼勁都沒有。他冷笑了一聲，朝著廚房的方向，點著頭說：「腦萎縮好啊，痴呆了更好，想做什麼就做什麼，像老宋頭那樣，最好的了！」

老曾的話，也不知道陳蓮英有沒有聽見，不過，也無所謂了，橫豎她也不知道誰是老宋頭。她不想理會老曾了，完成手上的事情之後，她面無表情硬梆梆地穿過客廳，玩電腦去了。

「老霍，你看過老宋學走路嗎？」老曾的眼前不斷浮現出老宋頭那隻胳膊，以及小吳胸前那只扁柿子，他不知道老霍的想法是否跟自己一樣。

遺憾的是，老霍從來沒看到過老宋學走路。老霍的家離運河有不少路，所以，每天晨運回家後，便不會再到這兒來。

老曾看著眼前那個滑稽的老霍——他正在模擬老宋學走路，有幾分像趙本山，嘴裡還蹦出幾句東北話。唉。老曾嘆了一口氣。「根本不是這樣的，老霍，你該找個下午來，我們去看看老宋學走路。」老曾想告訴老霍，老宋頭那個流氓動作，可是又不知道怎麼描述，他是學不來的。

老霍說，有啥好看的？醜八怪一個，誰要看他。

那天早上，老曾和老霍又從青園橋過對岸了。園子裡沒看見老宋和他的輪椅，自然也沒見著小吳。附近的石桌處，圍著一群老頭老太。他們擠進去，就看到了小吳。只見她坐在石凳子上，正哭得傷心。

老曾第一個反應就是——呀，老宋沒啦？

老霍第一個反應就是坐到小吳身邊，伸手去拍小吳的肩膀，像安慰女兒。

小吳的眼睛已經哭得紅腫，抬頭看到老霍，真像看到了親人一樣，哭得更厲害了，邊哭邊又開始傾訴起來。

這時，老曾才發現，那石桌上擺開了一張張白紙，有人正拿起一張來看。老曾也拿起了一張，發現是一份遺囑——

遺囑

本人宋自強，在立遺囑時精神清醒。本人百年後，將存摺、現金留給女兒宋娜，將現住房子留給兒子宋傑。

小娜、小傑，萬勿將財物落入小吳手中，切記，切記！

立遺囑人：宋自強

字歪歪斜斜的，老宋頭肯定寫得很吃力。

老曾看完了一張，又拿起另一張看，內容是一樣的。那桌上，起碼鋪了十來二十張白紙，都是老宋頭反覆抄寫的一份遺囑。

老霍也了解清楚了，現在，他的手已經搭在了小吳的胳膊上，小吳整個身子幾乎都要靠到了老霍的身上。

小吳用胖乎乎的手抹了一把臉，哭著說：「我待他那麼好，我全心全意照顧他，教他學走路，還教他左手練字，大哥大姐，你們看看，你們評評理……」她負氣地拿起一張遺囑，展示給大家，「他竟然偷偷寫了這個……也不知道他什麼時候開始寫的……難道我會貪他家的財產嗎？我會貪嗎？……」

人群裡七嘴八舌。老曾一句也聽不進去，他氣得有點發抖，都想衝去找老宋了。

老霍用手一直攬著小吳，嘴上咿咿哦哦的，也不知道在說什麼。

漸漸地，人群散了。那些人抱著清官難斷家務事的無奈，又各自散落到運河邊熟悉的角落上，深呼吸……雙手托天……頭儘量朝上仰……他們按照自己熟悉的套路，自成一派，互不干擾。

過了一會兒，小吳收起了那些遺囑，一張張展平，疊好。她對老霍和老曾說，她也要回去了，把老宋一個人留在家裡，那麼長時間，怕出事情。

看起來，小吳沒那麼傷心了，舒服了一些。臨走的時候，還衝老霍和老曾笑了一下，就跟往常一樣。

老曾和老霍目送小吳從花徑一直走出園子，從背影看去，小吳就像一隻擺著尾巴的大花鴨，一搖一搖地隱沒進小樹林。

隔幾天，老曾和老霍再過對岸看小吳，才知道，小吳和老宋幾天都沒來了。黃昏的時候，老曾自己一個人又跑過去看，還是沒來。老曾十分惆悵，像乘興來賞花，卻看到了滿地落紅。

沒有人知道小吳最終有沒有離開老宋家？也沒有人知道老宋後來又請了哪個保姆？老宋現在又被推到哪裡呼吸新鮮空氣去了？這些疑問，運河邊的老人們是不會費神猜的。老霍和老曾也不例外。他們不需要懸念，這些動用腦力推理的事情，他們基本上已經無神參與。如同他們已經放棄去看那些稍微複雜點的電視連續劇一樣。他們靠在沙發上，嘴巴微張，看看一些簡單的、日常的家庭倫理劇，時而發笑，時而動情，更多的時候，他們在琳琅滿目的畫面閃爍中，逐漸沉默，他們在夢裡親近自己——少年的自己、青年的自己、壯年的自己……直到遙控器從手中滑落，「啪」地驚醒過來，艱難地吞吞口水，費力地想想，自己剛才看了什麼？

不過對岸去了，老霍和老曾就常常挨近那個施工的地方，坐在長椅上，看造橋。那個巨大的造橋機，用一隻長長的手臂，將梁節升起，移動，又一點一點地降落……看得老霍和老曾目瞪口呆。他們完全看不懂怎麼造橋，只被那巨大的機器所震懾。「謔！謔！」老霍時常發出這樣的驚嘆聲，奇怪地看著河面上那隻怪物。

「老霍，彩虹橋是怎麼造起來的？」老曾半開玩笑地問。

「這個嘛，誰知道呢？我又不是那些工人。」

「你不是總設計師嘛？不是看過圖紙嘛？」老曾偷笑了，像贏了一把棋。

老霍也笑了，牛皮吹破了有點不好意思，他說，計畫總是跟不上變化的嘛。

他們很少再提起那個穿花衣裳的小吳了。偶爾，他們也還會說些葷話，但是那些話，僅僅用在回憶遙遠的某次豔遇的苗頭，包括那個老曾說了多次的何淑賢，半個世紀前出現過的那兩包鼓鼓的胸脯。他們往往看得清楚遠處，眼前卻一片糊瘩瘩，跟每個老花得厲害的人一樣。

那個寒冷的冬天之後，老霍便沒在運河邊出現了。剛開始，老曾認為他回老家過年去了。可是，春暖花開了，老霍還是沒有來，晚春了，初夏了，老霍依舊沒有來。

老曾孤伶伶地坐在那張他倆常坐的長椅上。也沒有人知道老霍到底去哪裡了，是生病了，出遠門了？還是……真的「回老家了」？這樣的念頭，已經出現在老曾腦子裡無數次了，只是，想到這幾個字，他就不敢再往下推測了。自然會這樣的。這運河邊上，什麼時候多來了一張新面孔，什麼時候消失了一張熟面孔，如同季節更替般自然。他們活了一輩子，經驗豐富，再不大驚小怪。

可是，等到河上那條橋建好時，老曾還是被小小地驚嚇了一番。那根本不是一條什麼彩虹橋，而是一座銀灰色的無腳橋，許多根鋼索硬把橋面拉起了一個弧型。看著它老曾感到很緊張，那些鋼索就像一隻隻臂膀，拉扯著橋面，時刻在挽救一個就要落水的人。

老曾不喜歡這條無腳橋。他很想念老霍說的那條彩虹橋，紅黃藍三色兒，騎在運河上。

老曾瞇著眼睛，看向運河，只見那裡架起了一條彩虹橋，他還看到了老霍——他在那上邊，背著手，悠悠地走向對岸。

老曾被這幻覺嚇了一跳。他認為這太不吉利了。他回去對陳蓮英說起這事，陳蓮英也被嚇住了，她用各種家庭檢測儀給老曾檢查了各項指標，包括：血壓、心率、血糖、體溫……忙一上午。

為了不去看那條讓自己心情緊張的無腳橋，老曾的晨運地點被迫換了個地方。還是離不開運河的河岸，但相比過去常去的地方，新地點的人稍微多了些，因為那裡挨著一個新小區，住戶比較多。老曾獨自散步到一棵大梧桐樹下，打一套八段錦，然後繞著梧桐樹走幾圈，最後坐在樹下的椅子上休息。這些規定動作完成之後，也不見得有多麼舒暢活絡，痠痛的地方依舊痠痛，不適的地方依舊不適，但他規規矩矩地去做。

換了個新地方，就像失去了老霍這個伴一樣，老曾很不習慣。好在，梧桐樹對過的那叢桃樹下，定時地站著一個女人在練功。那女人時而仰頭，時而搓手，時而敲打著自己的雙腿外側，動靜比較大。老曾不知道女人練的是什麼功，不過，光看背影，她還是顯得比較年輕，目測不超過六十歲。晨運對老曾就有了吸引力。

老曾曾經從這女人跟前走過，瞥了一眼女人的正面。那女人正閉目，兩腿稍分開，兩手緩緩上升，手心朝上，兩手在頭頂交叉……不知道她是否察覺到老曾從自己跟前走過？老曾覺得這女人蠻好看，臉白白的，一顆老年斑都找不到。老曾走過那女人，如沐春風。

有一天，老曾終於鼓起勇氣朝那個女人走近。她正在做一個優美的動作，雙手撐在兩腰背後，挺胸，抬頭。老曾看著那兩包鼓鼓的胸脯，心跳加快，就像剛爬過一個長坡。很快地，他趁那女人抬頭看天的時候，橫出一隻手，蜻蜓點水般，迅速地碰到了一隻鼓鼓的胸脯。他覺得心率起碼超過了一百。

偷襲成功！要是那女人罵他耍流氓，他打算裝聾，要是那女人拉住他不讓他走，他就裝腦萎縮，裝老年痴呆。

結果，女人平靜地朝他喊了一聲：「死老頭，看路哇！」

老曾灰溜溜走遠了。

給克里斯蒂的一支歌

克里斯蒂對我唯一的一次拜訪，是個禮拜六的下午。她的穿著跟平時上班風格不一樣。裙子是裸色的，上邊嵌著星星般的碎花。那本《聖誕憶舊》就壓在那些碎花上邊。那時候我們並不熟悉，我剛進公司不到三個月，而克里斯蒂已經在公司換了四個部門，第四個正好就是我在的那個部門。「薩賓娜，週末有空去你家玩？我租的房子也在環市東路上呢。」說實在，對於她的來訪，我一點心理準備都沒有，就好像我還沒適應「薩賓娜」這個英文名一樣。

是這樣的，我們公司是一家外企，整個公司不見得有幾個外國人，但每個人都必須要有自己的英文名，類似工號或者代碼。我們得像背單詞那樣記自己的同事，沒有一段時間是記不過來的。這裡最資深的那個保潔阿姨，在講大老闆壞話的時候，也會說：「傑姆很風流的，換女朋友比我們換衛生間的擦手紙還勤。」這個保潔阿姨最愛講老闆們的八卦，據說她曾經被大老闆當眾逮到將只用了一半的擦手紙換下來帶走。別看公司裡大家都穿著正裝，一本正經，彼此都保持著一定的距離，其實各種小道消息、八卦傳播得很快。在茶水間遇到幾個人，擠眉弄眼地問我：「薩賓娜，克里斯蒂去你家談心啦？」我都還沒能背出他們的英文名，他們居然能知道禮拜六我家發生了什麼事情。

克里斯蒂的來訪並沒什麼目的，只是對同事中感覺氣味相近的人作一次「投石問路」。她坐在我家那張沙發上，喝著我給她泡的鐵觀音，不時拈起一粒碟子上的葡萄乾或者脆杏仁來吃。她給我帶來的禮物，就是那本《聖誕憶舊》。她一多半都在講這本書怎麼怎麼好，哪裡打動了她。我沒看過這本書，她的介紹也很凌亂，很沒重點。一會兒講這個離異家庭長大的作者卡波特跟父親的關係，一會兒又講卡波特身邊一直相伴的那個獨身老女人。看起來她真的很熱愛這本書。「你一定要看看這本書，裡邊那個叫蘇克的女人，帶著這個小男孩，聖誕節用辛苦攢起來的錢買材料，做各種口味的蛋糕，給左鄰右舍一家一家地送，還突發奇想給總統寄了一個，她難道指望總統能解決她的獨身問題嗎……」說到這裡，克裡斯蒂啞然，晃晃腦袋，似乎想起了書裡那些有趣的描寫。「這個蘇克，很Sweet的。」她幾乎是笑著補充了這句話。我禮貌地報以一笑，並看向她。沒想到，她的眼裡竟然閃著淚光。我覺得有點尷尬。畢竟，我們那時在公司還沒說過幾次話。那一次看到我辦公桌上那個切·格瓦拉頭像的小銅筆架，她就停在我那格辦公桌前，拿那筆架看了又看，說她家有一只切·格瓦拉頭像的CD架，看手法很像是同一個人做的。接著她就說，要來我家玩會兒。

顯然，她是想跟我走近的。她打算離開我家之前，禮貌地問我：「以後有需要我幫的儘管說啊。」她環顧一下房間四周。這間不到五十平米的單身公寓，我只租下了一年，並沒打算長住的，所以弄得很簡陋，東西堆堆塞塞也沒個章法。

「啊，想起來了，現在就有需要你幫我的。」我走進臥室，從壁櫥裡抱出一張棉被芯。「煩死了，這個世界上我最討厭的事就是一個人套被子……」我一直抱怨個不停。從上大學到畢業工作，我還算是個蠻獨立的人，找工作、租房子、搬家……這些都是我一手做完。可是，套被子這件事著實讓我煩心，兩隻手對付八隻角，大半個身子從被套口裡鑽進去，對齊前邊四隻，又游回來對齊後邊四隻，人鑽出來，一扯，前邊那四隻又跑偏了，不得不又鑽進去……如此往返幾輪，勉強使得四角兩兩相對，最後拎起兩邊，高高站在床上，一陣狂抖亂顛，此時人已經披頭散髮，或者說怒髮衝冠了。

克里斯蒂不需要我幫手，她說要示範個標準動作給我看。只見她把長絲裙捲上大腿，在右側打了只蝴蝶結。實際上她是虛張聲勢了。她輕盈地將被子在床上展開後，疊成春捲狀。她坐在床沿邊，翹起二郎腿。她的腿型很勻稱，直而且白。除了偏瘦，她其實應該算是個美女的。她慢條斯理地將那整條「春捲」像釀肉一樣，一點點塞進被套，手跟進被套裡摸索幾下，人再站起來，兩手各捏著一側，朝天空一抖，被子做一次優美的波浪運動，跌落到床上的時候，芯和套已是骨肉不分離。最後，她沿著床四周巡視一圈，四角各拉扯了一下。完成。

我像看一場表演，眼睛都沒眨一下。

「以後你也會的，慢慢來。」克里斯蒂從容地解開那只蝴蝶結，長裙紛揚灑開，很仙的樣子。

這就是我跟克里斯蒂的不同之處，當然，也是克里斯蒂跟很多人的不同之處。我是這種人——從小開始，喜歡吃西瓜就發誓要嫁個賣西瓜的，喜歡吃麥當勞又發誓說要嫁個開麥當勞的。為了擺脫一個人套被子這件煩心事，我已加快了找男朋友的進度。實際上，沒多久我就談戀愛了，並且我們很快住到了一起。套被子這種事自然就解決了。

克里斯蒂沒再到過我家。

在我們這種外企，人和人之間本來就不容易走近，看起來我們共用一台電梯，其實我們每個人就是獨立的一台電梯，升職、加薪、跳槽、「炒魷魚」，這些，是每個人的樓層，「叮」，門開那麼一下，十五秒後，關上。能者居其上，能上者撈大世界。在辦公室裡，我們除了完成手頭上的工作外，也會扎堆研究研究「能」這門學問。按照公司的升職定律，一般在三個以上部門待過的人，必然存在很大的上升可能性。比方說，那個復旦大學畢業的麗莎，五年內，從銷售部跳到公關部，接著跳到人力資源部，據說，年底的迎新年派對，就要宣布她當副總了。這個消息今天早上從莊森嘴裡走出來，簡直就像開香檳的那一聲「嘭」，很快，言論像泡沫一樣止不住，流竄在我們這個單元層裡。

「麗莎？八二年生的，比我還小三歲，憑什麼？」亞力克忿忿不平，扯鬆了他的領帶。

「早預料到啦，只有蠢人才想不到，她每換一個部門都升半級，鋼琴家的手都沒她那麼快。」莊森不到四十歲，卻過早地出現了中年胖，這種體型在公司被判決為「失覺型」，遲鈍、難爬、瀕臨放棄。相比那些彈跳力強的精幹型人才，「失覺型」唯一的優勢就在於，他們跟公司的轉椅結下了深厚的友誼，他們能熬，就算熬得胖胖的也不會離開椅子半寸。

「切，滾床單嘛，愛滾就會贏。」滿臉雀斑的翠茜出了名的心理陰暗，在她看來，一切的成功都是交易，女人用身體埋單，男人則用金錢。

整個午休時間，他們都在研討關於「滾床單」的學問，順帶還議論了公司其他幾個以此「著名」的女人。我只有聽的份。

期間，我看到克里斯蒂端著一杯冒著熱氣的咖啡，輕輕地從我們的圈子走過。那股香濃的咖啡味，過了很久才散去。

「美貌在公司就是升職器，傑姆那麼好色，什麼類型都不拘的。」接著他們又議論起了那幾個紅人的美貌特質。聽上去，理論翠茜都研究得很透了，就是沒有實踐的能力。「唉，說到底，很多能力是天生的……」翠茜擺擺手，一副懷才不遇的委屈。大家都沒接話，眼看這個話題就乏味了。

「唉，也不絕對的吧，資歷不是也很重要嘛。」我想把這個令翠茜傷感的話題引開。這是我的優點。滿一年見習期的時候，部門鑑定是這樣評價我的：具有良好的工作素質和團隊合作精神，性格開朗，善解人意。我對我的男朋友炫耀說，你看看我的人品！他很不以為然。他早就說過，我是個利己主義者，不過，他喜歡我，就在前邊加了個時髦的形容詞——精緻的利己主義者。為了消除我的憤怒，他又說，我也一樣，我們都是，精緻的利己主義者。沒有什麼不好的，只要不是個損人利己主義者。我和男朋友相處得很好。

果然，翠茜不傷感了，現在，她把傷感投放在了克里斯蒂的身上。一談資歷這個話題，就必然會談到那個老員工克里斯蒂。

據說，克里斯蒂已經四十多歲了，每換一個部門，列入電話通訊表格裡，她的名字總出現在倒數的末幾位。可是，從沒見她有任何不滿情緒。

「她不在意這些職位啊薪水啊什麼的嘛，反正她一人吃飽，全家不餓的。」我真是這麼想的。

「怎麼可能不在意？她又不是上帝！」胖子莊森似乎在說自己。

「嗯，我想，是價值觀吧。她看重的東西不是這些。」不知道為什麼，那次克里斯蒂的拜訪，一直留在我心裡，她的膝蓋上擺著書，眼含淚光坐在我的沙發上，這個鏡頭是那麼文藝。

在我眼前，這麼特殊的鏡頭從此再沒出現過了。在某些無所事事的禮拜六，我也曾冒出過是否要對克里斯蒂進行回訪的念頭，我也可以輕鬆地走到她的辦公桌說，克里斯蒂，這個禮拜六我去你家玩玩？我還沒看過你那只切．格瓦拉CD架呢……可是，這些計畫經常會被一次次「消消看」遊戲的方陣沖散。

年末的迎新晚會，主題是「bling bling」。大老闆傑姆給員工群發郵件說，今年公司取得了好業績，跟諸位的努力是分不開的，在我的眼裡，你們都是一顆顆閃亮的寶石，希望在新的一年裡，繼續散發你們的魔法光芒，照亮自己，同時照亮他人。公關部的同事敏感地在他的郵件中攝到了「bling」這個詞，於是，晚會上我們都被要求穿得像一顆顆閃亮的寶石。我那件黑色小禮裙，胸口上是一隻用珠片拼綴成的大蝴蝶，燈光一照，他們都說，薩賓娜，我想變成那隻蝴蝶。那隻大蝴蝶趴在我足夠遼闊的胸口，胖乎乎的。克里斯蒂對那些閃亮的材質發生了興趣，用手捏了捏珠片，說：「哇，起碼得用一千片吧？」我打量一下她，差點沒笑出聲來。她還穿著最常見的那件白襯衫裙，腰上繫了根細棕色皮帶，但她確實很「bling」，因為她頭上戴了一隻會發光的髮箍，上邊的皇冠一閃一閃，就像聖誕樹上的彩燈。

「克里斯蒂，這玩意兒會唱歌吧？」我還是沒忍住，笑了。

克里斯蒂很驚訝，問我怎麼猜得到的。實際上，這種髮箍，我在環市東路的夜市攤上，看到過很多回，那個小販總在示範給扯著大人褲子不願意離開的小女孩看，撥一下髮箍後邊的小開關，皇冠就跳啊跳地閃了，再撥一下，音樂就響起來，是那種熟悉的灑水車的音樂。克里斯蒂讓我轉到後邊去，看藏在頭髮裡的那個小開關。她就是在那裡買的，本來十塊錢一個，她說服小販，二十塊錢，買下了這個，還外加一個老毛的肖像圖，開關一撥，眼珠子會轉動。

「是的是的，我見到過的，還會講那句：中華人民共和國成立了。」

克里斯蒂頻頻點頭。她告訴我，在世貿會期間，要五十塊一幅呢，那些「鬼」最喜歡買了。克里斯蒂還想說點什麼，會場響起了掌聲。只見舞台上，傑姆這隻「鬼」挺著沉重的大肚子走向了話筒。

莊森的情報很準。麗莎果然被宣布就職副總。她穿著一襲華貴的超短旗袍登台，銀光四射。整個晚會上，就她一個人穿旗袍了。我想翠茜肯定又會說：「看吧看吧，我沒說錯吧，全世界都知道傑姆是個旗袍控的，說不定這旗袍是傑姆送的呢。」

麗莎上台發言，胸口都要碰到話筒了。她先說了一堆感激的話，說到後邊，竟然哽咽了，不斷向大家說抱歉。就在眾人等著她整理好情緒說下去的時候，忽然，一陣嘹亮的音樂響起，彷彿一輛灑水車撞進了人群。我和大家一起朝聲音的方向看去，只見克里斯蒂正扯起頭髮，用手摸索她的後腦——那只開關大概失控了，音樂響個不停。此時，不知誰帶頭笑出了聲。我竟沒想到去幫克里斯蒂搞定那該死的開關。

克里斯蒂在眾人的目送之下，穿過人群，朝安全出口方向走去。

灑水車開遠了，逐漸消失，等到完全聽不到的時候，剛開始還星星點點「bling bling」般的笑聲，變成了一陣集體大笑的高潮。我也笑了，傑姆在台上也笑了。只有那個剛才還哽咽著的麗莎，不知該擺出什麼樣的表情。

本次新年晚會最為bling的，不是那個哽咽的大胸脯麗莎，當然也不是趴在我胸口的那隻大蝴蝶，正如大家所傳來傳去笑話的，是那輛灑水車。翠茜笑得氣都要背過去了，她說現在只要一聽到街上的灑水車，就會想到克里斯蒂的髮箍。最讓翠茜拍手稱快的是，她看到那個麗莎站在台上，比克里斯蒂顯得還尷尬。

「嗨，克里斯蒂，你是故意的吧？」翠茜打趣地問。

克里斯蒂剛進辦公室那扇玻璃門，面無表情地走向自己的座位。我們注意到，她的短髮下，伸出了兩根白線，一根沿著她的肩膀垂掛下來，一根從她扁平的胸口橫穿，最終都歸入到了右邊的那只口袋裡。

那口袋裡邊到底有沒有一支歌曲在播放？我們不得而知。

後來，我在下班路上遇到克里斯蒂。她換了雙平跟鞋，走得慢悠悠的，被裹挾在方向一致的人流當中。她的短髮下，也掛著兩根白線。我趕上她，拍拍她的肩膀，她整個身子神經質地抖了一下，就差要喊出聲來了。她摘下耳機後，才向我笑笑，好像戴上耳機之後，她誰也不認識似的。

從我們上班的地方到華僑新村，不到兩站路。我們並肩一起走。

「這樣走路不安全。」我指了指她的耳朵。「這條路上，很多小偷，搶包，或者用刀割手袋，我就親眼看到過。」

克里斯蒂歪歪嘴角。這笑容讓我覺得剛才的話很多餘。

「那感覺很好的，你的耳朵被音樂塞住，你眼裡看到的東西，成了電影畫面，就好比，嗯，你給這個世界在配音。你看，酒店門口那兩個人在吵架，你可以認為他們是彼此熱情地搶著付帳呢……」克里斯蒂熱情地笑了起來。

我早就說過，克里斯蒂應該去搞藝術，或者當作家，最起碼應該去報紙雜誌寫寫專欄什麼的。她總是那麼文藝。

好不容易將話題轉到公司，我們才算有了些共同語言。在吵雜的人群裡，我們聊得像擠牙膏。我們從那個新年晚會聊到那個被灑水車沖亂了的麗莎。

「憑什麼呀，她那麼年輕就當上副總了。」我忿忿不平地說，還傳達了那些關於「滾床單」的議論，期待引起克里斯蒂一絲的共鳴。

「這跟年齡沒關係，想要得到什麼，努力達到就是了。關鍵是要想清楚。」她還是那麼平靜。如果不是那個趕路的男人，手錶撞到了她的手臂，她的眉都不會皺一下。

「想清楚就可以了嗎？總還得想想別的什麼吧？比方說，呃，道德感……」我對麗莎的升職一直義憤填膺，甚至還有——羨慕嫉妒恨。克里斯蒂的反應讓我有點心虛。

「嘿，道德感……」克里斯蒂像跟一個老友打了聲招呼。

快拐進華僑新村的時候，人群在天橋的東西兩側得以分流，我們走的是東邊。人少了，華僑新村的闊葉榕一棵接一棵地迎面而來。克里斯蒂伸出了左手，眼睛並不去看那些樹，那一棵棵樹都準確地拍到了她的手。

「薩賓娜，我在這裡一晃就快十年了，簡直有點，可怕。」克里斯蒂輕輕嘆了口氣。

「克里斯蒂，你都沒想過跳槽？」我的意思是，克里斯蒂在公司真的沒前途。

「跳去哪裡？我是個沒File的人，去哪裡都一樣。」

我停下了腳步，睜大眼睛，看著她。

克里斯蒂也停下來。看著我，聳聳肩，好像感到對我隱瞞這些有點抱歉。「這不是個祕密。我跳槽來公司，就沒帶File。」

公司裡總是有些不知道什麼時候約定俗成起來的說法，有的東西，我們會直接用英文稱呼，似乎它們的西方制式，在中國是無法轉換的。例如把錄用書稱為「Offer」，把命令稱為「Order」，個人檔案呢，就直接稱「File」。克里斯蒂嘴裡吐出這個單詞，那麼輕描淡寫，好像File是隻小貓咪。

我的腦子開始轉個不停，腳不知道什麼時候開始跟著克里斯蒂邁開了。我們又沉默地走了一小段。我想得更多的是，克里斯蒂來公司前，發生了什麼？一個不要檔案的人，等於前邊的那些人生，白過了。

「那是為什麼？」

「薩賓娜，你今年多大？」克里斯蒂沒頭沒腦地問我。

「二十五。」

「真是個小朋友，有些事發生的時候，你還沒出生。」克里斯蒂搖搖頭笑了。又忽然挽起我的手臂，拉著我大踏步朝前走，就像要甩掉身後某個咳嗽鬼。

在一個十字路口說過「明天見」後，很快我又轉回身。從她的背後看去，短髮底下又垂下兩根白線了，好在，這條小路很安靜，周圍只有幾個拎超市袋子的女人在走著。隔著大約十來米的樣子，我彷彿能聽到她耳機裡傳來一陣音樂。

我悄悄地去問過莊森，他是我們公認的「資訊台」。莊森的「情報」也不多，只知道克里斯蒂跳槽來公司的前一份工作，是政府的某個文化部門。

「公務員？」我嚇了一跳。克里斯蒂哪一點像公務員？她充其量像個懶散的小職員罷了。

「就是因為不像才跳槽的嘛。」莊森不喜歡我一驚一乍的樣子，總愛擺出個老資格來壓我。

「不知道她怎麼想的，公務員好難考的喲。」我撇撇嘴。

「嗯，公務員也不見得那麼好，沒上升空間的公務員，沒地位也沒實惠，還不如到公司，像我一樣。」莊森習慣地又開始「審人度己」了。

我猜當年克里斯蒂一定沒想清楚，頭腦發熱，什麼都不要，一跳了之。

比起克里斯蒂的檔案問題，我更多地糾結於她那個公務員的職務，事實上，我還為此跟我的男朋友吵了一次。

那天，男朋友下班回家。那件生日時我下血本給他買的HUGO西裝還沒來得及脱下，我們就吵了起來。我先是跟他説起克里斯蒂的事，然後説到我的一個念頭——要不要我現在去考公務員？事關於己，男朋友馬上從一個聆聽者變成了一個辯論者。他從公務員的現狀開始談，談到假設我現在是個公務員，要經歷怎樣的奮鬥歷程，他講的關鍵在於——你知道，公務員的職數不是爭取來的，是等來的，你怎麼知道你就能等到？

男朋友是清華大學畢業的理科生，口才卻不比文科生差，我自然辯不過。可是，我的腦子並不是一時發熱。除了因為公司太辛苦，經常需要加班加點完成項目之外，更重要的是，我還有一個失敗的祕密——當年同宿舍的八個女生，有五個都考上了公務員，我作為落榜者，才找到現在這家公司。一種莫名其妙的恥辱感讓我到現在還不願意去參加同學聚會。他壓根不知道我這個祕密，這傢伙一畢業就毫不猶豫地進了現在這家很有實力的評估公司，哪裡能體會到我的糾結？

我沒有退步，念頭依舊執著，大有你管不著我的姿態。

說不退我，男朋友轉而開始講考公務員之難。你知道嗎，現在每年「國考」近一百五十萬人，這是什麼概念？比考清華北大難多了，你想考還未必能考上呢！

這番話讓我變成了一個潑婦，不管三七二十一，就是要考，就是要考。我這個樣子，他並非少見，多半是在我想要買一件東西，意見不一致的時候，我會使出這招，每每令他屈服。

可是這次他沒屈服。他扯下那件裁剪得體的西裝，掛到衣櫥去了。他的腿很長，就像韓國電視劇裡的那些哥哥。這是我喜歡他的一個重要因素。我看著他的背影，氣有那麼一點消，想從後背抱抱他。事實上，考公務員只是克里斯蒂帶來的一個念頭而已啦。

他換了家居服從臥室出來，斜靠在沙發上，長腿擱在茶几上。

我趁勢坐在他的長腿上。

「最近公司很累？」他把我抱到懷裡，放低聲音。

我習慣地開始撒嬌。發了公司一大通牢騷之後，我講到那個坐「直升機」的麗莎，我竟然難以控制地憤怒，也不知道眼淚從哪裡來的。同時，我對自己有那麼一點驚詫，潛意識裡，我原來竟如此在意麗莎的升職，甚至還感到了——委屈。

「你都不知道，她們多半都是靠滾床單！」我在「滾床單」這三個字加重了語氣。

「那有什麼用？升職有什麼光榮可言？誰愛滾就讓她滾唄。」男朋友撫摸著我胖乎乎的胸部，試圖平息我的憤慨。

「月薪翻倍啊！這太不公平了，難道，難道我也得去滾床單？」話一脫口，我就有點後悔了。

果然，我的身子馬上受到了重重的一顛，整個人被扔到了沙發上，額頭磕到扶手上，帶來一陣疼痛。我就勢把腦袋埋在座墊裡，屁股向上翹著。

我這個滑稽的姿勢不知道維持了多久，就像維持一個事故現場。

身後竟然一點動靜都沒有。我把眼睛從座墊抬起，那人不知什麼時候離開了。我一躍而起，衝到門邊，邊穿鞋子邊吼：「好啊，我現在就去滾床單，現在就去滾……」我氣得發抖，摔門的聲音如此巨大，我還覺得力氣不夠用。

在小區的一棵棕櫚樹下，我被半拖半抱了回家。這不是第一次了，吵架的結果幾乎沒什麼區別，但是每一次吵架，都達成了不一樣的目的，這大概就是戀人之間的升級機會。

我們在吵架的餘怒中，做了一次滿足的愛。男朋友光著身子跑下床，再鑽回被子裡的時候，手上多了一張銀行卡。他說，這裡已經儲夠三十萬了，我們商量一下，買日系車，還是德系車？

我們早就說好了，先買車，再按揭房子。同居時買車，按房嘛，就意味著要結婚了。一切都在按我們的規劃上升。我們共同的理想是，五年後，過上有車有房的精緻生活。

第二天清晨，我們用亮晶晶的骨瓷杯子喝咖啡，又用亮晶晶的刀叉吃過煎雞蛋和烤麵包後，穿得體體面面地吻別。男朋友說，買日系還是德系，你想清楚了哦。我報以甜蜜蜜一笑。就像昨天的吵架從沒有發生過。

仔細想想，對於目前這份工作，我沒有什麼可抱怨的。正如男朋友說的，好好幹，在業內幹出點成績，即使大老闆看不到，獵頭總是會看到的。的確，隔三差五，我們就會聽到，公司某某主管又被獵頭挖走啦。我鐵下心來，打算在這裡把自己幹成一個資深「獵物」。這樣，每天，啟動公司電腦，第一時間看到大老闆傑姆咧著嘴，豎起大拇指的形象，我不再覺得他是個色鬼。傑姆的形象在屏幕上只停留了幾秒種，比電梯停留的時間還短暫，然後，電腦自動登錄到公司的辦公平台。總會有一只只小信封在屏幕的右下角跳動，群發的或者指定發送的，這些「Order」就是我一天的任務，我只要一件一件地幹掉就是了。

當我習慣性地打開一只信封，屏幕上只有一行字。在我還沒來得及抬起頭找對面的翠茜，就聽到翠茜先嚷了起來。「發生什麼事啦？麗莎要下來巡樓？」

整個部門就開始嘰嘰喳喳了。

自從升上副總之後，我們就很少能看到麗莎性感的身影，就算在電梯也很難邂逅她，彷彿她真的坐到了「直升機」上。我們只會在難得一次的巡樓中看到她。上一次麗莎巡樓，是因為公司樓下的綠化小區裡，出現了一個變態。他躲在隱祕的灌木叢裡，看到年輕的女員工路過，冷不防會發出猥瑣的呻吟。為了強調溫馨提示，麗莎親自到每個部門，溫馨提示，女員工路過的時候要注意安全，尤其是加班獨自晚歸的女員工，最好由保安陪護出去。

麗莎邁進我們部門的那一刻，莊森、亞力克以及蝸居在各個角落的男員工都離開了轉椅，朝過道湧過來。這情狀，麗莎是很自然接受的，從她自信的步態看來，若干年的女性成長歷程，就是從這種夾道一路走來。

麗莎這次並沒有停在過道上，而是徑直走向過道盡頭，步態搖曳。最後，她在克里斯蒂那張靠窗的位置，站住了。她微笑著瞄了眼正在裝訂文件的克里斯蒂，然後，才轉過身面對大家。她先是慰問大家的辛苦工作，那老成持重的神態，頗有幾分似傑姆，儘管一個中國人學老外的神情，看起來總有點出洋相的，好在麗莎的確是個大美女。我一直在琢磨她戴的美瞳。

麗莎開始講此行的重點。她把手撐在克里斯蒂辦公桌的圍槅上，說，大家可能也聽說了，明天下午，環市東路會有一場遊行，市民自發的保釣請願，目的地就是我們樓下。公司希望大家不要參與，更不要鬧事。

說實在的，我壓根就沒將這幾天報紙網絡上鬧得紛紛揚揚的保衛釣魚台遊行跟麗莎的巡樓聯繫在一起，似乎這兩種行為之間半毛錢關係都沒有。傑姆是個英國人。

麗莎宣布完後，又回答了幾個男員工的問題。

「當然，這是自發行為，公司也不能強制限制，但是，傑姆不喜歡，很不喜歡。」

不知道為什麼，我很不喜歡麗莎這種語氣。我在心裡暗自回了一句：「傑姆算個屁啊，馬屁精。」

麗莎又在簇擁之下走出去了。

辦公室又出現一陣嘰嘰喳喳。

如果說，明天的遊行跟我們公司能扯上點什麼關係，多半因為，我們公司位於使館區。在我們這座寫字樓的背後，綠樹掩映著幾處小矮洋樓，都是各國的使館樓。每天午飯後一個小時的休息時間，我們會三三兩兩結伴到後邊的小花園裡散步，運氣好的時候，還能蹭到免費順暢的WIFI。由於前邊有高樓遮擋，環市東路主幹道上沸騰的車馬聲，一點也流不進來。這種特殊的幽靜，的確給人帶來些戒備森嚴的感覺。當然，另外還有一層關係，就是莊森說的：「傑姆肯定不喜歡啊，他週末經常跟那些鬼去打高爾夫，如果公司有人參與，他會覺得尷尬。」莊森指指他身後的窗子，樓下那幾幢紅的黃的矮洋樓，像一只只文件夾子，各自夾住了一小片綠地。

下班的時候，我跟克里斯蒂搭同一台電梯。走出公司大樓，覺得門口格外空曠。多走幾步便看見，在離馬路幾十米的地方，已經拉起了一排藍色的防護欄。保安正示意大家繞側邊的小道離開。

實地的情景讓我有幾分亢奮，還有些許緊張。我跟著克里斯蒂，繞小道走上了環市東路。

由於大道被封，路上的人更擁擠了，克里斯蒂和我挨得很近。換上她那雙舒適的平跟鞋，她只跟我的眼睛齊平。她不僅矮小，還很乾瘦，白襯衫塞到A字裙裡，像個沒發育好的女孩。這讓我想起她喜歡的那本《聖誕憶舊》。她送給我之後，我把它當睡前讀物，零零碎碎讀完了。說實在的，我並沒有多喜歡這本書，不過，裡邊她喜歡的那個老女人蘇克，大概形象跟她差不多。

人多，我們都沒心思說話，只顧看眼下的路。走了一陣，冷不防我的右耳被塞進了一個東西，我還沒回過神，就聽到了那東西傳來的音樂。我側過臉去看克里斯蒂，她朝我眨了眨眼睛，惡作劇般笑笑，同時，用左手挽起了我的胳膊。她那麼矮小，挽著我倒像個妹妹。

白線連著的另一隻耳塞在克里斯蒂的左耳裡。我們共享著她口袋裡那只播放器。

「一首曲子反覆聽多了，那音樂會不時在你的耳朵裡響起來。即使你沒在播放，就算你很久都沒聽它了，但是，在某些時刻，緊張，快樂，悲傷……總之，就是某些時刻，它會自己冒出來，或者，你也會不自覺地哼出來。」我記得克里斯蒂上次對我說過這樣的話。可是，我現在實在記不起那是一首什麼歌。我們一起聽的時候，是多麼地熟悉，可我始終想不起它的名字。我們總是有很多那些時候的，話到嘴邊卻忘言，或者說，指著某樣東西，明明認識卻硬是叫不上名字。這種時候，我們能做的就是著急地、不斷地重複，哎呀，哎呀，那個，那個……這種時候，我們最需要的就是，有旁的人，來那麼一句提醒。可是，這首曲子註定無人能提示。我和克里斯蒂再沒有這樣一起走過。

我不確定，那次聽過之後，我是否還遇到過這首歌，即使遇到了，我也不能確定。

第二天下午，比預報的時間提前了半個小時，三點不到，就聽到亞力克在東邊的窗口喊：「來了，來了。」於是，我們扔下手上的工作，都擠到東側的那幾扇窗口看。

我們的辦公室在十二樓，窗戶是那種密閉的落地雙層玻璃，聲音基本聽不見，好在前邊無遮擋，視野開闊，可以看到環市東路一整條遊行隊伍。

現在，環市東路整條主幹道都封閉了，禁止車輛通行，整條大道上，密密匝匝的人潮，一點一點朝我們這邊泛過來。拉著橫幅的走在最前邊，拿著擴音器的走在兩側。

「可惜聽不見。他們在喊什麼？」翠茜把耳朵都貼到窗戶上了。「這就是麗莎說的鬧事？他們很有紀律嘛。」

隊伍走到那些藍色的防護欄前才停下來。護欄的內側，早就等著一大群穿制服的警察，盾牌一支支對應地排放在他們跟前。

那個穿著紅T恤的男人大概是領隊，因為，他揮揮手中的旗子，後邊的人就一點一點地停下來了。綿延在環市東路的隊伍，花了很長時間才停頓下來。

聽不到窗外的聲音，我們像看一場啞劇。太安靜了，更沒有我們設想的那種騷亂、激動。看了一會兒，翠茜沒興趣了，回到座位上。我給自己沖了一杯咖啡，邊喝邊看。

「莊森，你估計有多少人？」

「一萬以上。」

「我看有三萬。」

「誇張了吧?」

「打賭?」

「怎麼賭?又沒有準確數字。」

「明天看報紙新聞嘛。」

「報紙新聞?那也能信?」

亞力克跟莊森在爭論。

「嘿,嘿,那是誰?」莊森猛地大叫了一聲。

我順著莊森的手指看下去。只見一個女人,從我們大樓的門口方向走了出來,一直朝防護欄走去。白襯衫,黑A字裙。

「克里斯蒂!」不知何時重返窗口的翠茜尖聲喊了出來。

雖然看不到她的臉,但我們一致確定那就是克里斯蒂。

的確,她已經不在辦公室了。我不知道她是什麼時候走下去的。印象中,她剛才還站在玻璃前。

她一直走向隊伍。她走得不快，像我下班時遇到的那樣，好像踩著節奏去的。我不確定她有沒有塞上耳機，有沒有一首曲子在她的耳邊響起，在這種緊張的時刻。

期間，她跟阻攔她的一個警察說了些什麼。警察就讓她過去了。她走到那個紅T恤的男子前邊，猶豫了一下，手一伸，男子看了看她，也伸出了手。

「他們在握手嗎？」

距離太遠，我們實在看不清楚。

很快，克里斯蒂又朝我們大樓的門口方向折返，消失在我們視線內。

「搞什麼啊？」翠茜彷彿被嚇住了。

一會兒，我們大樓那兩個值班的保安也出來了，他們各自扛著一箱東西。克里斯蒂跟在後邊。在幾個警察的護送之下，那兩箱東西最後放到了護欄跟前。克里斯蒂蹲下去，將箱子裡的東西取出來，一次又一次地，遞給挨近護欄的隊伍。

這下我們看清楚了。克里斯蒂在給他們發礦泉水。

「天啊，十五樓不會也在看吧？」翠茜竟然擔心起來。

天曉得，十五樓那個大老闆傑姆是否像隻蜘蛛一樣趴在窗前看？麗莎也看到了嗎？

「即使看到了，也不一定能認出誰吧。」亞力克呆呆地看著窗下。

因為克里斯蒂，這場遊行跟我們開始有了關係。我們沒有離開窗邊，眼睛只盯著下邊那個小人。那個小人，最後被隊伍中幾個人從護欄的內側拎了起來。她被放進了隊伍裡。我們一直站在窗邊，誰也沒有離開過。直到再也找不見克里斯蒂。

不久之後，我們在公司也看不到克里斯蒂了。面對她空蕩蕩的桌子，以及她沒有帶走的那顆仙人球，我覺得有些愧疚。她是唯一到我家拜訪過的同事。共事那麼久，我竟然沒有回訪過她。

麗莎說，克里斯蒂是辭職，不是跳槽，因為沒有一個人知道她去了哪家公司，跟著哪個老闆。

我想，克里斯蒂大概又是沒想清楚，腦子一熱就跳了。

在某些時刻，克里斯蒂會忽然從我腦子裡冒出來。下班的路上，在華僑新村那些闊葉榕樹下，看見一個瘦小的女人，像散步一樣緩慢，我的心就會加快跳動幾下，確定那不是她，才鬆一口氣。

我的男朋友果然實現了他的五年規劃。我們共同按揭了一套公寓。那意思是，在這個城市裡，我們共同享有固定資產。像大多數男人和女人一樣，我們要結婚了。

結婚這樣的事情，現在人們已經不再覺得有多重大。事實上，有很多跟自己無關的事情，現在人們都並不覺得有多重大。通常是，某一天回到辦公室，保潔阿姨奉命在我們每人桌上放一包喜糖。然後我們被告知，某某結婚了，不擺酒。我們會把挑剩的那些糖送給保潔阿姨。可是，在我的心裡，結婚依舊很重大。自從在網上預約了民政局登記以來，那個日子一直讓我緊張。有幾個晚上，睡到半夜我會中途醒來，摸黑到廚房拿牛奶喝。冰箱門被拉開的那一瞬間，我的眼前「嘩然」一片光明，隨即，我聽到耳邊傳來了熟悉的曲調：「5111，5271，513，531，6231……」，是那首俗氣的婚禮進行曲。我這麼一講，那曲調現在肯定在你的耳朵裡響起來了。沒錯，就像克里斯蒂說的那樣，在某些時刻，你的耳朵裡會忽然冒出一些旋律，一句或者兩句。

那旋律讓我覺得，我拉開的，是一扇教堂的門。

後記——「But」女士和寫作

在我寫小說之前，寫過詩歌和隨筆。大約是在十歲那年，在報紙副刊擔任編輯的父親，將我隨手寫的第一首詩〈月亮媽媽〉推薦到報紙，竟然發表了，之後就開始了我的寫作路途。寫詩，寫隨筆，成為我讀書時代的唯一的愛好。因為有寫作的特長，我在大學中文系碩士畢業後，到廣州《羊城晚報》當起了副刊編輯。是廣州這座相對務實的城市，讓我開始有了敘事的衝動。二〇〇二年，我開始小說，一寫十三年。因為寫小說，我在二〇一三年離開廣州到杭州定居，成為浙江省作家協會的一名工作人員。可以說，我的生活跟寫作緊緊相連。

我是個「生活型」的作家。與那些「鬥士型」的作家不同，我在日常生活裡尋找寫作的資源和想法。我特別喜歡艾麗絲．門羅的小說，因為她是一個提著菜籃子撿拾故事的作家，而不是一個提著長矛騎馬衝殺在前的播報者。所以，在她的小說裡，我得以跟她握手、會心一笑，或者，在生活中我會找到她小說裡的那種人，又或者，在我的家庭中，偶爾也會出現她小說裡的某類困惑。我也很喜歡她的生活態度：「生活總是那麼的忙亂，為了得到什麼並用掉它，我們總是白白耗費了我們的力量。」沒有人能確定自己究竟想要怎樣的生活，所以，我們在無數次地按下「確定」鍵的那些時刻，我們發送出去的那些念頭和想法，就像一顆顆不確定所終的子彈一樣。寫作從某種角度來說，就是要描畫出這些子彈的飛行軌跡。

我有一個閨蜜，是個只讀不寫的人，她在一家外企上班，那裡沒有讀書的氛圍，我們時常在一起討論書籍和文學，她的理解力和感受力每每令我折服。她在公司有個外號——「But」女士。因為她的老闆每次郵件給她發布某個決定或者布置某項工作，她都先有禮貌地表達了理解之意，之後，用一個「But」作為轉折，從容地指出了與之不同的看法。是的，她總會有不同的看法，她的合理意見很多都被採納，她人緣很好，她並沒有成為我們在單位裡常見的那種「刺頭」，他們仍然會覺得這個「But」女士很「Nice」，是一個與人為善又有主見的聰明女士。

通過小說，我感覺艾麗絲．門羅也屬於這樣一個「Nice」的「But」女士。她在小說裡充分體現了對生活的理解力，她平靜地呈現一種生活狀態，一切看起來順其自然，然而，等等，「But」，生活並不完全是這樣的，它還會出現種種意外、困境，它儘管很「親愛」，但也會讓人驚悸不安，讓人火滾，讓人討厭，以致於產生強烈的「逃離」的衝動。不是嗎？即使一對相愛的七、八十歲的老年夫婦，他們還有唯一的不安：生活中不會再發生任何事情了嗎？在〈多莉〉這篇小說裡，這對已經在有禮節地爭論關於將來該不該留遺囑的夫婦，卻依舊面臨著八十三歲的老頭的初戀情人的不期而遇，七十一歲的老太太依舊吃醋離家出走的風波，當然，她依舊像〈逃離〉裡的卡拉那樣——回家了。我很喜歡〈多莉〉這篇小說，它表達了對愛的領悟，以及人與愛這個複雜的老東西的最終的和解。

人只有在臨死的那一瞬間才能長噓一口氣：「我擔心的事情總算沒有發生。」無數個「擔心」構成了生命的複雜和豐富，無數的「意外」構成了生活的鬼魅和意義。在貌似日常的生活裡，孤獨的寫作者卻能看到它的不日常，以至於他們總是在對他人說：「是的、沒錯、很對，可是，等等，『But』」……正如門羅這一類作家，他們就是從那個「等等」開始，耐心地講述出「But」之後的那些東西，這是他們最想說出來的。我喜歡這樣的作家，並努力地學習成為這樣的作家。

當然，在讓讀者「等等」的那一聲之後，真的能讓讀者「等等」，這需要作家在「But」這個轉彎處，付出自己足夠的耐心，表達出足夠的誠意和理解，而不是一個霸道、哇抓的獨斷者。著名的學者陸建德先生說過：「在中國文學裡面，我們很多的是——我受到了冤枉，我懷才不遇，我為自己的痛苦、不被認可而哭。這樣子的哭的原因不能讓我敬重。」真正為他人而流下的眼淚，是值得敬重的。在艾麗絲．門羅的小說裡，就有這種令人敬重的眼淚。這構成了艾麗絲．門羅小說的善意和包容。我認為，對於寫日常生活的作家來說，這是一種珍貴的態度，她的「Nice」不是討好生活或他人，而是持著足夠的包容和寬闊，耐心地理解著他人。

作為一名七〇年代出生的女性作家，我想說，要做一個提著菜籃子撿拾故事的作家。這往往會被笑話，甚至詬病。親愛的，不要講那些雞毛蒜皮的市井故事，要講社會問題，而不要講你隔壁家老王那些哼哼唧唧的困難……被這樣勸說和要求，有時候會使我感到很沮喪。難以做到這些，這也許是我的侷限所在，但另一方面，我卻並不焦灼，我的安心來自於我熟悉的生活模式：隔三差五地，我會提著菜籃子，步行到我家對面的南草塘街，晒在木架子上的蔫蔫的雪裡蕻，豎在牆上一捆捆帶皮的甘蔗，魚販子剛放進魚池那條活蹦亂跳的「翹嘴白」，總是在給一隻活雞褪毛的美麗的「毛雞小姐」……這些都會成為一種說不清楚的意義，讓我感到了活著的趣味。或許，這些說不清楚的意義，就是我寫作的意願，我在小說裡反覆地試圖去弄清楚它們。

最近看到墨西哥一句諺語：「他們試圖把我們都埋了，但不知道我們其實是種子」。我改了一下：「繁冗的世俗生活試圖把我埋了，But，寫作把我變成了一顆堅硬的種子。」那樣，我可以默默地、固執地在「等等」的地方等等。

二〇一五年六月於浙江杭州

作品名稱	刊物（或出版社）
〈路過春天〉（短篇小說）	《花城》二〇〇二年第二期
〈將愛傳出去〉（中篇小說）	《鍾山》二〇〇二年第四期；《作品與爭鳴》二〇〇三年第二期轉載並附文章討論。
〈騎樓〉（中篇小說）	《收穫》二〇〇三年第四期；收入中國小說學會編選《2003中國中篇小說年選》。
〈多寶路的風〉（短篇小說）	《天涯》二〇〇三年第六期；《小說月報》二〇〇四年第二期轉載；《小說選刊》二〇〇四年第二期轉載；收入中國小說學會編選《2003中國短篇小說年選》；收入蔣子丹、李少君主編《出嫁時你哭不哭．小說精選》。
〈對折〉（短篇小說）	《紅豆》二〇〇三年第五期；《中華文學選刊》轉載。
〈非典型愛情〉（短篇小說）	《作品》二〇〇三年第八期
〈一本正經〉（長篇小說）	《鍾山》二〇〇四年長篇小說增刊
〈勾肩搭背〉（短篇小說）	《人民文學》二〇〇四年第六期；收入謝冕編選《好看小說》集；收入人民文學雜誌社編選《2004年文學精品短篇小說卷》。
〈草暖〉（短篇小說）	《人民文學》二〇〇四年第八期；

〈填字遊戲〉（短篇小說）
〈負一層〉（短篇小說）

〈關鍵詞〉（短篇小說）
〈天是空的〉（中篇小說）
〈單雙〉（中篇小說）

〈哼哼唧唧〉（中篇小說）
〈把夢想餵肥〉（中篇小說）
〈暖死亡〉（中篇小說）

〈開發區〉（短篇小說）

收入中國小說學會編選《2004中國短篇小說年選》；
收入吳義勤主編《2004中國短篇小說經典》。
《花城》二○○四年第六期
《鍾山》二○○五年第四期；
收入中國小說學會編選《2005中國短篇小說年選》；
收入北京大學出版社編選《2005北大短篇小說選》；
收入吳義勤主編《2005中國短篇小說經典》；
進入二○○五年中國小說學會「短篇小說排行榜」。
《文學界》二○○五年第十期
《大家》二○○六年第一期
《鍾山》二○○六年第一期；
收入北京大學出版社編選《2006北大中篇小說年選》；
收入吳義勤主編《2006中國短篇小說經典》；
收入中國小說學會編選《2006中國中篇小說年選》；
進入二○○六年度中國小說學會「中篇小說排行榜」。
《中國作家》二○○六年第六期
《青年文學》二○○六年第九期（附創作談〈偷停〉）
《十月》二○○七年第四期；收入北京大學出版社編選《2007北大年選》；
收入吳義勤主編《2007中國中篇小說經典》。
《花城》二○○七年第五期；
收入王蒙、林建法主編《2007中國最佳短篇小說》；
收入吳義勤主編《2007中國短篇小說經典》。

〈隱身登錄〉（中篇小說）	《鍾山》二〇〇七年第六期
《把夢想餵肥》（中短篇小說集）	山東文藝出版社二〇〇七年五月出版
〈粉絲〉（中篇小說）	《人民文學》二〇〇八年第五期
〈契爺〉（中篇小說）	《鍾山》二〇〇八年第四期；《小說月報》二〇〇八年第九期轉載； 收入孟繁華主編《2008中國最佳中篇小說》。
〈文藝女青年楊念真〉（短篇小說）	《上海文學》二〇〇八年第九期
〈白月光〉（短篇小說）	《作品》二〇〇九年第一期
〈檔案〉（中篇小說）	《人民文學》二〇〇九年第六期；《小說月報．中篇專號》轉載； 收入孟繁華主編《2009中國最佳中篇小說》。
〈鮑魚師傅〉（中篇小說）	《山花》二〇〇九年第六期
〈快樂網上的王老虎〉（短篇小說）	《中國作家》二〇〇九年第十期
〈瓜子〉（中篇小說）	《鍾山》二〇一〇年第四期；《小說月報》二〇一〇年第九期轉載； 《中篇小說選刊》（增刊）二〇一〇年九月轉載； 收入王蒙、林建法主編《2010中國最佳短篇小說》。
〈三皮〉（中篇小說）	《廣州文藝》二〇一〇年第十期； 《小說月報．中篇專號》二〇一一年第一期轉載；獲「首屆都市文學雙年獎」。
《隱身登錄》（中短篇小說集）	花城出版社二〇一〇年三月出版
《一本正經》（長篇小說）	鳳凰出版社二〇一〇年十月出版
〈少爺威威〉（中篇小說）	《花城》二〇一一年第一期
〈舊帳〉（中篇小說）	《作品》二〇一一年第五期；《中篇小說選刊》二〇一一年第四期轉載。
〈金石〉（短篇小說）	《人民文學》二〇一一年第十二期
〈何似在人間〉（中篇小說）	《芒種》二〇一二年第一期；《中華文學選刊》二〇一二年第四期轉載。

〈表弟〉（短篇小說）

《山花》二〇一二年第五期；《小說選刊》二〇一二年七期轉載；
收入孟繁華主編《2012中國最佳短篇小說》；
中國作協創研部主編《2012年中國短篇小說精選》。

〈達人〉（中篇小說）

《人民文學》二〇一三年第四期；《小說月報》二〇一三年第六期轉載；
《中篇小說選刊》二〇一三年第四期轉載；
收入賀紹俊主編《中國中篇小說年度佳作（2013）》
二〇一三中國作協創研部主編《2013年中國中篇小說精選》。

〈蜻蜓點水〉（短篇小說）

《作家》二〇一三年第七期；
收入吳義勤主編《中國當代文學經典必讀2013短篇小說卷》

〈小姨〉（短篇小說）

《十月》二〇一三年第六期；
收入孟繁華主編《2013中國最佳短篇小說》；獲得第十一屆「十月文學獎」。

〈八段錦〉（短篇小說）

《長城》二〇一三年第六期；《小說月報》二〇一三年第十二期轉載。

〈父親的後視鏡〉（短篇小說）

《鍾山》二〇一四年第一期；《小說選刊》二〇一四年第五期轉載；
收入賀紹俊主編《2104中國短篇小說排行榜》；
收入王蒙、林建法主編《2014中國最佳短篇小說》；
收入吳義勤主編《中國當代文學經典必讀2014短篇小說卷》；
進入二〇一四年度中國小說學會「短篇小說排行榜」。

〈走甜〉（短篇小說）

《江南》二〇一四年第三期；《小說月報》二〇一四年第七期轉載；
收入百花文藝出版社編選《小說月報2014活力作家作品精選》。

《少爺威威》（中短篇小說集）

山東文藝出版社二〇一四年八月出版

〈證據〉（短篇小說）

《回族文學》二〇一五年第一期；《小說選刊》二〇一五年第四期轉載；
《小說月報》二〇一五年第四期轉載。

當代大陸新銳作家系列

01 在雲落　張楚著　二〇一四年十二月出版

二〇一四年魯迅文學獎得主張楚第一本台灣版小說集

河北作家張楚的《在雲落》以現代主義筆緻，書寫北方小縣城裡面貌模糊、生存堪慮的人們面對生活中種種困阨與苦難時的現實選擇與精神狀態。無論是〈曲別針〉裡既是殘暴凶手也是慈愛父親的宗國，或是〈七根孔雀羽毛〉裡吃軟飯的宗建明，甚者是〈細嗓門〉裡因不堪長期家暴殺了丈夫後，被捕前到了閨蜜所在的城市，想幫閨蜜挽救婚姻的女屠夫林紅；張楚既逼近他們的生命創傷又滿含悲憫，寫出他們絕望的黑暗與卑微的精神追求，介乎黑暗與明亮間蒼茫的生存景觀。

02 愛情到處流傳　付秀瑩著　二〇一四年十二月出版

被譽為具有沈從文之風的七〇後女作家

在《愛情到處流傳》中，北京作家付秀瑩以沉靜的目光靜看「芳村」，遙念「舊院」，不管是「芳村」系列中農村大家庭裡夫妻、母女、贅婿們之間的愛情與競爭，或者是〈小米開花〉裡，小米的性啟蒙與看待身體的方式，無一不精準的抓到鄉村人們特有的、微妙的人際關係、獨特的處世方式與世界觀。另一部分作品則是書寫都市人們精神與情感的隱密曖昧：〈出走〉裡男性小職員亟欲逃離瑣碎平庸日常生活的衝動；〈醉太平〉中學術圈裡浮沉男女的利益交換、欲望追逐；〈那雪〉則寫出了都市女性的情感缺憾。付秀瑩以傳統溫柔敦厚的溫暖剔透筆法，書寫了這人世間的岑寂荒涼。

03 一個人張燈結彩　田耳著　二〇一四年十二月出版

當魯蛇（loser）同在一起！

《一個人張燈結彩》具有鮮明的通俗色彩，來自湘西鳳凰的田耳筆下的人物都是現實世界中的失敗者、邊緣人、被損害者，他們在陰鬱、沒有出口的情境中，群聚在一起，以欲望反抗現實困厄的生存法則，以動物感官吹響魯蛇之歌。他們欲以魯蛇之姿，奮力開出一朵花。

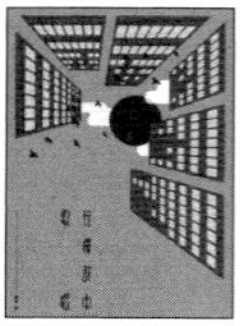

04 **愛情詩** 金仁順著 二〇一四年十二月出版

與衛慧、棉棉、陳染齊名的七〇後女作家

二〇〇二年的〈水邊的阿狄麗雅〉造就了二〇〇三年張元、姜文和趙薇的電影《綠茶》。
二〇〇九年的〈春香〉又開啟了朝鮮民間傳說的故事新編。
不管是朝鮮族的金仁順、女作家的金仁順，或是編劇的金仁順，她總面對著愛情，描繪著孔雀開屏時的美好與幸福，以及華麗開屏背後的殘酷與幽微。

05 **在樓群中歌唱** 東紫著 二〇一四年十二月出版

山東作家東紫擅長日常生活化敘事，在《在樓群中歌唱》一書中，她敏銳細膩地觀察人情百態，寫出各階層人物在近乎無事日常生活中的情感空虛與心靈創傷。〈白貓〉藉由一隻白貓介入初老失婚男性與闊別十年的十八歲兒子重聚的生活，帶出父親對兒子期待又戒慎恐懼的情感、初老失婚男性枯寂冷漠的生活與對生命的回顧與甦醒。〈在樓群中歌唱〉中，透過喜歡唱著「我在馬路邊撿到一分錢，把它交到警察叔叔手裡邊」的清潔工李守志無意間撿到十萬元所引發的波瀾，寫出消失中的德性與安於本分的快樂。東紫的作品看似庸常，卻宛若「顯微鏡」般總能於瑣碎中見深刻。

06 **狐狸序曲** 甫躍輝著 二〇一四年十二月出版

剛滿三十歲的甫躍輝來自中國南方邊陲保山，大學考上了上海復旦大學，從此開始了一個鄉村青年的都市震撼教育，也開啟了他的創作之路。身為作家王安憶的學生，也為現在大陸最受注目的八〇後青年作家之一，他的小說主人公多數和他自身一樣，是外地移居上海的異鄉人，他們孤寂，他們飄零，他們邊緣，他們是大城市中的一點浮塵微粒，他們存在，但並不擁有這個世界。然而，這群浮塵微粒也有過去，因此，他也喜寫老家保山，這個孕育他想像力的故鄉。在這些鄉村書寫中，可以察覺出他對幼年時代農村生活的懷念。然而，懷念亦表示這群浮塵微粒再也回不去了，他們注定在這個世界中繼續飄零。

01 **山南水北** 韓少功著 二〇一四年七月出版

韓少功散文集《山南水北》的最新繁體中文版

《山南水北——八溪峒筆記》是韓少功在多年以後從大城市重新回到文革時期下放的農村，重新拿起農具務農的農村生活筆記。書中充滿了他對生命、農村、勞動、農民、自然的重新思考。特別是在現今這個只講求GDP成長的時代，韓少功對生命、農村、勞動和自然的重新探索，開啟了我們面對世界時的另外一種思索與想像。

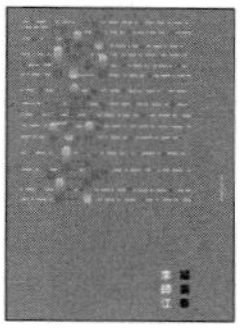

02 **中國在梁庄** 梁鴻著 二〇一五年五月出版

梁鴻在離家二十多年之後，回故鄉「梁庄」以田野考察的方式，再現中國的轉型之痛、農村之傷。透過作者具有思考力的觀察和誠懇、踏實的文筆，我們看到在當代中國經濟朝前飛越、並取得莫大的成功的同時，沒有討到便宜的「農村」在這過程中，逐漸崩壞、瓦解，漸成一個廢墟，產生了諸多的問題，比如留守老人、留守兒童產生的家庭倫理和教養問題，天主教進入農村產生的「新道德」之憂，離鄉青年們在中國當代大規模經濟資本下的生存苦鬥，成年「閏土」們欲走還留的困境，與農村改革與鄉村政治之間的衝突與折衝等等。透過梁鴻筆下的「梁庄」故事，除了道出「梁庄」這一農村的困境，更道出中國近二十年被消滅的四十個農村的美麗與哀愁。

03 **福壽春** 李師江著 二〇一五年六月出版

在現代和傳統兩造之間欲走還留的鄉村圖景

《福壽春》是一部世情小說，且是一部近期少見的用章回體創作的長篇小說，李師江從世道人心的角度書寫現代鄉村生活。書中，李師江刻畫了一個李福仁家庭兩代人——父母與四個兒子的倫常關係與命運，透過這一家兩代人描述了中國東南海邊鄉村近十幾年來的風土人情，可說是一幅充滿命運感、生命力的風俗畫。但李師江並不著急表達這種生活的意義所在，而是用如同工筆畫一般的細膩筆觸，著力對生活本身進行日常化的精細描摹，由此我們看到一個在現代和傳統兩造之間欲走還留的鄉村圖景——又耕田又種花又做海的農民生活，迷信色彩與傳統觀念交織的鄉村精神世界，老一代農民與下一輩觀念斷裂中的痛楚和傷感，一個從農耕社會城市化正在消失的農村。

04 **出梁庄記** 梁鴻著 二〇一五年七月出版

梁鴻於二〇一〇年推出《中國在梁庄》之後，深感必須把散落在中國各處打工的「梁庄人」都包括進去，才是真正的「梁庄」故事。因此，他歷時兩年，走訪十餘個省市，再度以田野調查的方式訪問了三百四十餘人，最後以二十二萬字和照片，描繪出這些出梁庄的人們——也就是我們熟知的「農民工」、當代中國的特色農民——的生活與精神樣貌。他們遠離土地已久，長期在城市打工，他們對故鄉已然陌生，但對城市卻也未曾熟悉。不管在哪裡，他們都是一群永恆的「異鄉人」。梁庄外出的打工者是當代中國近二．五億農民工大軍中的一小支，從梁庄與梁庄人的遷徙與命運、生存與苦鬥，可以看到當代中國的細節與經驗的美麗與哀愁、傲慢與偏見。看梁庄人出走的路徑，也就如同在看中國農民從農村—土地出走的過程，看得見的「梁庄」故事編織出一幅幅看得見的與看不見的當代中國。

國家圖書館出版品預行編目(CIP)資料

走甜 / 黃咏梅作. -- 初版. -- 臺北市：人間,
2015. 12
344面；14.8 x 21公分
ISBN 978-986-92485-1-8（平裝）

857.63 104024594

走甜

作者 黃咏梅
責任編輯 蔡鈺淩
校對 林妏霜、邱月亭、蔡鈺淩
封面設計 蔡佳豪
內文版型設計 黃瑪琍
排版 仲雅筠
發行人 呂正惠
社長 林怡君
出版 人間出版社
台北市長泰街五十九巷七號
電話 （02）23370566
傳真 （02）23377447
郵政劃撥 11746473·人間出版社
電郵 renjianpublic@gmail.com
定價 三六〇元
初版一刷 二〇一五年十二月
ISBN 978-986-92485-1-8
印刷 崎威彩藝有限公司
總經銷 聯合發行股份有限公司
新北市新店區寶橋路二三五巷六弄六號二樓
電話 （02）29178022
傳真 （02）29156275